AF345855

Manitou

Livre I

Le secret de la Bourse-Totem

James Billiottet

Manitou

Livre I

Le secret de la Bourse-Totem

Un mot de l'auteur.

Ce roman est bien évidemment une œuvre de fiction, toute ressemblance ou similitude avec des personnes ou des faits existants ou ayant existé ne serait que pure coïncidence, selon la formule consacrée.

En revanche, certains personnages historiques sont bel et bien cités tout au long de la narration. Il est fait référence dans le même temps à des ouvrages, des faits ou des lieux passés. Certains sont exclusivement imaginaires quand d'autres ont été (ou sont encore) bien réels.

Tout ceci n'est bien sûr qu'une légende divertissante et le lecteur avisé n'aura aucune difficulté à séparer le vrai du faux, la certitude historique de l'invention pure et simple, même si votre serviteur s'est amusé au cours du récit à brouiller les pistes dans le seul but (avoué) d'égarer un peu plus l'imprudent dans les méandres de l'intrigue…

Quoi qu'il en soit, je vous souhaite chers amis lecteurs qui me faites le plaisir de me lire, de passer un bon moment avec les héros de cette aventure surprenante ne se révélant être en définitive qu'un conte fantastique moderne, rien de tout ceci n'est assurément jamais arrivé et n'arrivera jamais…

Mais à bien y réfléchir, les personnages historiques mis en scène me semblent des gens sérieux, dignes de foi et surtout ayant marqué l'Histoire de leur empreinte…

Je les imagine mal n'avoir fait que rêver tout ceci…

James Billiottet.

« - Rien ne se perd, rien ne se crée…

… Tout se transforme. »

Antoine Laurent de Lavoisier

        Le vent nocturne hurlait autour de lui en bourrasques irrégulières. Il s'immobilisa quelques instants, attendant l'accalmie des violentes rafales, jeta un rapide coup d'œil au-dessus de lui et analysa la situation. Encore deux étages à gravir et son objectif serait atteint. Une moue de satisfaction se dessina sur son visage nullement marqué par l'effort. Avec un brin de lucidité, il se demanda malgré tout pourquoi la seule faille accessible du système de sécurité se trouvait au dix-septième étage, le forçant une fois de plus à jouer les acrobates ambulants. Certes, le building était ancien, il datait des années vingt et l'escalader par l'extérieur, de nuit, même avec ce vent à déplumer les corbeaux, ne représentait pas pour lui un exploit insurmontable. Il avait déjà fait pire, ou mieux, tout dépendait du point de vue. La tour de verre à New Haven deux ans auparavant par exemple. Mais il aurait aimé, ne serait-ce qu'une seule fois, devoir simplement appuyer sur le bouton de l'ascenseur numéroté dix-sept. Peut-être même aurait-il pu bénéficier du service d'un liftier, songea-t-il ironiquement. Non, si aucune protection ne pouvait être sûre à cent pour cent, il l'avait déjà prouvé des dizaines de fois et s'apprêtait à étayer un peu plus sa théorie grâce à l'opération de ce soir, il fallait quand même que *l'exploit* reste fortement improbable, inaccessible au commun des mortels. En fait, l'idée d'être le seul à pouvoir le réaliser l'excitait autant, voire plus que l'action elle-même.

Les bourrasques se calmèrent enfin, le ramenant à la réalité de sa tâche. Il reprit son escalade rapide et avec une dextérité et une assurance incroyable se retrouva sur la partie du toit ayant retenu son attention lors de l'étude des plans du bâtiment. Nullement essoufflé, il se tourna vers le vide prêt à le happer, dix-sept étages plus bas et scruta la rue toujours aussi tranquille. Pas de danger, la notion même de vertige lui était inconnue et il aimait observer la ville vue d'ici, vue d'en haut. Une sensation de bien-être l'envahit, il en sourit de délectation. Jusqu'ici, tout avait parfaitement fonctionné. Où commenceraient les inévitables problèmes ?

Il s'approcha de la bouche d'aération, sortit de son sac à dos les outils nécessaires, étudia le système d'alarme, conforme à ce qu'il avait vu sur le plan et le jugeât primaire et insuffisant comme il s'y attendait. Il brancha d'un geste sûr et rapide une dérivation avec de simples pinces crocodiles, *un véritable travail d'amateur*, ironisa-t-il avec une pointe de déception. En douceur, il déverrouilla la grille et plongea la tête dans le gouffre sombre qui s'ouvrait devant lui. Ses yeux s'habituèrent en quelques secondes à l'obscurité ambiante. Tout allait bien, il n'y avait plus qu'à se laisser glisser par le filin qu'il sortit de son sac et fixa sur les parois verticales à l'aide d'un appareil pneumatique spécialement conçu à cet effet par Mc Bride, son vieux pote bricoleur de génie.

Le chuintement aigu de la corde de nylon accompagna sa descente dans l'étroit boyau. Il compta les grilles orange qu'il croisait, à la huitième il s'arrêta, stabilisa le mouvement du filin et écouta, tous les sens aux aguets. Seul le souffle sourd du vent vint mugir à sa rencontre. Les quatre vis ne lui résistèrent pas plus de dix secondes… Avec une incroyable dextérité, il écarta la grille et se glissa lentement dans le conduit d'aération horizontal. Il ne lui fallut que quelques secondes de reptation pour se trouver devant une seconde grille. Celle-là donnait directement sur la salle qui l'intéressait et ne lui posa guère plus de problèmes. Il la retira délicatement et jeta un œil en contrebas. Le silence régnait en maître. Ses yeux s'agrandirent quand il le vit, là, au centre de la pièce sous sa cloche de verre protectrice. Même dans l'obscurité il irradiait. Les dizaines d'autres œuvres d'art présentes dans la salle paraissaient ternes et insignifiantes en comparaison. Son regard aiguisé accrocha quand même un splendide œuf de Fabergé aux reflets verdâtres qui à coup sûr méritait une attention particulière… Non, il ne commettrait pas l'erreur de se disperser, en vrai professionnel il se reconcentra immédiatement sur l'unique but de son périple nocturne.

Il savait qu'il ne lui fallait en aucun cas poser le pied sur le sol, sous peine de déclencher les capteurs sensoriels, un grand classique de la cambriole. Le plus ennuyeux serait les faisceaux qui balayaient l'espace, invisibles à l'œil nu. Mais là aussi, il ne doutait pas une seconde être capable de les éviter, grâce à un jeu de miroirs savamment disposé. Le plus difficile serait d'être assez rapide et adroit pour traverser la pièce, suspendu à un câble la tête en bas et découper la cloche de verre au laser. Ensuite, la cerise sur le gâteau, se saisir du diamant et poser à sa place un poids exactement équivalent, suffisamment vite pour que le capteur n'enregistre pas la différence de pression. Et enfin, s'il voulait tout réussir à la perfection, pour sa satisfaction personnelle, il lui faudrait déclencher le signal d'alarme, sans que son commanditaire ne se rende compte de la supercherie… Toute la beauté de l'opération résidait uniquement sur ce fait.

Il sortit une grosse paire de lunettes à infrarouges de son sac, comme celles des commandos d'action rapide, puis se gardant bien de passer la tête dans la pièce, il observa les faisceaux laser qu'il lui faudrait neutraliser, maintenant parfaitement visibles grâce à ses lunettes spéciales. En quelques secondes, son œil averti repéra le cheminement et les différents angles des traits lumineux. Il récupéra dans son sac des perches télescopiques en fibre de verre très légères qu'il régla à la taille qui lui convenait, au sommet desquelles il fixa des petits miroirs étrangement concaves, bricolage astucieux du génialissime Mc Bride. Il parvint ainsi à se dégager un chemin vers le centre de la salle en écartant les rayons rouges venant frapper les diaboliques petits miroirs. Satisfait de son ouvrage, il retira son gros masque militaire qui lui mangeait le visage.

Il extirpa de son sac une petite arbalète et la chargea avec un carreau en fibre de carbone relié à un fin câble d'acier. Il se concentra quelques secondes et visa exactement dans l'axe dégagé des faisceaux. Dans un sifflement pur, la pointe en carbure de tungstène vint se ficher profondément dans le mur opposé, tendant ainsi le filin d'acier. Le raccordant à une petite poulie qu'il positionna calmement dans le plafond au-dessus de sa tête, il réitéra son tir avec un deuxième carreau attaché à l'autre extrémité du câble. Il n'eut besoin que de quelques minutes pour installer son système de manière à rester dans l'axe dégagé des faisceaux. Il se saisit de sa cloche de verre, identique à celle qui recouvrait le diamant, de son laser à découper ressemblant à une petite torche électrique, passé autour du cou et du petit objet qui remplacerait le poids exact de la pierre précieuse convoitée. Il le mit dans la bouche pour avoir les mains toujours libres. Ceci fait, il entreprit de traverser la pièce à deux mètres au-dessus du sol, accroché à ses câbles par les mains et les pieds, tête en bas. Arrivé à l'aplomb de la cloche, il lâcha les mains, restant suspendu uniquement par les pieds. Il entama la découpe de la base de la protection de verre d'un mouvement sûr. En moins de vingt secondes se fut fini. Il lui restait assez de temps pour s'emparer du diamant, le remplacer et remettre une cloche de verre identique à celle découpée à l'instant.

Il respira un grand coup, cracha le poids dans sa paume droite et focalisa toute son énergie sur les gestes à accomplir… Les paroles prononcées par le vieux Mc Bride de sa voix caverneuse résonnèrent dans sa tête : *même si aucun système au monde ne peut être parfait, même s'il est toujours possible de trouver un défaut à la cuirasse, celui-là me paraît quand même pas mal foutu… Il faudrait être capable de berner le capteur en étant assez rapide pour ne pas lui permettre d'enregistrer la différence de pression. Ne poser le poids factice ni trop tôt, ni trop tard… Avec l'électronique d'aujourd'hui tu dois avoir une fenêtre, d'après mes calculs, avoisinant les vingt millièmes de seconde. Tu prends un chronomètre, digital* avait-il précisé, Mc Bride avait toujours eu le souci du détail, *tu pousses le bouton start deux fois, une pour déclencher, une pour stopper, le plus rapidement possible et tu regardes le temps inscrit… Tu auras toujours un résultat supérieur à vingt millièmes. Alors tu penses, ramasser un caillou avec une main et en poser un autre avec la deuxième main dans un laps de temps aussi court… Physiquement impossible ! Le type qui a conçu ce système connaissait son boulot, c'est infaisable mon gars, même pour toi…*

Il sourit,

– Sais-tu vraiment qui je suis, Mc Bride ?

Le voleur bloqua sa respiration et il n'y eut plus qu'un souffle infime entre ses mains… Le poids factice fut posé, trônant immobile en lieu et place du diamant, rien ne se déclencha, pas de sirène hurlante, pas de lumière aveuglante. Pendant quelques secondes il laissa l'adrénaline s'emparer de lui puis ouvrit sa paume et, toujours la tête en bas, contempla sa prise puis mit la pierre précieuse dans sa bouche. Il reposa la nouvelle cloche dont il fixa la base à l'aide d'une pâte spéciale qui scella le verre instantanément sans la moindre trace visible et se rétablissant sur son câble, retraversa la pièce avec la même dextérité que lors du voyage aller. De retour sur son perchoir, il fourra le diamant dans l'une des poches de sa tenue de voleur, non sans l'avoir admiré quelques secondes avant de refermer le zip.

Son visage s'éclaira, pas si difficile après tout.

Maintenant, il allait passer à la phase deux de son plan, celle qui resterait inconnue de son commanditaire, dommage pour lui, c'était de loin la plus excitante et la plus amusante, celle qui lui assurerait un succès total, comme d'habitude.

En moins de temps qu'il ne lui en avait fallu pour l'installer, il démonta son système de filins d'acier et de poulies, remballa ses perches télescopiques, laissant pour seul trophée les deux flèches fichées dans le mur opposé. Il réajusta son sac à dos sur ses épaules et se recouvrit le visage d'une cagoule noire, puis repéra la porte de la pièce, deux mètres en contrebas. Mentalement, il se remémora le plan des lieux qu'il connaissait par cœur. Il n'aurait que quelques secondes pour ouvrir la porte, se ruer dans le couloir, éviter les deux ou trois agents de sécurité qui y accourraient inéluctablement et se précipiter à travers la fenêtre. À y réfléchir, rien de totalement invraisemblable à réaliser.

D'une détente vive, il sauta du haut de son refuge et atterrit avec souplesse sur le sol en déclenchant l'apocalypse. Les sirènes hurlèrent à l'unisson, en même temps qu'un violent éclat orangé illumina l'espace où il se trouvait. En deux mouvements aller-retour du poignet, il fit glisser dans la serrure digitale de la porte une carte magnétique qui lui permit d'ouvrir sans avoir à pianoter le code à cinq chiffres. Il tourna à droite et s'engouffra dans le couloir, vers la fenêtre. Déjà, un des gardes en uniforme le mettait en joue en criant de tout son souffle pour essayer de couvrir le vacarme des alarmes.

– Arrêtez, ou je tire !!!

Pas très original dans sa formulation, pensa le fuyard, mais cet abruti n'hésiterait certainement pas à exécuter sa menace.

Deux monstrueuses détonations résonnant à ses oreilles lui donnèrent raison. La baie vitrée, dix mètres devant lui, explosa sous l'impact du calibre trente-huit. Il bondit, passa à travers ce qui restait de la fenêtre déjà étoilée en milliers de morceaux et fut happé par l'air froid de la nuit…

Il y avait au moins sept mètres de haut entre la fenêtre du couloir et la première terrasse sur laquelle il atterrit… Il roula sur lui-même et repartit en courant dans le même mouvement.

Déjà, un des agents faisait feu, ébahi de le voir se relever indemne après un pareil saut. L'obscurité de la nuit le protégeait, impossible de viser juste sur cette cible mouvante dans de telles conditions.

Sans ralentir son allure, se servant de sa course folle comme élan, il se propulsa entre deux buildings, à plus de vingt mètres au-dessus de la rue déserte et sombre.

Les hommes à la fenêtre baissèrent leur arme et se regardèrent stupéfaits, il devait y avoir plus de huit mètres, la largeur de la rue, entre les deux toits, un abîme… Une seconde auparavant, ils étaient certains que la silhouette noire et masquée s'enfuyant dans la nuit serait coincée sur le toit. Ils ne pouvaient que constater leur erreur. Comment avait-il pu faire ça ?

À peine essoufflé, le fugitif s'engouffra par la porte du toit donnant à l'intérieur du bâtiment, dont il avait fait sauter le cadenas quelques heures plus tôt. Dans moins de deux minutes, il serait dans la rue, bien avant que la police de Boston ne réussisse à boucler le quartier. En descendant l'escalier de service quatre à quatre, il sourit franchement sous son masque en repensant à son plan magnifiquement exécuté.

La très grande classe.

Il ne lui restait plus qu'à enlever sa combinaison noire. Ce qu'il fit en un clin d'œil pour se retrouver en tenue passe-partout : jean et baskets. Il ajusta un bonnet de laine sur son crâne ainsi qu'une paire de lunettes de soleil sur ses yeux à la place de sa cagoule. Toujours sourire aux lèvres, il poussa dans un raclement bruyant la porte de service de l'immeuble et sortit dans la petite ruelle sombre encombrée de poubelles, puis rejoignit l'artère principale. Les sirènes hurlantes des voitures de la police de Boston se firent entendre au loin, aucun signe d'affolement ne fut visible sur son visage, plusieurs pâtés de maisons les séparaient encore. Il bipa un des véhicules en stationnement qui lui répondit par un coup de clignotant, ouvrit le coffre et y laissa son sac avec son attirail. Il le referma et d'un pas tranquille et serein, les mains dans les poches, se dirigea de l'autre côté de Coolidge Corner, vers le « *Blue Salmon* » où il dégusterait un verre bien mérité, peut-être même s'autoriserait-t-il une partie de billard. À cette heure, il trouverait sûrement quelques joueurs pour parier un ou deux billets…

1

Kelly Walsh gara son imposante Chevrolet Camaro en trois coups de volant, n'hésitant pas à s'appuyer lourdement sur les pare-chocs des deux véhicules l'encadrant. Son engin à peu près rangé, elle en sortit en trombe et s'engagea sur le trottoir bondé à cette heure matinale. Newbury Street ressemblait à une ruche en effervescence, comme tous les jours, telle une lancinante routine, les Bostoniens déferlaient dans les rues pour se rendre au travail. Elle jeta un œil inquiet à sa montre : cinq minutes de retard. Ça aurait pu être pire, encore deux cents mètres et elle serait arrivée. Elle pensa un instant se mettre à courir, mais la foule des passants et ses douze centimètres de talons aiguilles l'en dissuadèrent. Enfin à destination, elle poussa la lourde porte du hall d'entrée de l'immeuble. Jones le gardien en faction l'aperçut et immédiatement un sourire illumina son visage.

– Bonjour, mademoiselle Walsh, vous avez un visiteur…

– Bonjour Jones, merci.

Elle ne s'arrêta pas pour discuter de la pluie et du beau temps comme Jones aimait le faire habituellement, pas le temps si ce type l'attendait déjà en haut. Elle s'engagea dans le couloir d'un pas rapide et monta les marches jusqu'au premier étage aussi vite que ses chaussures le lui permettaient.

Il était effectivement là. Un homme d'une quarantaine d'années, au costume noir très strict le faisant ressembler à un croque-mort. Il patientait, installé dans un des confortables fauteuils en cuir du couloir. Ralentissant son

19

allure et prenant son air le plus professionnel possible, la jeune femme l'apostropha en lui tendant la main.

– Bonjour, vous devez être monsieur Hamilton, n'est-ce pas ? Excusez-moi, je suis un peu en retard, un petit problème de dernière minute.

Un gros problème en vérité, pensa-t-elle, impossible d'assortir son rouge à lèvres avec son tailleur. Avec un sourire engageant, elle le fixa. En fait, elle avait les pires difficultés du monde pour arriver à l'heure, besoin d'un temps certain pour se préparer et c'était bien là son moindre défaut. L'homme chaussa ses fines lunettes et l'observa de haut en bas. Il fut visiblement impressionné par l'effet qu'elle produisait. Kelly Walsh lut dans son regard qu'il ne lui tiendrait pas rigueur des cinq minutes de retard…

Il se leva et daigna lui serrer la main, il n'avait toujours pas prononcé un mot. Ce type avait l'air plus glacial à lui tout seul que la banquise dans toute sa longueur, songea-t-elle.

La ravissante jeune femme ouvrit la porte affublée du numéro 106, où brillait une élégante plaque de cuivre, gravée de ces mots : *Agence Carabas, enquêtes privées*. L'homme s'effaça pour la laisser passer. Une fois à l'intérieur, elle s'installa derrière le bureau moderne et fonctionnel qui trônait au milieu d'une pièce agréable illuminée par le soleil matinal. Kelly Walsh alluma son ordinateur et dans un sourire toujours plus professionnel, invita son visiteur à s'asseoir en face d'elle. À la suite de quoi, elle sortit de quoi écrire, posa ses coudes sur le bureau et demanda,

– Alors, monsieur Hamilton, en quoi notre agence peut-elle vous aider ?

Il parut surpris en prononçant ses premiers mots, teintés sur certaines sonorités d'un très léger accent.

– Je pensais voir monsieur Thurnburgh, va-t-il bientôt arriver ?

Il avait l'air pincé, Kelly le catalogua sans hésitation dans la catégorie macho-pensant-qu'une-femme-n'est-pas-capable-de-comprendre-de-quoi-il-s'agit. Elle ne se démonta pas, question d'habitude.

– Monsieur Thurnburgh est très occupé à l'heure actuelle, je suis sa collaboratrice, n'ayez crainte, je lui rapporterai mot pour mot tout ce que vous me confierez.

– Dans ce cas, je vais vous expliquer le pourquoi de ma visite. Tout d'abord, si nous nous sommes adressés à vous plutôt qu'à une autre agence, c'est en raison du caractère un peu *délicat* de l'affaire qui nous préoccupe. Il parait que votre patron - Kelly leva les yeux au ciel, ce type ne pouvait pas admettre qu'ils étaient associés - est capable de résoudre des cas vraiment *particuliers*.

– Écoutez monsieur Hamilton, dites-moi de quoi il s'agit, nous en discuterons avec monsieur Thurnburgh et après avoir étudié les différents éléments nous déciderons si votre requête est susceptible de nous intéresser et si elle se trouve réalisable en fonction de nos compétences. De plus, je vous rappelle que nous sommes tenus par le secret professionnel, si cela peut vous rassurer. Je vous demanderai donc d'être le plus exhaustif possible afin que nous puissions nous faire une idée précise de la situation.

– Voilà, je travaille pour une personne, riche, dont vous me permettrez de taire le nom. Cette personne, mon patron si vous voulez, aimerait récupérer un objet qui n'a pas une grande valeur en soit, mais qui lui tient beaucoup à cœur. Il serait prêt à payer un bon prix si monsieur Thurnburgh réussissait à disons, *l'obtenir* pour lui.

Kelly restait impassible, fixant toujours son client droit dans les yeux, se demandant combien de temps il allait encore tourner autour du pot. Elle hasarda,

– De quelle sorte d'objet s'agit-il, monsieur Hamilton ? Et si vous me permettez une question, pourquoi votre patron, si riche, ne peut-il pas essayer de l'acquérir ? Je ne vous cache pas que ce genre d'opération a un coût relativement élevé. Si la chose n'a pas une grande valeur, il se peut que nos honoraires soient supérieurs à son prix d'achat.

– Il s'agit d'un objet religieux, sacré, qui se trouve dans un musée et les personnes le détenant ne veulent pas s'en séparer. Du moins, ils ne souhaitent pas le vendre à mon patron.

Il parlait avec une lenteur exaspérante, pesant chacun de ses mots, ne donnant que des bribes de renseignements. Kelly garda son air affable, après tout, il y avait sûrement moyen de gagner pas mal d'argent avec cette affaire-là. Elle savait pertinemment que l'illégalité pointant son nez, les prix auraient une nette tendance à grimper en flèche et elle se flattait d'avoir un sens aiguisé du commerce.

– De quel musée s'agit-il ?

– Le musée de l'Histoire indienne. Il faut que vous compreniez, je ne fais que suivre les directives de mon patron. Il m'a donné carte blanche sur la personne à employer et il me semble après avoir approfondi mes recherches, que monsieur Thurnburgh est la personne la plus qualifiée pour s'emparer de cet objet, le plus discrètement possible cela va de soi. Si cette affaire venait à s'ébruiter, mon patron en serait très *contrarié…*

Elle ne fit pas de remarque sur la menace à peine déguisée que ce type, qu'elle trouvait de plus en plus antipathique, venait de proférer. Elle décroisa ses jambes dans un crissement soyeux de nylon qui fit son effet, se pencha un peu plus vers lui et reprit à voix plus basse,

– Très bien monsieur Hamilton, nous savons donc où, nous savons presque quoi, alors dites-moi maintenant quand souhaiteriez-vous voir cette opération s'effectuer.

– Le plus vite possible, mon patron est quelqu'un dont la patience n'est pas la vertu principale. Le début de la semaine prochaine serait parfait. Techniquement parlant, le système de sécurité du musée ne représente pas un gros problème... Si votre associé est aussi fort que certaines personnes le pensent.

Kelly soutint son regard en souriant. Il essayait de titiller son orgueil en émettant des doutes sur les capacités de Charles. Comme s'il s'agissait d'un défi à relever, typiquement une attitude de macho à peine sorti de l'adolescence. La jeune femme se leva carrément cette fois, pour signifier la fin de l'entretien.

– Parfait monsieur Hamilton, nous vous recontacterons demain par biais informatique comme convenu, si nous acceptons le dossier. Nous vous communiquerons les détails, le prix et les différentes modalités de l'opération. En revanche si nous refusons, notre décision sera sans appel. Concernant la confidentialité de cet entretien, je vous rappelle une fois encore que nous sommes tenus au secret professionnel... Et comme Hamilton n'est pas votre véritable nom de toute façon...

Il sourit froidement, légèrement étonné. Cette fille n'était donc pas si bête, elle aurait fait une recherche sur lui ? Ou elle bluffait juste pour voir sa réaction, dans ce cas elle venait de marquer un point. Il admira une dernière fois sa plastique parfaite et lança brièvement,

– A demain mademoiselle Walsh, avant de tourner les talons et de sortir.

La jolie blonde s'affala dans le canapé pour évacuer la pression. Elle aimait ces confrontations sur le fil du rasoir, bien plus palpitante qu'une sordide affaire de femme volage ou d'employé de supermarché piquant dans la caisse et nécessitant des heures de filature. Charles aussi adorait ce genre de travail plus ou moins scabreux et elle se réjouissait à l'avance de pouvoir lui narrer les détails du dossier dès qu'il daignerait refaire surface. Elle jeta un œil à la pendule murale en se demandant avec un peu d'anxiété où il pouvait bien traîner en ce moment.

La grosse berline descendait au pas la rampe d'accès au septième niveau, le plus bas du parking souterrain de Glen Street. Au milieu de la travée centrale, le véhicule s'immobilisa. Deux éclairs blanchâtres trouèrent la semi-obscurité du dernier sous-sol où dormaient plusieurs dizaines de voitures. Le chauffeur attendit cinq secondes et, comme convenu, réitéra son double appel de phares.

Une silhouette sortit d'un petit coupé sport décapotable rangé au fond du parking et claqua la portière. Les mains dans les poches de son trench-coat au col relevé, l'ombre d'un chapeau mou lui cachant la moitié du visage, il s'avança au milieu de la travée d'une démarche à la fois souple et méfiante. La portière arrière droite de la berline noire s'ouvrit à son tour sur un homme d'une soixantaine d'années, les cheveux argentés portant un costume sombre de belle coupe. Il vint à la rencontre de l'inconnu une mallette à la main. D'une voix un peu forte pour la circonstance, il salua son interlocuteur dissimulé sous son couvre-chef.

– Bonjour, monsieur Thurnburgh. Je me demande toujours pourquoi vous faites autant de mystère autour de votre personne. Sincèrement, nous aurions été plus à notre aise pour traiter cette affaire dans mon bureau en buvant un bon whisky, non ?

– D'abord, je ne bois pas de whisky et ensuite, ce halo de mystère, comme vous dites, m'assure un anonymat qui me plait. Partons du principe que je suis un grand timide et que j'ai horreur des éclairages vifs.

L'autre continuait à avancer vers lui, il l'apostropha.

– S'il vous plait, ici c'est assez près…

– Bien, comme vous voudrez, il désigna la mallette. J'ai la somme pour laquelle nous nous étions mis d'accord. Dix mille dollars, car je considère que vous avez partiellement échoué… Il ne put retenir un sourire de satisfaction. Vous avez réussi à pénétrer dans le bâtiment, à vous introduire dans la pièce et à vous enfuir… Ce qui représente déjà un bien bel exploit, mais le signal d'alarme vous a piégé et mon diamant est resté à sa place, n'est-ce pas… ?

– Tout à fait, monsieur Mc Call, ça n'était pas si facile, votre nouveau système est très performant, vous pouvez définitivement le commercialiser. Ce test grandeur nature est là pour le prouver, il sortit un dossier de sous son imper, vous trouverez là-dedans mon rapport détaillé, avec les points sensibles à améliorer.

– Merci, monsieur Thurnburg, grâce à vous je vais vendre ce système clef en main et gagner encore plus d'argent.

Il ne put s'empêcher de s'esclaffer devant sa propre boutade. Ce faisant, il posa la mallette sur le sol et ramassa le dossier que l'étrange personnage au chapeau mou venait de lancer par terre.

L'homme au costume sombre reprit de plus belle.

– Ce fut un plaisir de faire du business avec vous, il se fit sarcastique, mais entre nous, je vous pensais un poil plus fort, j'en aurais presque tremblé pour mon diamant…

Il plissa les yeux et dans la pénombre environnante essaya de distinguer les traits de son interlocuteur. Peine perdue, en plus du chapeau et du col relevé, une paire de lunettes noires finissait de lui masquer le visage. Mc Call se demanda comment ce type parvenait à voir quelque chose dans l'obscurité malsaine du parking, il fallait vraiment qu'il tienne à son anonymat. Sur cette constatation, le vieil homme lui fit un signe de la main et regagna sa voiture.

L'autre attendit qu'elle démarre avant de sauter dans la sienne sans même ouvrir la portière, l'un des avantages du cabriolet. Il vérifia le contenu de la mallette : dix mille dollars. Il aimait traiter avec Mc Call, il se montrait le plus souvent prétentieux, limite imbuvable, mais correct, c'était bien là, le principal. Et sa naïveté était touchante, comment pouvait-il imaginer que le diamant placé sous la cloche de verre à l'heure actuelle, n'était plus qu'une vulgaire copie, au poids et à la forme rigoureusement identique au vrai ? Taillé dans du verre par Kate Donohue avec ses petits doigts de fée, uniquement d'après les photos du dossier, très complet au demeurant, de la compagnie d'assurance. Il se demanda d'ailleurs s'il serait plus intéressant de négocier avec cette dernière pour la restitution du vrai ou de le remettre, retaillé, sur le marché. Il en parlerait à Kate, ce genre de pièce, frisant le million de dollars, était de nature à la rendre imaginative.

Le sourire aux lèvres, il repensa à l'ultime phrase prononcée par son commanditaire, oui en fait, tu ne crois pas si bien dire Mc Call, *un poil plus fort*, c'est toute la différence…

Kelly Walsh semblait subjuguée par son écran d'ordinateur, totalement concentrée sur le sujet de recherche qui la préoccupait, elle avait même pour l'occasion chaussé ses lunettes de vue, qui loin de l'enlaidir, lui donnaient un petit air encore plus mutin qu'à l'habitude. Elle était vraiment jolie. À vingt-six ans, elle avait une classe naturelle qui la rendait à l'aise dans toutes les situations. Agréable et joyeuse, elle savait également quand cela s'avérait nécessaire, remettre en place ceux qu'elle n'appréciait pas, par une verve sarcastique qui faisait souvent grincer les dents de ses victimes. Intelligente, elle pouvait se fondre dans n'importe quel moule, de la femme d'affaires internationale maîtresse de son destin, à la timide employée discrète et respectueuse en passant par la journaliste d'investigation prête à renverser les montagnes… Mais, quel que soit le rôle dévolu à Kelly Walsh, elle ne laissait jamais personne indifférent. Quand on croisait Kelly Walsh, on ne l'oubliait pas. Pour le moment, la jolie blonde occupait son véritable costume, celui de secrétaire d'agence de détective privée, mais loin des standards *Bimbo* de la profession, popularisés par les romans noirs ou les séries télévisées. Elle n'avait pas son pareil pour étudier et analyser les différentes affaires, plus ou moins légales, qui se présentaient. Méfiante, limite paranoïaque depuis son enfance qui n'avait pas toujours été joyeuse, Charles Adrian Thurnburgh son associé, avait une confiance aveugle en son discernement.

Plongée dans son travail, elle n'entendit pas la porte s'ouvrir sans un bruit. La silhouette s'approcha, vive et silencieuse, observa la jeune femme quelques instants… Puis tout alla très vite, l'homme enleva son chapeau, le jeta dans le même geste à travers la pièce et bondit sur le canapé. Ce fut le couvre-chef venant s'empaler dans un mouvement parfait sur le porte-manteau, qu'elle remarqua en premier, puis levant la tête de son écran, elle sourit face au nouvel arrivant, vautré sur le sofa.

– Je me demandais où tu étais passé. Tu aurais pu donner de tes nouvelles, j'étais inquiète après cette nuit.

Il la regarda avec une infinie douceur, teintée de mélancolie.

– Bonjour aussi ma belle… Rassure-toi, je vais très bien et tout a marché comme sur des roulettes…

– Il parait qu'il y a eu des coups de feu cette nuit…

– Peut-être un ou deux dans l'affolement, je ne me souviens plus très bien… Mais rien de bien méchant, je l'aurais remarqué.

Elle le fixa, l'air courroucé.

– Charles Adrian Thurnburgh, tu prends trop de risques ! Un jour ou l'autre la chance va tourner et alors…

– La chance n'a rien à voir là-dedans et tu le sais très bien… Puisque tu fais preuve de mauvaise humeur, fais donc ton travail de secrétaire, sers-nous un café bien fort.

Elle lui fit carrément les gros yeux.

Il adorait la taquiner et de fait, il était la seule personne au monde dont elle acceptait les sarcasmes. Il reprit sur le même ton.

– Au fait, au cas où ça t'intéresserait, ce cher Mc Call nous a payés… Dix mille dollars ! De quoi couvrir largement nos frais…

Elle le fixa en soupirant,

– Et je suppose que tu es fier de toi… ?

– Très fier Mademoiselle ! Encore plus que tu ne peux l'imaginer car mon stratagème a parfaitement fonctionné…

– Non, ne me dis pas…

– Et si…

Il sortit lentement de sa poche une petite bourse en velours noir, en écarta le cordon la fermant et en fit tomber le diamant dans le creux de sa main. Devant l'air effaré de son associée, il précisa.

– Allez, cesse de bouder et sers-nous ce café. Ensuite, tu me raconteras en détail ton entrevue avec ce monsieur Hamilton que tu devais rencontrer ce matin, on étudiera sérieusement ce qu'on peut faire pour lui.

4

Le parc de Boston Common resplendissait de milliers de couleurs chatoyantes en ce début octobre. L'été indien plongeait la ville dans une agréable douceur, dissipant dans un même élan les brumes matinales et la fraîcheur de l'automne naissant. Les deux hommes arborant chacun un impeccable costume sombre parcouraient les grands espaces verts du parc d'un pas lent, insensibles à la beauté naturelle des lieux. Le plus petit et le plus âgé semblait mener les débats sans sympathie excessive pour son compagnon de promenade, comme s'adresserait un patron envers son subalterne.

– Quand est-il censé vous recontacter ? Lâcha-t-il sèchement,

– Demain, s'il accepte l'affaire.

– Et vous dites qu'il ne vous a pas été possible de le rencontrer personnellement ?

L'autre s'excusa presque.

– Non, je n'ai eu affaire qu'à la secrétaire.

– La prochaine fois, exigez d'avoir un contact avec lui. Il est prudent et intelligent, après tout pour le cas qui nous intéresse ce n'est pas plus mal, il eut une moue soucieuse, il ne faudrait pas qu'il soit trop intelligent tout de même…

Son interlocuteur acquiesça

– Je pense que nous arriverons sans mal à le contrôler.

– Ou alors il nous faudrait prendre des mesures définitives. Cette affaire est trop importante pour prendre le moindre risque.

– Bien monsieur. Et pour demain, nous poursuivons selon le plan prévu ?

31

– Oui, insistez simplement sur le fait que vous désirez le rencontrer, n'hésitez pas à augmenter la somme s'il refuse. On m'a dit qu'il n'était pas insensible au charme de l'argent. Quoi qu'il en soit, j'ose espérer que vous ne vous êtes pas trompé sur son compte Hamilton. Je vous paie suffisamment cher pour ne pas avoir à regretter la moindre erreur qui serait due à un mauvais choix de votre part.

– Excusez-moi monsieur, mais pour ce genre de travail je vous assure qu'il s'agit de l'homme de la situation. Il vous serait facile de trouver quelqu'un d'autre, quelqu'un de plus aisément gérable et de moins cher, mais dans ce cas je ne garantis pas le résultat, c'est vous qui voyez…

L'autre n'apprécia pas le ton employé par son subalterne et le fit savoir.

– Hamilton, je vous paie pour exécuter mes ordres ! Le jour où j'aurai besoin de vos conseils, je vous donnerai tous les tenants et les aboutissants de l'opération, ce qui n'est pas le cas aujourd'hui. Faites ce qu'on vous dit et ne prenez pas d'initiative sans me consulter…

– Bien monsieur.

D'un pas toujours aussi lent, arrivés sous le monument marquant le départ du chemin de briques rouges, ils se séparèrent sans se saluer, chacun se dirigeant dans une direction opposée.

5

L'odeur parfumée de l'arabica brésilien embaumait le bureau tout entier. Un muffin à la main, Kelly assise sur un des poufs, feuilletait le journal de la veille. Elle apostropha son compagnon.

– Non, rien de spécial sur le musée de l'Histoire indienne. Pas d'exposition particulière. Il y a le programme de toute la semaine, ils l'auraient mentionné.

– Bien, dans ce cas ils sont définitivement intéressés par un des objets s'y trouvant en temps normal. Je ne pense pas qu'on puisse découvrir quelque chose de très grande valeur là-bas. De toute façon, ce musée n'est ni très connu, ni très important… Pourquoi donc veulent-ils ce truc ?

– Ils ne te le diront pas, c'est une évidence, pas le genre de la maison à ce que j'ai vu.

– L'ennui, c'est que j'aime bien savoir pourquoi je pique quelque chose en général. L'idée de devoir voler un objet considéré comme sacré ou mythique par les Indiens ne me plait pas plus que ça.

Il soupira l'air pensif.

Kelly sentit son malaise.

– À quoi penses-tu ? Faire comme pour le diamant de Mc Call, un faux… ?

Il ne put s'empêcher de sourire quand l'image repassa devant ses yeux, en imaginant la tête de Mc Call si un jour il se rendait compte de la supercherie. L'idée de sa collaboratrice n'était pas si stupide, il la commenta.

– Mais cette fois, je laisse l'original et je remets la copie au commanditaire en faisant le casse pour rien en quelque sorte… Bien réfléchi, mais ça peut être dangereux avec ces types. Je ne sais pas pourquoi, mais je ne sens pas très bien ce coup-là, trop facile et en même temps, trop de zones d'ombre. Qui sont ces gars et pourquoi se sont-ils adressés à moi pour un vol qui semble relativement aisé ?

– Difficile de le savoir, la piste s'arrête à Hamilton, qui ne s'appelle pas Hamilton d'ailleurs. Depuis une heure, j'ai essayé tous les fichiers informatiques habituels. Impossible de retrouver sa trace pour le moment, j'ai bien une ou deux autres idées, mais ça va me prendre un peu de temps. Tu as raison sur un point à mon avis : je suis sûre qu'ils sont dangereux.

Elle dit cela en pointant un doigt menaçant vers lui, il lui lança un des coussins du sofa et se leva d'un bond.

– D'accord ! Voilà ce qu'on va faire : je prends rendez-vous avec ce type demain et j'essaie d'en savoir plus, il sera toujours temps d'aviser ensuite. Toi, si tu veux, mets ton déguisement de journaliste par exemple et va au musée étudier tout ce que tu pourras. Le topo habituel : systèmes de sécurité, plan des salles et diverses photos des vitrines… Après tout, un peu de culture indienne te fera le plus grand bien. S'ils pouvaient t'inculquer des bribes de leur légendaire sagesse…

Elle haussa les épaules et leva les yeux au ciel,

– Et toi, on peut savoir ce que tu vas faire de ta journée ?

– Moi, je vais aller dormir, il s'étira lentement dans un terrifiant bâillement, les prochaines nuits risquent d'être longues et blanches…

– Toujours les mêmes qui se cognent le sale boulot en somme.

– On peut voir ça sous cet angle, oui…

6

Hamilton, en exécutant méticuleux, regarda une fois encore son petit carnet dans lequel il avait inscrit le nom et l'adresse du lieu du rendez-vous. « *Aux armes de Flagherty* » sur Endicott Street en face du Boston Harbor. Il s'agissait d'un pub irlandais très *cosy* à l'ambiance chaude et agréable à souhait. On s'y rendait en général de manière discrète avec sa maîtresse pour passer un bon moment plutôt que pour traiter une affaire délicate. Il essaya de voir le côté positif de la chose, pour le genre de contrat qu'il s'apprêtait à négocier, il valait sûrement mieux un endroit où lui et ce détective privé se fondraient dans le décor. Il avait bien sûr tenté d'imposer son propre lieu de rencontre, mais Thurnburgh s'était révélé malin et subtil, fidèle à sa réputation. En définitive, il avait fallu à Hamilton subir les exigences de Charles s'il voulait traiter l'affaire avec lui.

Il repéra le pub à la façade accueillante en vieilles pierres grises, ralentit son pas, jeta un rapide coup d'œil professionnel aux alentours et ne remarquant rien ni personne de suspect, se décida à entrer…

À cette heure de la journée, « *Aux Armes de Flagherty* » ressemblait à un hall de gare, tant le restaurant était plein à craquer. Sa nourriture et son ambiance, réputées dans tout Boston, attiraient tous les affamés et assoiffés des environs, sans oublier ceux qui ne venaient que pour passer un agréable moment.

Hamilton avait réussi à se faire entendre d'un des serveurs et avait fini par trouver la table réservée à

35

son nom dans un coin sombre et discret du fond de la grande salle aux murs lambrissés de bois ancien aux essences rares. Le décor était impressionnant, entre autres des cartes marines du XVIIIe ou encore des rapières d'époque exposées au-dessus d'une magnifique cheminée. Le cadre se révélait vraiment agréable avec ses grandes tentures pourpres et tout un tas d'objets hétéroclites allant du sextant de navigation à l'armure ouvragée du XVe siècle en passant par une véritable ancre de galion trônant majestueusement dans le fond du lounge. Hamilton ne trouva personne déjà installé et semblant l'attendre. Son *contact* brillait par son retard, cela devait être une marque de fabrique dans cette agence, songea-t-il hargneusement, en se rappelant que la secrétaire également avait été incapable d'arriver à l'heure. Il se servit un verre d'eau minérale et se résigna à patienter, observant le ballet incessant des serveurs et des clients cherchant désespérément une place libre afin de pouvoir déjeuner.

Il n'avait pas prêté particulièrement attention à la table derrière lui, également dressée dans un renfoncement sombre et tranquille du *lounge*, aussi fut-il étonné d'entendre une voix masculine prononcer distinctement son nom.

– Bonjour, monsieur Hamilton, j'espère que le lieu vous convient. Personnellement, j'ai un faible pour ce pub, je m'y sens bien…

L'autre, surpris, se retourna et ne découvrit que le dos de son interlocuteur, occupé à dévorer un steak saignant, son inséparable chapeau vissé sur la tête. Toujours sans le regarder, il poursuivit,

– Vous ne m'en voudrez pas de ne pas vous faire face, mais je préfère préserver le peu d'anonymat qui me reste. Ne vous en faites pas, nous avons tout le loisir de discuter de notre affaire et je suis persuadé que vous avez tout un dossier particulièrement complet à me fournir si nous parvenons à un accord. Ai-je raison, monsieur Hamilton ?

Ce dernier sembla plus troublé par la tournure des évènements qu'il n'aurait voulu le laisser paraître.

– Jusqu'ici vous êtes dans le vrai…

– À la bonne heure, monsieur Hamilton, trinquons donc à notre accord !

Et ce faisant, il leva joyeusement son verre comme pour porter un toast…

7

L'homme inséra sa carte magnétique dans l'appareil de lecture optique, les dix chiffres digitaux s'allumèrent instantanément sur l'écran à cristaux liquides. Il composa son code confidentiel du bout de l'index et la porte épaisse de trente centimètres, s'ouvrit dans un chuintement synthétique. Au moment où il la franchit pour pénétrer dans le laboratoire ultra moderne, il ajusta un masque chirurgical sur son visage. Avec sa combinaison blanche lui recouvrant tout le corps, il ressemblait à une espèce de fantôme errant tristement dans un lieu hanté, même si la pureté immaculée et aseptisée du labo inspirât une autre forme de malaise que les vieux souterrains d'un château. Il s'approcha des deux hommes habillés à l'identique, dont les silhouettes se découpaient tels des hologrammes dans la lumière artificielle des néons bleutés. Ils se tournèrent vers le nouveau venu et bien que ce dernier fût méconnaissable sous son accoutrement, le saluèrent immédiatement.

– Bonjour, monsieur, nous allions justement procéder à l'injection, une fois tous les paramètres vérifiés par l'ordinateur.

– Très bien docteur Brown, je suis heureux d'arriver à temps. Cette expérience me tient énormément à cœur, comme vous le savez.

Puis, se tournant vers l'autre homme assis devant divers écrans d'ordinateur,

– Professeur Wallace, que disent vos résultats ?

– Tout à l'air parfait monsieur. Le sujet ne montre aucun problème post opératoire par rapport à l'intervention d'il y a deux jours. Nous sommes prêts pour la phase suivante.

– Très bien messieurs, n'oubliez pas de mettre le labo en top sécurité quand on pratiquera l'injection et veillez à ce que tout soit prêt en cas de réaction violente et incontrôlée. Après tout, nous voguons vers des territoires inconnus, nul n'est en mesure de prédire exactement ce qui peut arriver…

Le docteur Brown se dirigea vers le mur du fond, aménagé spécialement et composa un code sur un écran digital. Un compartiment en acier de la taille d'une armoire à pharmacie s'ouvrit lentement dans un courant d'air glacial, laissant échapper des fumeroles blanchâtres au contact de la température ambiante du labo, beaucoup plus chaude.

Fixée verticalement dans un tube transparent, une seringue de grosse taille apparut sur son support. Malgré la température du compartiment bien au-dessous de zéro, il la saisit, des gants chirurgicaux enfilés aux mains. L'aiguille scintilla quand elle accrocha la lumière quasi irréelle de la pièce, mais le plus surprenant pour les trois hommes, bien qu'ils soient des habitués des lieux, fut le liquide vert fluorescent qui semblait vivre en d'étranges volutes à l'intérieur de l'instrument médical. Il paraissait capter la luminosité elle-même. Le docteur Brown, qui ne parvenait pas à cacher une certaine anxiété, se tourna vers les deux autres, tenant la seringue comme une relique précieuse. Il articula distinctement,

– Professeur Wallace, veuillez passer le laboratoire en top sécurité je vous prie.

L'autre s'exécuta depuis son clavier d'ordinateur.

La lumière ambiante devint violette, découpant avec précision le contour des objets.

Brown se dirigea de l'autre côté du labo, vers la partie demeurée masquée jusqu'ici par un grand rideau gris en matière synthétique. Wallace restant à son poste, assis derrière son clavier, le dernier arrivant emboîta le pas de l'homme à la seringue et écarta la tenture dans un cliquetis métallique, laissant apparaître une table d'opération sur laquelle se trouvait un être difforme, entravé et bâillonné…

Absolument conscient, il pouvait parfaitement voir et entendre. Ses yeux écarquillés qui allaient fiévreusement de l'un à l'autre des deux hommes en blanc reflétaient une terreur indicible. Il parvenait à pousser quelques gémissements, mais tout son être savait que ses efforts s'avéreraient à la longue inutiles. Il était un sujet d'expérience et l'heure était venue pour ses tortionnaires de la tenter.

À peu près de la taille d'un homme, l'être attaché à la table avait le corps entièrement couvert de poils noirs. On pouvait distinguer malgré sa toison abondante, des muscles puissants qui bougeaient au rythme de sa respiration haletante traduisant sa peur. Ses membres en revanche, paraissaient étranges. Ils ressemblaient plus à ceux d'un animal canin qu'à ceux d'un véritable être humain et son visage, lui aussi recouvert de poils sombres, trahissait une origine bestiale, avec un museau trop long et une mâchoire trop forte… Mais le plus terrifiant restait son regard, des yeux jaune doré, inspirant la brutalité et la frayeur, même habité de la panique que l'on pouvait y déceler.

Le docteur Brown, sa redoutable seringue à la main, s'approcha lentement de son cobaye. Choisissant la carotide, il y apposa doucement l'aiguille puis d'un geste brusque et précis la fit pénétrer… Il injecta le liquide fluo, sous les gémissements étouffés de la créature, prise presque instantanément de tremblements convulsifs.

Les yeux du troisième homme trahirent la joie intense qu'il ressentait, malgré son visage toujours entièrement dissimulé par le masque chirurgical, les deux scientifiques l'entendirent simplement murmurer,

– Il y a si longtemps que j'attends ce moment…

8

À la nuit tombée, Boston ressemblait à un immense Luna Park lumineux s'étalant sous ses pieds. Malgré la fraîcheur ambiante de l'automne naissant, Charles Adrian adorait se laisser griser par la vue imprenable de cette ville qu'il aimait tant. Le vent nocturne venant du large lui soufflait au visage en lourdes rafales, mais peu lui importait, il fallait qu'il se retrouve sur ce toit et qu'il s'imprègne de ce spectacle grandiose. Il le ressentait au plus profond de lui-même. Ainsi, plusieurs fois par semaine, il trouvait refuge au sommet de l'immeuble du 208 Newbury Street et comme s'il était seul au monde, admirait la cité d'en haut. Cela le calmait, le rassurait et l'aidait à réfléchir.

Il s'assit à l'abri du vent et confortablement installé, se remémora son entrevue avec le très antipathique Hamilton. Ils avaient fini par tomber d'accord, sur la somme tout d'abord : vingt mille dollars. Pas mal payé pour un travail qui ne prendrait pas plus d'une heure. En effet, d'après le dossier de son nouvel ami Hamilton qu'il venait d'étudier, conçu d'une manière très professionnelle soit dit en passant, pénétrer dans le musée, voler l'objet convoité et en ressortir, ne présentait pas un problème insurmontable, surtout le concernant. Il faudrait cette fois passer non pas par le haut, mais par le bas. Certes, il n'aimait pas trop le chemin nauséabond et odorant des égouts, mais son étude s'était révélée formelle, le plus sûr, le plus rapide et le plus facile pour cette opération, était indéniablement la voie par les égouts. Une moue peu ragoûtante se forma sur son visage à cette évocation, mais effectivement pour vingt mille dollars on pouvait se mettre un peu les pieds dans la… crasse. Il repassa en revue, dans son esprit totalement concentré, le moyen de neutraliser les différentes alarmes. Le système dans son entier se montrait plutôt vieillot, plus vraiment *up to date* comme disait Kelly, pas de soucis de ce côté-là.

Son associée avait fait du bon boulot, *comme d'habitude* avait-elle précisé ironique. Elle avait réussi à dégoter une liste complète des objets d'art exposés dans le musée de l'Histoire indienne. Ce dernier se révélait être surtout basé sur la culture iroquoise très présente dans le nord-est des États-Unis et plus particulièrement sur celle des Mohawks, une des six nations formant la confédération iroquoise créée vers 1390, cent ans avant que Christophe Colomb ne découvre l'Amérique. Charles avait été surpris d'apprendre qu'il s'agissait d'une des plus vieilles démocraties du monde. En revanche, il ne restait que quelques rares objets de la tribu originale des indiens Massachusetts, appartenant eux à la culture algonquine, les premiers indigènes de la baie de Boston. Les Massachusetts avaient malheureusement été entièrement massacrés avant 1800 autant par les colons européens, par les Mohawks eux-mêmes lors de violentes guerres tribales, que décimés par de terribles épidémies. Les responsables du musée étaient d'ailleurs de véritables indiens iroquois, mais la jeune fille n'avait pas été en mesure de rencontrer le directeur.

La liste avait parfaitement confirmé ce que Charles pensait, rien de vraiment exceptionnel, d'un point de vue purement financier, ne s'y trouvait. Quelques trucs assez anciens, trois cents ans au maximum, les plus vieux remontant aux Massachusetts, mais Wolkowski, en qui Charles avait une confiance aveugle dans ce genre de jugement, s'était montré catégorique : difficile à revendre et extrêmement facile de se faire repérer avec des objets rituels indiens, même en essayant de passer par une filière canadienne. Les six différentes tribus de la confédération se serraient les coudes entre elles en ce qui concernait leur patrimoine historique et malheur à lui, si on retrouvait le voleur. Quand Charles Adrian lui avait détaillé ce qu'il devait subtiliser, Wolkowski avait tout simplement éclaté de rire : *c'est un type qui te fait une farce, ce n'est pas possible autrement, je peux te certifier que le jeu n'en vaut pas la chandelle !* C'était également ce qu'il avait envisagé, ce qui n'avait fait que renforcer sa curiosité et l'avait un peu plus convaincu d'accepter l'affaire. Il avait laissé une photo de l'objet en question à Wolkowski pour en avoir le cœur net, *repasse demain*, lui avait-il affirmé, *j'en saurai plus…*

Le détective se renversa en arrière et perdit son regard dans les étoiles. Pourquoi le fameux patron d'Hamilton en voulait-il à la communauté indienne ? Charles subodorait quelque chose de plus vicieux, un projet plus machiavélique, tapi dans l'ombre comme un fauve prêt à bondir… Hamilton, en qui son commanditaire avait visiblement toute confiance, avait peut-être alors commis une grossière erreur en s'adressant à lui.

9

La pièce avait des reflets violets. Un violet agressif, fait d'une mouvance désagréable et malsaine vous martelant la tête et donnant la nausée en pénétrant dans les entrailles. La petite fille essayait d'atteindre la porte à l'autre bout de la chambre, mais plus elle avançait plus le mur semblait s'éloigner. Elle tenta d'accélérer le pas, puis se mit à courir, rien n'y faisait, elle était prisonnière de la lancinante lueur violette qui paraissait se mouvoir au même rythme qu'elle. Elle se retourna et fut terrifiée de constater que son lit se trouvait toujours à côté d'elle. Elle n'avait pas bougé d'un centimètre malgré les efforts surhumains qu'elle avait l'impression de faire depuis des heures.

C'était systématiquement à ce moment-là que la voix se faisait entendre. Elle montait crescendo du bas de l'escalier, mais serait venue d'outre-tombe, que la fillette n'aurait pas été plus angoissée. Soudain, la chambre s'arrêtait de remuer sur elle-même et il lui était possible d'atteindre la porte, mais elle ne voulait plus fuir par là. Il était déjà trop tard, la lumière jaune commençait à filtrer par l'interstice et la voix, incroyablement puissante résonnait lentement dans son cerveau. Malgré la peur qui lui enserrait le corps tout entier, elle ne se mettait pas à pleurer, pas encore. *Il fallait être courageuse* avait dit un jour maman, mais maman était morte depuis quatre ans et les larmes montaient inexorablement aux yeux de la fillette.

Enfin, elle entendait les pas lourds sur les marches qui arrivaient avec les hurlements, à la fois si forts et si lents. Pourtant, malgré cette voix assourdissante, elle ne parvenait pas à saisir un traître mot de ce que l'homme vociférait. Le violet faisait alors place au jaune éblouissant et l'ombre terrifiante de l'homme se découpait dans la clarté aveuglante quand il ouvrait la porte. C'était seulement à ce moment qu'elle comprenait distinctement ses paroles,

– Tu as volé le lait et les biscuits, petite traînée ! Tu seras punie pour çà et pour tout le reste…

Elle essayait de crier plus fort que la voix, mais jamais ses propres mots ne parvenaient à la couvrir.

– Mais papa, c'était mon goûter…

Avec une lenteur infinie, l'homme levait son énorme main, comme une masse et la giflait, à la fois très fort et toujours au ralenti. Elle voyait le bras descendre vers son visage, avait le temps de se sauver, mais pétrifiée, restait figée là, à endurer la sentence…

Kelly Walsh, en sueur, se réveilla en sursaut. Comme chaque fois qu'elle faisait ce cauchemar, la gifle la réveillait toujours. Instinctivement, elle se toucha la joue. Son geste la fit sourire, espèce d'imbécile, ce n'est qu'un mauvais rêve, ce temps-là est révolu. Tu es une femme à présent et ton père a disparu de la circulation il y a dix ans… Certainement mort en buvant trop d'alcool ou en ayant reçu un mauvais coup un soir de beuverie dans un des bouges où il avait l'habitude de traîner. Pauvre type, il aura eu ce qu'il méritait après tout, il aurait tout aussi bien pu me tuer. Elle attrapa son gros ours en peluche blanc, cadeau d'anniversaire de Charles, qui attendait par terre et le serra dans ses bras. Nostalgique, elle repensa à ses huit ans. À cette époque, elle ne prenait pas une bête en peluche dans ses bras, son père n'aurait jamais eu l'idée de lui en offrir une, mais un véritable petit chat, qui se cachait à la vue de son géniteur sous le lit et la réconfortait en ronronnant quand il la martyrisait certains soirs où il rentrait ivre mort.

Elle lui devait beaucoup, que serait-elle devenue sans ce compagnon si gentil et si câlin ?

Avec le retour de ses souvenirs d'enfance, elle se fit plus dure envers ce père qui ne l'aimait pas.

- D'accord, il a été démoli par la mort de maman, mais quand même, ce n'était pas la façon d'élever une gosse. À coups de punitions et de grandes gifles… Le lait et les biscuits… Heureusement qu'il n'a jamais su pour le chat ou cela aurait été encore plus ma fête. Nous formions un beau couple tous les deux à l'époque : une gamine de huit ans, traumatisée par son père et un matou.

Elle se leva et rejoignit la cuisine pour boire un verre d'eau.

- Allons ma fille, tu sais bien que la roue a tourné depuis ce temps et plutôt dans le bon sens… Prends la vie comme elle vient et oublie les moments sombres de ton existence.

10

Le bruit lui sembla atroce. Strident. Il lui traversa le crâne de part en part, puis soudain plus rien… Avait-il rêvé ? Non, de nouveau cela lui transperça le cerveau. Il eut l'impression que son corps tout entier venait de se tendre comme un ressort, d'être soumis à une torture barbare, puis il réalisa la situation et comprit ce qui lui arrivait : il avait horreur d'être réveillé en sursaut ! Il se maudit, pourquoi n'avait-il pas coupé son téléphone portable ? Et de toute façon, qui pouvait être assez sadique ou lui en vouloir à ce point pour l'appeler aux aurores ? Il regarda sa montre en se forçant à garder les yeux ouverts. Les aurores étaient déjà bien entamées vu que la petite aiguille se trouvait en face du onze, mais qui que ce fût à l'autre bout du fil, il devait savoir que le détective se couchait très tard. Il laissa encore passer deux sonneries et se décida enfin à répondre d'une voix pâteuse.

– Allô… ?

– Charles, c'est Wolkowski, je ne te réveille pas au moins ?

– Non, absolument pas…

– Bien…

À l'intonation de son tortionnaire, Charles Adrian comprit que Wolkowski le connaissant n'était pas dupe. Le dormeur le laissa poursuivre, toujours comateux.

– Alors écoute, j'ai trouvé quelqu'un pour te renseigner sur tes colifichets indiens, rejoins-moi dans deux heures, on ira ensemble au rendez-vous. J'aurai le temps de t'expliquer ton rôle.

– Bon d'accord… il réprima un bâillement.

– Tu tâcheras de paraître réveillé et d'avoir l'esprit clair. À propos, il faudra aussi que l'on parle de ma note pour les petits services que je te rends dans cette affaire…

– On verra tout ça cet après-midi… Si tes renseignements sont de premières valeurs…

L'autre partit d'un éclat de rire,

– Tu sais bien qu'ils sont *toujours* de premières valeurs, ou il y a longtemps que tu serais allé voir ailleurs…

Charles raccrocha le sourire aux lèvres, ce diable de Wolkowski avait raison, pour ce genre de détails, on pouvait lui faire confiance les yeux fermés.

11

Piotr Wolkowski possédait pas mal de défauts, il en était conscient et vivait très bien comme ça depuis cinquante ans, mais il n'était pas un lâche et était connu pour ne pas avoir peur de grand-chose. Fils d'émigrés polonais, à l'âge de seize ans, pour son premier boulot, il avait été obligé de travailler comme docker sur le port de Boston quand les autres gamins de son âge sortaient au cinéma, draguaient leurs copines de classe ou jouaient au base-ball. *Ça forge le caractère,* aimait-il plaisanter en se remémorant cette époque lointaine où par tous les temps il déchargeait, dix heures durant, tout ce qui se présentait devant ses bras musculeux. Mais il y avait une chose qui le mettait systématiquement mal à l'aise, il n'appréciait que très modérément la façon de conduire du détective, faite d'accélérations violentes et de freinages brutaux. Charles maniait d'une main experte sa petite Toyota MR2 Spider, dont il ne semblait connaître de l'accélérateur que deux positions : zéro ou à fond ! Il s'engagea sur la *highway 38* vers le nord en direction de Medford. Le temps toujours ensoleillé, bien qu'il fût un peu plus frais, avait convaincu le propriétaire de la voiture de laisser la capote ouverte. Son passager dut presque hurler pour se faire entendre du conducteur concentré sur ses déboîtements successifs.

– Tu as compris ton rôle ?

– Ouais, je suis un Européen, britannique évidemment puisque je parle anglais couramment, qui vient aux États-Unis pour écrire un bouquin sur les Indiens et je souhaite rencontrer un spécialiste.

– C'est ça, le professeur Reeves de l'Université de Boston. Il a fait une thèse sur les croyances primitives des Iroquois. On a rendez-vous à son domicile dans trente minutes…

Wolkowski écrasa instinctivement une imaginaire pédale de frein de tout son poids avec son pied droit, comme Charles se rabattait entre deux semi-remorques pour ne pas rater la sortie Medford. Il murmura…

– Si jamais on y arrive en entier.

Le professeur Reeves vivait dans une maison en rondins de bois, un peu à l'écart de Medford, à la lisière de la forêt dont les hauts épicéas répandaient leur calme et leur sérénité sur l'agréable habitation. Charles Adrian se gara devant la barrière délimitant le jardin à l'aspect soigné. Il n'ouvrit même pas la portière de la décapotable, se contentant de sauter par-dessus. L'ancien docker lui, extirpa beaucoup moins aisément ses cent vingt kilos et son mètre quatre-vingt-douze du petit coupé sport. Il inspira une grande bouffée d'air frais au moment précis où ses pieds touchèrent la terre ferme, heureux d'en avoir terminé avec le rallye automobile que le détective venait de lui infliger. Ce dernier ajusta ses lunettes de soleil et le bonnet de laine noir qui lui recouvrait le haut du crâne, plus pratique que son chapeau mou quand il conduisait sans capote. Il avait également remplacé son trench-coat par un blouson de cuir idéalement coupé dont il releva le col. Son compagnon l'observa et il put lire dans son regard que son *look* se révélait parfait.

Ils montèrent les quelques marches en bois du perron qui craquèrent joyeusement sous leurs pas. Wolkowski passa devant et sonna à la porte.

Une femme mince et élancée d'une trentaine d'années se découpa dans l'embrasure quelques secondes plus tard. Elle mesurait un mètre soixante-dix, avait de longs cheveux noirs qui lui couraient le long du dos et le teint mat de son visage aux traits fins, faisait ressortir ses yeux gris très clair. Les deux hommes devinèrent immédiatement une origine amérindienne. Elle leur sourit sans prendre la parole, pendant une seconde les deux visiteurs ne purent que l'admirer, l'apparition s'avérait inattendue et incroyablement plaisante à l'œil. Wolkowski avait uniquement joint le secrétaire de l'Université au téléphone pour prendre rendez-vous et l'un comme l'autre, les deux acolytes avaient stupidement pensé que le professeur Reeves ne pouvait être qu'un sévère vieillard, redouté de ses étudiants, en aucun cas une séduisante jeune femme portant un T-shirt blanc moulant et une paire de jeans Levi's. Wolkowski reprit le premier ses esprits et tint à avoir confirmation,

— Bonjour, nous avons rendez-vous avec le professeur Reeves…

— Je vous attendais, vous devez être monsieur Wolkowski et monsieur Smith… ?

À l'évocation du faux nom, les yeux de Charles lancèrent des éclairs à son compagnon à travers ses verres fumés, comment pouvait-il faire preuve de si peu d'imagination ?

Ils pénétrèrent dans la demeure à la suite de l'universitaire qui les fit s'installer dans son bureau encombré de centaines de livres, de classeurs, de dossiers… Elle s'assit derrière l'ordinateur qui émergeait de la mer de bouquins et leur désigna d'un geste large le reste de la pièce.

— Essayez de trouver une place, je sais que je suis un peu désordonnée parfois.

Les deux hommes relevèrent le défi comme ils le purent, Thurnburgh sur le côté, restant dans la partie sombre du bureau. Elle l'observa quelques secondes, sans qu'il imagine si elle souhaitait découvrir son visage ou aller plus loin, sonder son esprit pour savoir pourquoi il voulait apparemment garder son anonymat. Toujours souriante, un rien énigmatique, elle reprit.

– Vous désirez donc écrire un livre sur la culture indienne, monsieur Smith ?

Il répondit de sa voix douce et grave à la fois, qui lui conférait un indéniable charisme.

– En effet Professeur, plus particulièrement sur les rites magiques et les objets sacrés. J'ai besoin de l'avis d'un spécialiste concernant ceci…

Il sortit la photo du dossier factice qu'il avait fabriqué à la hâte avec Wolkowski et la tendit à la jeune femme. Elle l'observa attentivement quelques instants et reposa ses yeux magnifiques sur lui,

– Je vois, cet objet se trouve au musée de Boston, que voulez-vous savoir ?

– Son utilité exacte, à qui servait-il et comment, la puissance magique qu'il était censé contenir… Ce genre de choses.

Elle le regardait toujours.

– Pourquoi écrivez-vous un livre sur la culture indienne, monsieur Smith ?

– En Europe actuellement, nous redécouvrons les coutumes de votre peuple, c'est à la mode si je puis dire. Cela me passionne moi-même depuis longtemps, c'est pour cela que j'ai eu envie de publier un ouvrage sur le sujet. Je dois vous préciser que ce livre s'adressera surtout à un public d'adolescents. Il est bon que les jeunes de mon pays connaissent l'histoire et les rites de votre peuple autrement que par les clichés et les poncifs des westerns qu'ils voient à la télé.

– Je comprends…

À son expression, Charles aurait juré qu'elle n'était pas dupe de son mensonge, aussi fut-il surpris que sans insister davantage elle commence son explication.

– Cet objet se trouvant sur cette photo est une *bourse-totem*, mais vous le saviez déjà, je suppose. Regardez, celle-ci est particulièrement bien conservée, elle retourna le cliché vers lui et le pointa du doigt, on remarque bien sur la pochette de cuir les broderies et les perles multicolores cousues dessus. Je connais cette bourse-totem, c'est la plus belle exposée au musée, je daterais sa création entre 1700 et 1750, d'après les décorations.

– À quoi servait-elle ?

– Vaste question… Une bourse-totem a pour but d'imprégner son propriétaire de son pouvoir, de sa magie… Seul un véritable chaman est capable de la confectionner, un homme médecine n'aura pas une connaissance suffisante du monde des esprits pour y parvenir. Imaginez monsieur Smith, vous êtes un valeureux guerrier iroquois, bravant le danger sur les champs de bataille… Vous recherchez une protection supplémentaire ou encore une force surnaturelle qui fera de vous un adversaire craint et respecté. Une bourse-totem est un objet magique pouvant se révéler très complexe. Elle peut également vous aider dans des circonstances moins agressives, par exemple pour gagner le cœur d'une squaw dont vous êtes amoureux ou pour attirer à vous les troupeaux de bisons lors de vos chasses… Il peut y avoir beaucoup d'usages différents selon votre personnalité. Quand vous sentez au plus profond de vous que le temps est venu, vous allez trouver le chaman de votre tribu et lui demandez de confectionner pour vous une bourse-totem. C'est un rite majeur pour tout guerrier, qu'il ne faut pas prendre à la légère, il peut se révéler dangereux et traumatisant, on ne sait jamais comment vont réagir les esprits. Pour ce faire, il vous faudra déjà avoir prouvé votre valeur pour que le chaman accepte de vous aider, car ce seront votre nature et votre personnalité qui détermineront le succès ou l'échec de votre entreprise. Un lâche ne deviendra jamais courageux, un faible ne deviendra jamais fort, un fourbe ne deviendra jamais loyal, mais la bourse-totem pourra vous apporter un peu de sa magie.

Le détective buvait ses paroles, il hasarda une question.

– Vous croyez vraiment à un véritable pouvoir surnaturel professeur ?

Un sourire mystérieux, presque imperceptible apparut sur les lèvres fines de la jeune femme.

– Bien sûr j'y crois et nous savons vous et moi que vous y croyez aussi, sinon nous ne serions pas en train d'avoir cette conversation monsieur Smith.

Il était comme subjugué par son charme, par ses yeux cristallins. Il ouvrit la bouche pour répliquer, mais aucun son ne parvint à sortir, il la laissa poursuivre, prenant simplement plaisir à écouter sa voix.

– Quand le chaman décidera que vous êtes suffisamment brave pour posséder votre bourse-totem, il vous aidera par une cérémonie connue de lui seul, à entrer en transe. Une véritable transe révélatrice qui conduira votre esprit vers un autre plan où vous pourrez rencontrer votre *esprit-gardien*. Celui-ci acceptera ou non de vous accorder le pouvoir de posséder une bourse-totem. Si tel est le cas, en fonction de votre personnalité il vous offrira un véridique chemin initiatique où vous devrez acquérir plusieurs objets, rares ou dangereux à se procurer.

Charles l'interrompit la mort dans l'âme dans son passionnant récit, mais il devait savoir,

– Qui est votre esprit-gardien, à quoi ressemble-t-il ?

Il commençait à comprendre l'importance donnée à ces rites et souhaitait avoir le plus de détails possible. La conteuse se fit plus impénétrable et plus sérieuse à la fois.

Thurnburgh eut l'impression qu'ils n'étaient plus en train de parler mythologie et croyances, mais bien de pratiques secrètes et rituelles, toujours vivantes, auxquelles le professeur Reeves semblait ne pas uniquement avoir foi, mais connaître et vivre.

– Monsieur Smith, savez-vous ce qu'est un *Manitou* ?

Cette fois on y était, pensa-t-il. Il avait lu et appris les notes rapportées du musée par Kelly, ce qui lui permit d'une manière habile de donner le change.

– Oui, un Manitou est un esprit qui est l'incarnation du pouvoir magique se trouvant en toute chose d'après les croyances indiennes. Les Iroquois pensent, comme la plupart des différentes tribus, que chaque chose sur Terre possède un esprit magique, un rocher, un arbre, un animal…

Elle lui sourit en hochant la tête, comme pour signifier qu'il connaissait parfaitement sa leçon, avant de continuer.

– La plupart des Manitous sont des esprits animaux, qui sont considérés comme étroitement apparentés aux humains. Les légendes de mon peuple racontent même que dans les temps anciens, aux origines de la vie, certaines bêtes ne faisaient qu'un avec les hommes, ils étaient indiscernables, se fondaient en un seul être mi-homme, mi-animal…

Elle laissa sa dernière phrase en suspens pour bien marquer son effet. Le détective avait comme à son habitude, conservé ses lunettes noires, il fut soulagé que la jeune femme ne fût pas capable de voir ses yeux à ce moment précis tant son récit l'ébranlait au fond de lui-même, il gardait ainsi ses émotions secrètes. Elle reprit, toujours aussi passionnée.

– Donc, cet esprit-gardien que vous rencontrerez lors de cette fameuse transe vous permettant d'avoir une vision avec lui, sera la plupart du temps un animal, plutôt un de ces êtres mi-homme, mi-animal…

Elle insista sur la fin de sa phrase en détachant chacun de ses mots.

Charles à la fois troublé et captivé par le récit, demanda presque sans s'en rendre compte,

– Quels objets devrez-vous acquérir ?

– Ils seront en rapport avec ce que la bourse-totem est censée accomplir, cela dépendra également du Manitou. Certains esprits sont plus conciliants que d'autres, certains seront protecteurs, quand d'autres se montreront plus facétieux, voire franchement agressifs et violents. Plus la bourse-totem sera puissante, plus les objets seront difficiles à se procurer, ce pourra être une griffe d'ours, une plume d'aigle, une fleur ou une plante rare, le sang d'un animal tué lors d'une chasse et pris à un moment ou à un endroit bien précis… Lors de la pleine lune par exemple ou encore sur le flanc d'une montagne sacrée... La bourse-totem sera toujours constituée de choses dotées d'une forte signification spirituelle. Ensuite, une fois tous acquis par vous-même, vous retournerez voir votre chaman qui mettra les objets à l'intérieur de la bourse-totem et les liera magiquement au cours d'une longue cérémonie. Il vous demandera enfin, un dernier présent rare à lui offrir, mais celui-là sera en quelque sorte le prix à payer pour ses services, car il le gardera pour lui, pour son usage personnel. Il ne lui restera plus qu'à lier la bourse à vous-même et aussi longtemps que les objets demeureront à l'intérieur et qu'elle sera en votre possession, l'enchantement fonctionnera, comme un talisman. En fait, la magie indienne n'est pas si éloignée de la magie européenne telle que les sorciers la pratiquaient au moyen âge, ou celle que l'on pratiquait ici, en Nouvelle-Angleterre au dix-septième siècle. Il faut des composantes, des formules, un pouvoir magique, l'intervention d'esprit ou de démons...

Le détective avait repris son sang-froid, il sourit à la jeune femme.

– C'est un récit magnifique professeur, une dernière question : pourriez-vous savoir à quoi sert cette bourse-totem là ? Il désigna la photo du doigt.

Elle eut un air grave, presque solennel pour bien lui faire comprendre l'importance de sa demande.

– Celle-ci n'est pas une bourse-totem de guerrier, monsieur Smith, elle est beaucoup plus puissante, c'est une bourse-totem de chaman… Nul ne sait vraiment ce qu'un chaman est capable d'accomplir, tout dépend de sa force spirituelle, de l'énergie magique qui émane de son être, mais pour répondre à votre interrogation, le seul moyen de le savoir serait de découvrir ce qui se cache à l'intérieur.

– Auriez-vous la possibilité de trouver qui était le chaman en question ?

– Peut-être, elle resta évasive, il faudrait faire quelques recherches… Cet objet magique est très ancien, il n'est pas Iroquois, il incarne à lui seul l'esprit mort d'un grand chaman Massachusetts… Une tribu disparue à jamais à l'aube du XIXe siècle, la puissance magique des Algonquins se ressent en lui. Alors monsieur Smith, êtes-vous certain de vouloir ouvrir les portes sombres de la magie chamanique ?

Il mit quelques secondes avant de répondre,

– Non, peut-être pas… Quoiqu'il en soit professeur Reeves, vous m'avez été d'une aide très précieuse, je vous remercie de tout cœur.

Le détective se leva contraint et forcé, n'ayant pas réellement envie de la quitter. Il serait resté toute la journée à l'écouter raconter des légendes indiennes. Il lui tendit la main, pendant une fraction de seconde, elle ressentit une sensation très forte, à la fois étrange et agréable. Elle lui sourit doucement, il avait vraiment un charisme étonnant.

Winona Reeves se tenait debout au milieu de son bureau, plus troublée par la personnalité de son curieux visiteur qu'elle ne l'aurait imaginé. Les deux acolytes avaient pris congé depuis deux minutes quand la porte du fond de la pièce s'ouvrit dans un grincement. Un très vieil homme aux longs cheveux blancs apparut, s'appuyant sur un grand bâton. Le port de tête un peu rigide, comme seuls les aveugles peuvent l'avoir, il parla d'une voix lente et grave dans la langue originelle des Indiens Iroquois.

– Comment était-il ?

Elle se retourna vers lui,

– Je ne sais pas grand-père, honnêtement je ne pourrais pas le décrire… À la fois mystérieux et amical, à la fois insondable et très proche.

– Oublie ta vue, pense avec ton cœur… Il semble fort et brave. Je perçois le bien en lui, même si ses valeurs sont quelque peu différentes des nôtres. Le temps est arrivé de faire confiance, ou le mal va prendre le pouvoir. J'ai ressenti une aura puissante autour de lui, ainsi qu'autre chose de plus contradictoire, de plus profond, tu as raison comme s'il y avait deux personnages en lui…

Puis, changeant brusquement de ton.

– Penses-tu le revoir, ma chérie ?

Il ne la vit pas rougir,

– Grand-père, ne sois pas ridicule…

Un sourire chaleureux illumina son visage buriné, dominé par ses deux yeux morts.

12

La lumière feutrée de l'halogène donnait au bureau lambrissé une atmosphère chaude et agréable. Autant Kelly que Charles Adrian adoraient cette pièce à la fois fonctionnelle, mais aussi très personnelle. Elle représentait pour eux, leur refuge des bons et des mauvais jours, ou du moins leur antre commun où ils aimaient se retrouver pour boire un café, dévorer une pizza, discuter jusque tard dans la nuit parfois ou plus prosaïquement comme ce soir pour faire le point sur un dossier en cours.

Celle-ci était étrangement engagée, malgré leurs recherches réciproques bien avancées, beaucoup de points noirs subsistaient. Points noirs que le détective aurait apprécié éclaircir avant de passer aux choses sérieuses. Plusieurs fois, l'idée d'envoyer balader Hamilton et son *affaire facile* lui avait traversé l'esprit. Le fait de devoir voler un objet sacré pour le peuple indien le dérangeait depuis le début, mais maintenant qu'il avait été envouté par les explications du professeur Reeves, dont il regrettait de ne même pas connaitre le prénom, il était en proie à des sentiments contradictoires. Certes, il pouvait encore renoncer et rendre à Hamilton ses dix mille dollars déjà versés sur le compte d'une banque des îles Caïmans à titre d'avance, même si l'opération s'avérait assez compliquée. Dorénavant, il se trouvait dans le secret de ses nouveaux commanditaires, ces derniers ne verraient probablement pas d'un bon œil qu'il abandonne. Ce genre de types n'aimait pas laisser de traces derrière eux.

Qui étaient-ils d'ailleurs ces types ? Impossible de réellement le savoir pour le moment. De véritables professionnels à coup sûr, car leurs pistes se perdaient très vite dans la nature. Il se promit de faire le nécessaire pour éclaircir ce point rapidement.

Et puis si ce n'était pas lui qui faisait le coup au musée, il ne faudrait pas plus de deux ou trois jours à Hamilton pour trouver un autre pigeon pour le remplacer. Il subodorait plus que jamais, depuis son entrevue avec le professeur Reeves, quelque chose de vraiment dangereux, de beaucoup plus important que le simple vol d'une relique sacrée, son instinct le lui disait et son instinct le trompait rarement. Les propos de la jeune Indienne cet après-midi n'avaient pas été pour le rassurer. Elle, un professeur d'Université renommé croyait dur comme fer au pouvoir magique de la bourse-totem. Elle ne lui avait pas joué la comédie, il l'avait sentie sincère et puis il y avait eu le petit quelque chose en plus, les deux ou trois allusions qu'elle avait faites… Non, comment aurait-elle pu savoir ?

– Tiens, avec deux sucres comme d'habitude !

Kelly le rendit à la réalité du moment en lui tendant sa tasse de café, le visage gracieux du professeur Reeves s'estompa de son esprit. La jeune fille s'assit sur son pouf fétiche comme de coutume, en devinant les pensées de son ami, une ride barra son front comme chaque fois qu'elle se montrait soucieuse.

– Laisse tomber si tu ne le sens vraiment pas…

– Tu laisserais tomber toi ?

– Premièrement, je ne suis pas toi, donc il m'est difficile de répondre et… deuxièmement, j'ai tendance à prendre souvent des mauvaises décisions, donc je ne suis pas forcément l'exemple à suivre. Mais pour répondre à ta question : non, je ne laisserai pas tomber.

– Tu connais toute l'histoire comme moi à présent, je pense sincèrement que la bande à Hamilton vise beaucoup plus gros que la simple bourse-totem du musée. Je ne sais pas pourquoi, mais j'ai le sentiment au fond de moi de devoir les empêcher de mettre leur projet à exécution, quel qu'il puisse être.

Elle lui sourit, de son sourire de petite fille qu'il connaissait si bien.

– Tu changes de camp en quelque sorte…

– Et puis il y a les allusions plus ou moins déguisées que le professeur Reeves a faites, comme si elle souhaitait que je m'empare de la bourse afin de découvrir ce qu'elle contient. Soit dit en passant, savoir ce qu'il y a dedans serait sûrement le seul moyen de pouvoir contrecarrer les plans du patron d'Hamilton. Sans compter que je serais curieux de voir si la magie qu'elle est censée renfermer marche vraiment.

– Dis-moi, une question : si le professeur Reeves avait été un homme ou une femme de soixante ans laide et grosse, ta décision aurait-elle été différente ?

Kelly le fixait maintenant d'un air narquois. Ce fut lui qui sourit à son tour.

– Ne sois pas stupide petite fille, tu ne penses pas que…

– Et pourquoi pas après tout ?

Charles, plus troublé qu'il ne l'aurait souhaité, éluda habilement la question.

– Bon, parlons d'autre chose, tu veux. Demain soir je rentre en action. D'après le plan des salles, il le déplia devant lui, ça à l'air simple et sans pièges. J'ai vu Mc Bride cet après-midi, tout le matériel est prêt, je fais une dernière *check-list* ce soir et je suis paré. Il ouvrit un autre plan, celui cadastral des divers bâtiments du quartier cette fois. J'ai mémorisé les lieux, les différents emplacements des signaux d'alarme correspondent à ce que tu as localisé, de ce côté-là pas de surprise non plus.

– Non, le plan est exact, j'ai bien repéré la salle où il y a cette bourse, vitrine facile à découper, rien de vicieux ou de spécial. Hamilton n'a pas menti, le coup est facile à faire.

Il regarda sa montre,

– Si tout est OK, on arrête pour ce soir, il est tard. Tu veux que je te raccompagne ?

– Merci, j'ai ma voiture. Elle lui posa un baiser sur la joue. À demain, ne te couche pas trop tard…

– À demain ma belle, ne t'en fais pas pour moi, j'ai l'habitude.

S'il y avait une chose que Kelly Walsh savait en ce bas monde, c'était qu'effectivement Charles se couchait non pas tard le soir, mais tôt le matin. Elle attrapa son blouson et quitta le bureau.

Rendu à la solitude, il éteignit la lumière et plongea la pièce dans une douce pénombre que seules les lueurs lointaines de la ville éclaircissaient quelque peu. Il ouvrit la fenêtre et inspira à pleins poumons l'air froid de la nuit automnale. Fermant les yeux, il laissa son esprit et ses pensées divaguer. Il en était persuadé, l'affaire se montrerait beaucoup plus sournoise et complexe qu'elle ne le paraissait de prime abord et puis il y avait l'aspect fantastique qui excitait son imagination, qui aiguisait sa curiosité. Il ne s'agissait pas uniquement de mythologie, le facteur irrationnel de cette histoire faisait surgir du fond de son être des sensations qu'il croyait enfouies depuis longtemps.

Furtivement, le magnifique visage du professeur Reeves refit son apparition devant lui. Il ne put s'empêcher de sourire et se surprit à soupirer, se pourrait-il que Kelly ait raison ? La jeune secrétaire se révélait intuitive, il en avait déjà fait l'expérience à maintes reprises, mais quand même, lui Charles Adrian Thurnburgh, attiré par un professeur d'Université qu'il n'avait rencontré qu'une seule fois…

Une sensation bizarre l'envahit, il risquait d'y avoir un lien entre cette ténébreuse affaire et le professeur Reeves. Pour la première fois, il réalisa le danger qui pouvait émaner de cette situation, le ramenant à la réalité. La peur s'insinua dans son esprit, non pas le concernant, mais bien pour elle. Il ne souriait plus, avait rouvert les yeux et comprit en ressentant ce malaise soudain au creux de l'estomac que son associée une fois encore avait sûrement raison.

13

Kelly venait de reposer son livre sur la table de nuit, impossible de se concentrer. Elle finissait de lire pour la troisième fois la même page et ne se rappelait plus le début du paragraphe. Elle s'étira, la fatigue ayant eu définitivement raison de sa concentration. La journée avait été épuisante et la tension due à cette affaire faisait également sa part de travail dans son incapacité à comprendre ce qu'elle lisait. Elle se résigna à éteindre la lumière, se lova sous sa couette et laissa les brumes du sommeil l'envahir d'une douce torpeur.

Dans une semi-inconscience, elle eut l'impression de flotter voluptueusement d'une idée à l'autre, d'une image réelle à une plus ancienne, déformée par la mémoire et le temps, les évènements présents se mêlaient à des souvenirs du passé. Elle ne rêvait pas encore tout à fait, mais n'était déjà plus vraiment maîtresse du cheminement de ses pensées.

Un petit chat apparut soudain dans un recoin sombre de lointaines réminiscences, il était roux très clair avec de grands yeux verts dorés brillant d'intelligence. Puis un flash l'éblouit, aussi éclatant que bruyant... Une camionnette renversée, le vacarme tout autour, les ambulances et leurs gyrophares, les pompiers et leurs cris, les flammes terrifiantes qui jaillissaient des carcasses métalliques gisant au milieu de la rue. Les habitants du quartier sortis inquiets ou curieux en pleine nuit, leur étrange mode vestimentaire faite de pyjamas et de robes de chambre... Et elle, seule au monde au centre de l'affolement général. Elle, une gamine blonde de huit ans sortit également, alertée par le bruit infernal, plus par bravade que par curiosité. Papa n'était pas rentré à la maison ce soir-là, elle préférait presque cela aux hurlements habituels d'après beuverie. Un petit tour dans la rue la nuit lui avait semblé être une idée intéressante, elle n'avait pas vraiment peur. Sur le trottoir d'en face, elle avait reconnu madame Miller, sa voisine. En cas de danger, elle n'aurait qu'à aller la voir et la brave femme prendrait soin d'elle. Pour l'instant, on ne l'avait même pas remarquée, personne ne faisait attention à elle.

Ce fut tout d'abord la couleur qui attira sa curiosité, tout le monde se focalisait vers les deux ou trois carcasses de voitures dont les flammes de celle qui flambait montaient jusqu'au premier étage des immeubles. Elle se retrouva seule derrière le tas de ferraille de la camionnette renversée et défoncée. L'accident avait dû être terrible, mais il en fallait plus pour révulser une fillette de huit ans ne réalisant pas encore l'horreur de la mort. Les portes arrière arrachées et éventrées du fourgon gris métallisé avec leurs grosses lettres rouges « CRAG » peintes dessus vomissaient leur contenu directement dans la rue. Un liquide épais qui lui parut poisseux coulait d'un genre de container renversé qui devait à l'origine se trouver à l'arrière du véhicule. Le fluide formait une immense flaque jaune fluo qui se répandait dans le caniveau. La couleur la stupéfia. Elle n'avait jamais vu une teinte pareille, aussi agressive, brillante, presque aveuglante bien qu'il fasse nuit. Lentement, elle s'en approcha comme hypnotisée par cette chose qui dégoulinait de plus en plus sans vraiment déborder sur la rue, ayant trouvé refuge dans un nid de poule le long du trottoir.

Elle resta à quelques pas de la substance visqueuse et se hasarda à jeter un œil à l'intérieur de la camionnette. La partie arrière du *combi* était effectivement occupée à l'origine par un étrange container. Sur ses gardes, elle se risqua à aller voir dans le véhicule renversé sur le côté. Un froid intense la saisit soudain et les fumerolles glaciales qui s'en échappaient lui firent peur. La différence de température se révélait incroyable, certainement plus de vingt degrés avec l'extérieur. Elle se surprit presque à claquer des dents en ayant l'impression de pénétrer dans un réfrigérateur géant.

Pour la première fois depuis le début de son escapade nocturne, l'horreur rattrapa son insouciance de petite fille quand elle se rendit compte de ce que contenait l'autre partie du fourgon. Il y avait cinq cages, toutes broyées sous la violence de l'impact dû à la collision. Ce qu'elle découvrit à l'intérieur lui déchira le cœur, des cadavres d'animaux, couverts de sang, certains incarcérés dans le métal déformé des barreaux de leur prison. À la taille des cages, elle devina plus qu'elle reconnut vraiment de quels occupants il s'agissait et de façon morbide, ne parvenant pas à détacher son regard du macabre spectacle, elle dénombra un lapin, deux chiens et un chat. La cage la plus haute avait elle aussi, été disloquée et éventrée sous l'effet du tonneau qu'avait visiblement effectué le véhicule avant de s'immobiliser, mais elle la trouva vide. La petite fille sentit soudain couler de grosses larmes chaudes le long de ses joues, elle se précipita dehors sous le choc, se maudissant d'avoir pénétré à l'intérieur de ce qui lui sembla être l'antichambre de la mort. Elle n'avait jamais encore vu un animal tué, en l'espace de quelques minutes, Kelly Walsh avait subi l'expérience de la vie et perdu une part de son innocence.

En ressortant, elle marcha presque dans le liquide jaune fluo, le container frigorifique avait enfin cessé de répandre son contenu dans la rue. En pleurant silencieusement, toujours sous l'effet du choc psychologique, elle allait s'en éloigner quand quelque chose retint son attention au milieu même de la flaque jaunâtre : une bulle, puis une autre crevaient la surface. Elle n'avait pas rêvé, son état hyper émotif analysa ce qui se passait devant elle immédiatement. Quelque chose était en train de se noyer dans la substance synthétique jaune fluo. Bien qu'elle fût hautement dégoûtée et que cela lui produisit un haut-le-cœur, en une fraction de seconde elle plongea la main dans le liquide gras et glacé, chercha du bout de ses doigts déjà engourdis par le froid intense quelque chose à appréhender et agrippa d'une poigne ferme et décidée ce qu'elle trouva. Le fluide glissa sur la peau lisse de son bras et sécha instantanément, elle porta à hauteur de ses yeux ce qu'elle tenait de la main gauche. Si cela n'avait pas été entièrement recouvert de l'étrange substance poisseuse, ça aurait pu ressembler à un chaton. Elle le secoua avec précaution pour s'assurer qu'il était toujours vivant. La petite bête ouvrit ses yeux collés par le liquide et la regarda d'un air affolé, son imagination de fillette de huit ans comprit qu'elle venait de lui sauver la vie, pour la première fois depuis le début du drame, son visage s'illumina d'un sourire.

L'eau chaude et fumante de la douche lui fit du bien et la calma en la réchauffant du froid qui s'était imprégné en elle avec les émotions vécues au cours de la nuit et au contact de cet étrange liquide dont elle ressentait encore l'empreinte glacée sur sa peau. Son esprit d'enfant n'hésita pas une seconde, elle attrapa la petite bête moribonde et la débarbouilla à l'aide du jet de douche, la frictionnant avec du savon. Au bout de quelques minutes, le pelage roux très clair du petit rescapé apparu sous ses yeux, il avait l'air quelque peu affolé d'être trempé, mais semblait en bonne santé. La substance suspecte avait disparu de ses poils, Kelly le prit amoureusement dans ses bras, le berçant tendrement. Le jeune félin la fixa de ses yeux intelligents, se calma et miaula amicalement comme pour la remercier, elle lui parla doucement,

– Bonjour monsieur chat, je suis sûre que tu préfères rester avec moi plutôt que retourner dans une horrible cage…

Il miaula de nouveau, d'une façon différente, son imagination enfantine fit le reste. Elle le conduisit dans la cuisine afin de le nourrir, tout en étant persuadée que l'animal docile répondait à ses questions de ses miaulements successifs. Une joie intense l'envahit, elle décida sur-le-champ de garder ce mignon compagnon inespéré qu'elle venait d'arracher à une mort affreuse. Il suffirait de le cacher de son père et de le cajoler amoureusement, rien de bien difficile. Après les horreurs de la nuit, elle se sentait incroyablement heureuse quand elle se glissa dans son lit pour s'endormir, son petit protégé, bien vivant, blotti contre elle.

Les images du passé disparurent dans les volutes de l'inconscience et les méandres des rêves. D'un sommeil agité, Kelly Walsh cherchant instinctivement une petite boule de poil roux contre elle, venait de sombrer dans un monde onirique.

14

Deux mois. Cela faisait deux longs mois qu'il moisissait ici, soixante et un jours exactement. Il les avait comptés. Soixante et un jours qu'il se morfondait au fond de sa cellule. Il ne pouvait pas dire qu'il était mal traité, loin de là. On le nourrissait bien, on lui fournissait le nécessaire pour se laver, on lui changeait ses vêtements trois fois par semaine, si on pouvait appeler cette espèce de grande blouse blanche qu'il portait, un vêtement. Il pouvait même lire s'il le désirait, ça aurait pu être une prison modèle, si seulement il avait su où il se trouvait.

On l'avait juste emmené deux fois depuis le jour, ou plutôt la nuit de son arrivée, dans une salle chirurgicale *hi-Tech* où il avait dû subir des quantités de tests. Puis toujours attaché, on lui avait fait plusieurs prises de sang, ainsi qu'un prélèvement de moelle épinière, ce qu'il n'avait apprécié que très modérément. Depuis plus rien, aucune explication. Ses gardiens, avec lesquels il ne pouvait véritablement avoir de contact qu'à travers la trappe en plexiglas où on lui passait sa nourriture, ne répondaient jamais à ses questions concernant son internement. Une seule fois, un homme d'un certain âge, probablement la soixantaine, habillé d'un costume sombre, l'avait observé de longues minutes de l'autre côté de la grande glace incassable qui servait de barreaux à sa cellule. Il n'était pas parvenu à savoir qui il pouvait bien être et avait fini par le prendre pour un médecin psychiatrique tentant d'étudier son comportement.

Il avait usé de toute son intelligence pour essayer d'analyser la situation et de deviner où et avec qui il se trouvait, pas dans une simple prison assurément. Ici, toutes les précautions étaient mises en œuvre pour qu'il ne puisse pas s'évader ou même tenter de le faire. Il avait bien sûr déjà échafaudé plusieurs plans, mais avait dû se résoudre à prendre son mal en patience, dans les conditions actuelles de son incarcération, cela relevait de l'impossible.

Il avait l'impression de se retrouver dans un univers identique à celui d'Hannibal Lekter, le terrifiant héros du *Silence des agneaux*, à la différence près, que ce fou d'Hannibal finissait par réussir son évasion. Du cinéma tout ça, il aurait bien voulu voir ce que cet amateur de Lekter aurait été capable de faire dans une situation pareille à la sienne.

Le docteur Lekter, ce serial killer sophistiqué qui dégustait ses victimes, ridicule pensa-t-il. Lui, Alistair Aykroyd n'aurait jamais mangé une de ses vingt-sept victimes. Il se contentait de les découper au hachoir, encore vivantes si possible, *l'exploit* ne s'en révélait que plus sportif… Et puis il aimait trop son surnom de *Boucher du Massachusetts* pour changer de méthode. Las, tout cela était terminé à présent, de l'histoire ancienne depuis deux longs mois, depuis l'apparition de ces types, une nuit surgissant chez lui. Dans la fureur de l'instant, il avait d'abord cru qu'il s'agissait de flics, un commando spécial ou quelque chose de la sorte. Il se prenait pour un gibier suffisamment important pour imaginer avoir le privilège de se faire appréhender par des policiers d'élite… Non, ces guerriers tout de noir vêtus, dont il lui avait été impossible de voir le visage recouvert d'une cagoule, super entraînés et super équipés, ne pouvaient pas être des flics, il en était certain maintenant. Il avait bien essayé de se défendre, mais ses deux mètres zéro deux et ses cent trente-cinq kilos de muscles s'étaient révélés d'une affligeante inutilité face à leurs armes. Ils ne l'avaient même pas blessé, se contentant de lui tirer dessus avec des fusils hypodermiques ultras modernes. La substance des minuscules seringues se retrouvant plantées dans son corps, une véritable rafale l'avait atteint, l'avait fait sombrer en quelques secondes dans l'inconscience.

Depuis cette funeste nuit, il était prisonnier là, dans cette étrange et déconcertante cellule, pas de jugement, pas d'avocat, rien, uniquement quelques tests médicaux… Il se demanda anxieusement si le restant de sa vie se déroulerait ici, dans cette lente et interminable monotonie aseptisée.

15

Le docteur Brown marchait d'une allure rapide le long du grand corridor blanc, dont l'éclairage cru des néons agressait sa migraine d'une lumière éclatante. Il n'avait jamais aimé cette partie du bâtiment où ses propres pas résonnaient si fort qu'il avait l'impression d'être suivi continuellement. Il ne fut pas mécontent de se retrouver devant la porte métallique de l'ascenseur donnant accès au parking où l'attendait sa Mercedes. Il inséra sa carte magnétique et tapa son code personnel, la sécurité semblait vraiment être l'obsession primordiale dans cette aile du building, on n'en était pas encore à la reconnaissance vocale, mais la paranoïa des dirigeants se montrait telle que cela ne saurait certainement tarder, maugréa-t-il.

La sonnerie synthétique retentit en même temps que le chuintement de la porte automatique signala son ouverture. Il pénétra à l'intérieur de l'ascenseur, recomposa son code confidentiel et put enfin sentir le mouvement doux de la montée vers le parking. Arrivée à destination, la cage s'immobilisa en souplesse et la porte bâilla lentement pour laisser apparaître le parking souterrain privé. Il était tard et comme souvent, Brown était un des derniers à quitter le bâtiment. Il ne restait que très peu de voitures dans les allées rectilignes du sous-sol, Brown repéra la sienne de loin, trônant sur sa place réservée. Se dirigeant vers son véhicule, il porta la main à sa poche pour chercher ses clefs, à une vingtaine de mètres de sa Mercedes, il la bipa pour la déverrouiller. Il fit le tour du pylône derrière lequel il était garé, de manière à pouvoir ouvrir la portière arrière pour déposer sa sacoche en cuir sur le siège, comme il en avait l'horripilante habitude, pour rien au monde il n'aurait dérogé à la règle de ses petites maniaqueries. Ce fut en refermant la portière qu'il sentit une présence silencieuse à ses côtés, se croyant jusque-là absolument seul, son cœur se figea dans sa poitrine et une monstrueuse décharge d'adrénaline le submergea. Il fit un bond, devenant livide en se retournant instinctivement pour se retrouver face à un homme…

– Bonsoir docteur Brown…

– Ah, c'est vous monsieur… Vous m'avez fait peur, je pensais être seul et… Son cœur revint progressivement à un rythme plus approprié.

L'autre sourit machinalement.

– Vous m'en voyez désolé, mais je souhaitais vous parler seul à seul. Le parking m'a semblé être l'endroit idéal.

Brown savait qu'il insinuait : *Sans risque d'être entendu par un micro quelconque ou visionné par le système de surveillance.* Derrière ce pylône ils étaient tranquilles en effet, invisibles des caméras du sous-sol.

– Que vouliez-vous me dire monsieur ?

– J'ai vu le professeur Wallace cet après-midi, nous avons examiné en détail le sujet numéro A 15 et nous pensons qu'il est prêt pour un test grandeur nature.

– Êtes-vous sûr, monsieur ? C'est très tôt, j'ai peur que tout ne soit pas encore stabilisé, il pourrait y avoir des risques.

– Effectivement, un ou deux paramètres sont toujours instables, mais Wallace et moi pensons que si nous attendons plus, il risque d'y avoir dégénérescence de certains systèmes. Le test aura lieu demain en zone 17, dès que possible.

Brown savait par expérience qu'il ne fallait en rien le contrarier, l'idée ne lui en effleura même pas l'esprit.

– Bien monsieur, vous pouvez compter sur moi.

– J'en suis sûr Brown, si tout va bien dans quelques mois votre nom pourrait passer à la postérité. Vous êtes un génie, vous savez…

L'homme remit ses gants et lui tourna le dos pour rejoindre sa propre voiture. Il lâcha d'une façon désinvolte qui tranchait avec sa personnalité.

– À demain docteur, dormez bien la journée promet d'être intéressante.

– À demain monsieur.

Brown se sentit soudain fatigué. Le scientifique savait depuis longtemps qu'il y aurait fatalement un test grandeur nature, il se devait de respecter le protocole à la lettre, mais il ne l'attendait pas si tôt. Il réalisa que le malaise ressenti devant le sourire engageant, voire exalté à l'idée du test, de l'homme le quittant, lui faisait peur.

Une moue dubitative marquant son visage aux traits tirés, il se mit au volant et démarra la Mercedes.

16

– Clinique Rushmore pour animaux !

Kelly jeta devant le détective les différentes feuilles crachées à l'instant par l'imprimante. Charles fit la moue et les parcourut distraitement, il soupira et s'enfonça un peu plus dans le confortable sofa.

– Pourquoi des types travaillant pour une clinique d'animaux m'engageraient pour un casse ?

La jolie blonde haussa les épaules en signe d'ignorance,

– Je n'en sais rien, mais les faits sont là… Je suis certaine que ces types ont un rapport quelconque avec la clinique Rushmore. Elle lui fournit un autre document. Tiens, j'ai enfin réussi à pénétrer un site top secret défense sur des listes de véhicules, grâce au numéro de plaque que j'ai repéré par la fenêtre quand le chauffeur d'Hamilton est venu le chercher à la fin de notre rendez-vous. Je ne te raconte pas les détails, longs et fastidieux, mais tout concorde… Le moins que l'on puisse dire, c'est que ces types ont utilisé toutes les ficelles du métier pour passer inaperçus. La seule chose à laquelle ils ne s'attendaient pas fut juste que je remarque leur immatriculation, comme quoi ça ne tient pas à grand-chose...

Durant la matinée et une bonne partie de l'après-midi, Kelly avait fait des recherches sur les différents fichiers de la police, de l'armée, du FBI et même de la CIA. La jolie secrétaire avait sorti le grand jeu informatique dont elle avait le secret pour réussir à contourner tous les pièges, les pares-feux, les virus, à débusquer les codes d'accès les plus sournois pour pénétrer, sans se faire repérer, dans les dossiers interdits… Rien n'y avait fait. Impossible de découvrir qui se cachait sous le pseudonyme d'Hamilton et quels étaient les intérêts qu'il représentait.

Charles ne l'avait rencontré qu'une seule fois, au pub irlandais et n'avait pas été capable de collecter le moindre indice ce jour-là. Comme toujours, lors d'un premier contact, il préférait rester sur la défensive, il s'avérait plus important pour lui de ne pas perdre son propre anonymat plutôt que de chercher à tout prix à percer celui de son commanditaire. Le côté paranoïaque de Charles, encore plus fort que sa curiosité, lui faisait prendre toutes les précautions.

Ce type était un professionnel, le détective le savait depuis le début, trop prudent, trop discret, trop bien organisé, impossible jusqu'ici à prendre en défaut. Il aurait donc dû en toute logique le retrouver sur un des fichiers, ce genre de spécialiste n'étant par définition pas légion. Peine perdue, la société pour laquelle il œuvrait, privée ou d'état, se révélait invisible, déroutante, mais assurément incroyablement puissante. Il avait fallu toute la malice de l'associée de Charles pour réussir à récupérer par divers recoupements la trace d'Hamilton, grâce à un numéro de plaque minéralogique !

Kelly se mit à marcher de long en large dans la pièce, ses talons aiguilles s'imprimant dans l'épaisse moquette à chacun de ses pas saccadés. Affalé sur le canapé, le détective la suivait du regard, amusé. Elle s'immobilisa face à lui, les mains sur ses hanches gracieuses, interrogative…

– Qu'en penses-tu ?

Il prit quelques secondes avant de répondre,

– Je pense qu'il s'agit d'un paravent, cette clinique vétérinaire cache autre chose. C'est un bon point de départ, mais il y a encore beaucoup de zones d'ombre…

Il arbora un air soucieux que Kelly n'aimait pas. Charles lui semblait toujours un peu détaché des choses, dilettante, ne s'affolant jamais, elle adorait chez lui cet air de ne pas y toucher, cette allure *cool* de n'être jamais dépassé par les évènements comme s'il avait déjà tout prévu. Les très rares fois où elle l'avait remarqué soucieux ou inquiet, les choses avaient eu une fâcheuse tendance à singulièrement se compliquer. Elle insista,

– Que comptes-tu faire ?

– Moi ? Pas grand-chose, j'attends… Mais toi en revanche, tu vas aller de ce pas à cette fameuse clinique voir ce qu'il en retourne, discrètement bien sûr. Il serait de bon ton d'y aller avec un animal, tu n'as jamais eu envie d'avoir un chien ? Un labrador par exemple…

Elle leva les yeux au ciel,

– Pourquoi tu n'y vas pas toi-même, riposta-t-elle sarcastique, mais sans chien…

Il sourit à la boutade, il adorait quand elle le charriait, il répondit joyeusement.

– Parce que moi j'attends…

– Et tu attends quoi ?

– Ça, dit-il en la regardant, mais en pointant le doigt vers l'ordinateur portable qui lui signala à la même seconde par un bip discret qu'on le contactait sur sa boite vocale.

Son grand ami Hamilton venait aux nouvelles, la partie reprenait de plus belle.

17

Une pluie fine disputait la suprématie des lieux à la brume blanchâtre apparue quand la nuit avait étendu son ombre sur la ville, la plongeant définitivement au cœur de l'automne.

Charles avait, pour une fois, traversé la cité en roulant sereinement au volant de sa Toyota. Il s'était garé dans Warren Avenue et avait rejoint les hauteurs d'un immeuble avec vue sur l'entrée du musée. Caché sous un auvent à l'abri des intempéries, à une dizaine d'étages du sol, il attendait le moment opportun pour agir. Il était un peu tôt, pas encore le cœur de la nuit, son terrain de jeu préféré, celui où les hommes redoutent les ombres… Exactement comme il l'avait prévu, surtout ne pas se précipiter, la partie se révélerait très serrée, sans marge d'erreur…

Hamilton s'était montré formel lors de leur dernier contact le matin même, il n'accepterait pas le moindre échec et commençait à grandement s'impatienter. Il y avait eu de sa part quelques sous-entendus pernicieux moyennement appréciés par le détective, mettant en avant les dix mille dollars déjà avancés, pour le contraindre à passer à l'action le plus vite possible. Charles était resté intentionnellement vague quant à la date de l'opération, se bornant à préciser qu'elle aurait lieu *bientôt*, insistant sur le fait qu'il serait de toute façon au courant, puisqu'aucun de ses faits et gestes ne semblait lui échapper… Les deux jouaient aux échecs, ils n'avaient pas encore divulgué leur stratégie, se contentant de jauger leur force et leurs nerfs respectifs et à ce jeu, Thurnburgh se révélait loin d'être un amateur. Connaissant sur le bout des doigts le genre de personnage auquel il avait affaire, il imaginait relativement bien la suite des évènements en espérant que son stratagème fonctionnerait. Charles avait débuté la partie avec les noirs, mais avait successivement fait quelques prises intéressantes rééquilibrant ses chances. Il s'était décidé sur sa lancée à avancer un autre pion, faisant une allusion très claire à la *tanière* d'Hamilton. Ce dernier n'avait pipé mot, feignant l'ignorance. Un grand joueur, roi du bluff, avait pensé le détective, *mais je te sens fragilisé mon bonhomme, moins sûr de toi d'un seul coup...*

Kelly avait fait un rapport aussi détaillé que possible sur cette fameuse clinique se trouvant dans la banlieue sud de Boston, à Dedham. Sous un prétexte dont elle seule avait le secret, elle avait partiellement réussi à tirer les vers du nez à une femme revêche et désagréable, spécialisée dans les soins pour chien, dont elle avait obtenu un rendez-vous. Une fois sur place, son œil exercé n'avait pas manqué de remarquer que les bâtiments étaient vraiment imposants pour une simple clinique vétérinaire, même si elle s'enorgueillissait d'être la plus Hi-Tech des États-Unis. Le va-et-vient incessant d'énormes camions sur le parking de l'établissement gardé par un service de sécurité omniprésent, n'avait fait que la conforter dans son idée que l'on ne dispensait pas uniquement des soins aux animaux à l'intérieur de ces murs trop propres pour être honnêtes. Charles s'était convaincu de tirer ça au clair le plus vite possible, mais pour l'heure il avait un autre genre de travail à effectuer.

Il jeta un œil à sa montre, observa le ciel et constata agréablement que la fine pluie glaciale ne déversait plus sa froideur sur la ville. Vêtu pour la circonstance d'un uniforme d'égoutier gris foncé le recouvrant des pieds à la tête et d'une paire de bottes en caoutchouc dont le bruit de succion l'exaspérait, il ajusta son sac à dos et scruta la tranchée sombre de la rue en dessous de lui pour éventuellement y déceler un mouvement insolite. Il sourit doucement quand il les repéra... Malgré la brume envahissant sournoisement le quartier et la distance où il se trouvait, il les identifia sans difficulté : quatre types dans une Honda Civic noire anonyme, sûrement pas là pour observer les étoiles. Hamilton couvrait ses arrières, en surveillant le musée, il gardait la main sur l'opération. Le détective se résigna et n'hésita pas une seconde, il s'engagea sur l'échelle extérieure dont le métal des barreaux résonna à chacun de ses pas. Toujours sur ses gardes, les sens aux aguets, il se dirigea vers la petite ruelle discrète en cul-de-sac où patientait une plaque d'égout dessertie au préalable, cachée par des poubelles nauséabondes, qui lui permettrait de pénétrer dans les entrailles sombres et puantes de la ville. L'odeur qui lui sauta à la gorge quand il la déplaça en silence lui parut encore plus immonde qu'il l'avait imaginée. Il grimaça en pensant à ce qui l'attendait et espéra sincèrement que la bourse-totem valait la peine de se *vautrer* dans la fange. Il se demanda quand même pendant une seconde, avant de s'engouffrer dans le boyau putride, pourquoi il avait accepté cette mission...

18

Une fois encore, les insolites gardiens, habillés en commando, l'avaient sorti de sa geôle sans un mot... Et quasiment sans violence. Avec des gestes précis et rapides, ils l'avaient immobilisé à l'aide d'un genre de *taser* qui le paralysait instantanément et le rendait groggy pendant plusieurs minutes. Revenant plus ou moins à un état de conscience normal, il essaya de remettre de l'ordre dans ses pensées. Où pouvait-on l'emmener ? Attaché sur ce qui devait être un fauteuil roulant, les ténèbres s'étaient emparées de lui avec cette cagoule opaque sur les yeux. Il se sentait poussé fermement le long d'interminables couloirs, puis reconnut à son unique sensation qu'il venait de pénétrer dans un ascenseur ou un monte-charge. Il perçut une plongée encore plus profonde dans les entrailles de cette étrange prison, ils allaient finir par le rendre fou. Il croyait pourtant être déjà bien au-dessous du niveau du sol dans sa cellule, mais il y avait visiblement d'autres salles secrètes, cachées dans les abysses souterrains du bâtiment. Il devina qu'il n'allait pas dans le labo chirurgical comme les deux dernières fois, le chemin était plus long et ils étaient descendus plus bas que d'habitude.

Une angoisse sourde commença à l'oppresser, il se demanda s'il ne se dirigeait pas tout droit vers une chambre d'exécution. Il n'y avait pas eu de procès ni de jugement, mais depuis deux mois il avait eu le temps de comprendre que les gens qui le tenaient entre leurs griffes n'appartenaient pas à une institution judiciaire classique. Il essayait de réfléchir, vite... Pourquoi l'avoir gardé en vie pendant tout ce temps pour soudain le condamner à mort ? Il tenta de se rassurer, ces personnes qui qu'elles puissent être, avaient besoin de lui vivant et son instinct lui disait qu'ils venaient de franchir un palier décisif aujourd'hui, il ne tarderait pas à être fixé sur son triste sort. Il serra les dents un peu plus fort sur le mors en acier en travers de sa bouche lui servant de bâillon sophistiqué. Comprimant rageusement ses poings entravés, il se promit qu'à la première occasion qui s'offrirait à lui, il vendrait chèrement sa peau de tueur psychopathe.

Le fauteuil s'arrêta de bouger brutalement. On était arrivé à destination… Il entendit le chuintement caractéristique d'une porte coulissant, puis on le poussa de nouveau, avant de l'immobiliser définitivement. Il sentit sans pouvoir s'y opposer, qu'on lui remontait sa manche et appréhenda le contact de l'acier froid de l'aiguille avec sa veine… Il sombra dans l'inconscience quelques secondes après l'injection, se demandant s'il ne respirait pas pour la dernière fois de sa vie.

19

Charles s'était glissé dans le boyau nauséabond et suintant d'humidité malsaine, à deux pâtés de maisons du musée. Son casque de spéléologue diffusant une lumière aveuglante, du moins pour les rats fuyant à son approche, il suivit pendant une centaine de mètres le conduit s'incurvant vers la gauche charriant en son milieu une eau noirâtre et poisseuse répandant une lourde odeur de pourriture. À la hauteur du deuxième croisement, il ressortit son plan des lieux, repéra un ancien passage condamné depuis des années et entreprit de faire sauter le mur de briques l'obstruant à l'aide d'une minuscule charge de plastique apposée à la base du sol. La déflagration fut suffisamment faible pour n'être entendue que de lui, mais assez forte pour réduire en miettes ocre le mur de briques. Il rangea le contacteur électronique dans son sac pendant que la poussière se dissipait et malgré ses réticences fut bien obligé de progresser à quatre pattes, un comble le concernant pensa-t-il, le long de l'étroit conduit qu'il venait de rouvrir, pour arriver au bout de quelques minutes devant une porte en acier. Là, l'opération se révéla légèrement plus délicate, il ne s'agissait plus de faire sauter d'ancestrales briques, mais de crocheter une serrure en douceur. Ce qu'il fit en un tournemain, un sourire de satisfaction éclaira son visage quand il entendit l'agréable claquement du verrou, pas fâché de retrouver une atmosphère plus respirable et moins putride que celle des égouts. Décidément, bien qu'il ne fût pas claustrophobe, il préférait réellement passer par les toits.

Ayant éteint la lumière de son casque, il s'empressa de se débarrasser de son odorante tenue d'égoutier et de remplacer ses bottes de caoutchouc par des chaussures de sport noires. Aussitôt équipé, il se hasarda à pousser la porte avec douceur, attentif au moindre bruit… Rien, tout semblait désert. Toujours dans l'obscurité il se retrouva dans une pièce de taille moyenne, haute de plafond où un désordre indescriptible régnait en maître. L'odeur piquante de la poussière l'agressa soudain. Des caisses en bois pour la plupart éventrées, des monceaux de paille sale, de vieux cartons, des tonnes de papier journal jonchaient dans une crasse grise et épaisse, le sol en ciment et les étagères métalliques de ce qui ressemblait à un entrepôt, certainement utilisé pour la dernière fois quand Kennedy était encore Président. Il repéra ce qu'il cherchait : un escalier en fer le long du mur du fond, conduisant à une plateforme surélevée faite d'échafaudages sur lesquels il ne se risqua pas. En revanche, la porte qui lui permettrait de progresser à l'intérieur du musée l'intéressa au plus haut point.

Il lui fallut escalader une grille haute de trois mètres séparant l'entrepôt en plusieurs compartiments. Elle s'avéra bruyante quand il s'y accrocha avec dextérité, pour pouvoir accéder au pied des marches. Normalement, sa reconnaissance aurait dû s'arrêter là, il serait revenu le lendemain avec son attirail spécifique de cambrioleur pour désactiver les alarmes, découper les vitrines et son système de câbles pour se suspendre, mais son plan avait été conçu d'une manière différente cette fois. Ses commanditaires lui collant aux basques, il lui fallait agir vite, sans trop d'improvisation tout de même.

En haut de l'escalier, après s'être assuré qu'il n'y avait aucun bruit suspect de l'autre côté de la porte d'acier, il commença à crocheter la double serrure. Le travail d'orfèvre lui prit une dizaine de minutes malgré ses outils ultras perfectionnés. Enfin, dans un léger grincement aigu, il put pousser le lourd battant métallique. Un long couloir s'ouvrit devant lui, il ne se trouvait toujours dans la partie du musée accessible au public, pour cela il devrait gravir encore deux étages, mais dans les sous-sols glauques du bâtiment. Il consulta sa carte, suivit le passage aux murs bruts de ciment jusqu'à la première intersection et repéra ce qu'il cherchait : une porte de service qui l'amènerait directement dans les salles d'exposition. Il y avait bien un vague système d'alarme, mais le boitier installé dans le réduit technique immédiatement à sa droite fut neutralisé par un branchement adéquat en moins d'une minute. Il allait dorénavant entrer dans l'inconnu. L'intrus sentit l'excitation le gagner à mesure qu'il approchait lentement du cœur du musée. Comme il s'en doutait, la porte de service utilisée par les membres du personnel ne se trouvait même pas fermée à clef... Il inspira un grand coup, vérifia sa montre pour ne pas se faire surprendre par une ronde de gardiens et se glissa à la lueur lugubre des veilleuses dans les entrailles du musée de l'Histoire Indienne.

20

Le professeur Wallace, les yeux rivés sur ses écrans de contrôle finissait de vérifier les ultimes paramètres, une moue dubitative enlaidissant un peu plus son triste visage. Le doigt en suspens, il fit rouler sa chaise vers le docteur Brown le long du pupitre de commande.

– C'est bon pour moi Franck, la symbiose corporelle du cortex est faible, mais suffisante. J'ai terminé mes derniers contrôles des analyses génomiques. Je pense qu'on peut commencer.

Le visage fatigué, les traits tirés par un manque évident de sommeil, Brown hocha affirmativement la tête,

– Tout est en ordre monsieur, nous pouvons démarrer le protocole d'activation dès que vous le désirez.

– Très bien messieurs, quelques minutes pour une ultime vérification et nos sujets seront fins prêts à passer à l'action…

Les deux autres le regardèrent interloqués. Les yeux hallucinés, une joie morbide éclairait son faciès machiavélique et froid, il se trouvait au-delà du cadre purement professionnel de l'opération. Les deux hommes en blanc échangèrent un regard, leur patron leur renvoyait l'image d'une folie terrifiante et incontrôlable, ce n'était plus avoir du cœur à l'ouvrage, mais un incommensurable plaisir à se prendre pour Dieu.

Il vérifia frénétiquement depuis son moniteur les différents écrans à haute définition, diffusant des images de salles aux décors plus ou moins hétéroclites, un peu comme le ferait le monteur d'une émission de télé, sélectionnant la vue la plus intéressante pour le public. Il déciderait du lieu de l'action et de l'ordre d'entrée en scène des participants selon son bon vouloir, à la fois juge et partie.

Il appuya sur un des boutons et la lumière jaillit sur un des écrans de contrôle. Une des pièces filmées par les caméras venait de s'allumer révélant la présence d'un fauteuil roulant, insolite au milieu de ce mini hangar aux murs d'acier complètement vide et apparemment sans issue. Le colosse attaché dessus bougeait mollement, comme la torpeur qui semblait l'avoir terrassé se dissipait lentement. La cagoule dissimulant son visage, interdit aux deux autres hommes de la salle de commande, intéressés malgré eux par le curieux spectacle, de le reconnaître.

Le maître du pupitre régla son casque-micro sur sa tête et appuyant sur un autre bouton, s'adressa à son cobaye.

– Bonjour, Monsieur Aykroyd. Êtes-vous bien reposé ? Ah, j'oubliais que vous étiez dans l'incapacité de parler et par conséquent de nous répondre, ne vous inquiétez pas de ce petit contretemps, dans quelques instants vous vous retrouverez libre de vos mouvements ainsi que de votre parole.

La voix résonnait comme un marteau-pilon dans le crâne du prisonnier encore abruti de son sommeil artificiel. Il tenta désespérément de grogner, aussi fort et agressivement que son inconfortable bâillon le lui permettait. Par l'intermédiaire de son micro, l'homme derrière son pupitre reprit sur le même ton.

– Estimez-vous heureux, monsieur Aykroyd, vous allez bientôt pouvoir essayer de racheter votre liberté. Ce qui pour un assassin tel que vous, est déjà une récompense en soi… Nous aurions pu vous exécuter sans autre forme de procès et personne ne se serait plaint de votre disparition. Bien au contraire, après tout vous n'avez jamais demandé l'avis de vos victimes avant de les découper en morceaux… Mais je m'égare, laissons de côté les questions déontologiques de vos actes et intéressons-nous à ce qui va se passer maintenant. Une porte va s'ouvrir devant vous. Il vous suffira de vous lever de ce désagréable fauteuil et de vous diriger vers la sortie… Ah, évidemment ce ne sera pas fléché, ce serait trop facile, mais avec un peu d'astuce vous réussirez à trouver le bon chemin, j'en suis persuadé… Je ne serais pas honnête de ne pas vous prévenir de la présence probable de quelques opposants sur votre route, eux aussi chercheront comme vous la sortie. Comment les en blâmer ? Ce sont également des gibiers de potence qui ne méritent certainement pas une telle considération, mais j'aime à me montrer clément… Bref, un seul d'entre vous parviendra à sortir vers la liberté, c'est aussi simple que ça. Il ne me reste plus qu'à vous souhaiter bonne chance, monsieur Aykroyd… Que le meilleur ou le plus cruel gagne… Bienvenue dans le labyrinthe de l'incertitude, le jeu commence… Il garda le doigt en suspens pendant quelques secondes, maintenant !!! cria-t-il en pressant avec frénésie un nouveau bouton de son pupitre.

Un claquement sec libéra les pièces métalliques qui enserraient jusque-là les poignets du tueur sur les bras du fauteuil. Le temps qu'il arrache les liens retenant le mors l'empêchant de parler d'un geste furieux, après avoir retiré la cagoule lui recouvrant le visage, ses pieds furent à leur tour délivrés de l'étrave d'acier qui les bloquait. Il se dégagea de sa prison roulante, fit un tour complet sur lui-même pour repérer la caméra qui immanquablement le filmait, leva ses yeux mauvais encore éblouis de se retrouver à la lumière vive, vers elle et hurla sa rage.

– Toi, espèce de salaud, je ne sais pas qui tu es, mais prie tous les Dieux du ciel et les démons de l'enfer que je n'en réchappe pas… Ou je reviendrai et je te jure que je te découperai en tellement de morceaux différents qu'il faudra un spécialiste des puzzles en trois dimensions pour reconstituer ton cadavre !!!

L'homme à qui s'adressait la menace se tourna vers ses deux acolytes, il leur sourit, l'air dégagé.

– J'aime bien les gens qui savent garder un certain sens de l'humour dans les situations les plus dramatiques, pas vous ?

Les deux autres ne parvinrent pas à esquisser le moindre sourire. Même d'où ils se trouvaient, loin du tueur psychopathe et complètement invisible de lui dans leur salle de contrôle, l'image d'Aykroyd sur l'écran, le visage déformé par la haine et la folie meurtrière les terrifiait.

Le mur immaculé en face d'Aykroyd s'ouvrit soudain sur un couloir étroit et sombre, dont il ne pouvait distinguer le fond. Prudemment, il s'avança laissant derrière lui la clarté lumineuse de la pièce où restait le fauteuil roulant. Il commençait à comprendre, il lui faudrait pénétrer dans une sorte de labyrinthe où certainement différentes épreuves et nombre d'adversaires l'attendraient. On lui faisait subir un test, une expérience où il jouerait sa vie contre sa liberté… Après tout, il préférait ça à la lente agonie du fond de sa cellule. Là au moins, le psychopathe violent qu'il sentait revivre en lui vendrait chèrement sa peau, mais il se demanda quand même qui pouvait être assez sadique, assez pervers pour inventer un *jeu* pareil.

Il choisit de tourner à gauche plutôt qu'à droite, sans savoir pourquoi, laissant le hasard diriger son chemin. Il rasait le mur en avançant prudemment. Surtout ne pas paniquer et faire n'importe quoi, de cette façon si une attaque survenait, il aurait un laps de temps, certes très court, mais suffisant pour réagir. Il était entré à cent pour cent dans son rôle de bête traquée, retrouvant systématiquement ses vieux réflexes de tueur psychopathe et quelque puisse être le chasseur, il lui ferait comprendre que cette saison le gibier se révélait dangereux.

Il sentit sous ses pieds le sol descendre en pente faible d'abord, puis plus prononcée, de lisses et immaculés, les murs devinrent rugueux et en pierre grise. Le plafond se faisait de plus en plus bas et les néons donnant de la lumière, de plus en plus rares. Il se demanda au bout de dix minutes, si la galerie qu'il parcourait pouvait être naturelle. Impossible, les décorateurs avaient juste fait du bon boulot. Il remarqua également les caméras, une tous les cinquante mètres environ, on le suivait donc à la trace…

Une intersection s'ouvrit de nouveau devant lui, il persista dans sa première idée et s'engagea résolument sur la gauche. Au bout de quelques minutes, au détour d'un coude il se retrouva dans une grotte circulaire de petite taille. Aucune issue n'était visible. Un bassin creusé à même le sol d'où une eau sombre affleurait en se reflétant au plafond bas et irrégulier lui parut être la seule solution envisageable. Toujours sur ses gardes, il fit le tour de la grotte cherchant un autre passage. Les ténèbres quasi totales n'étant pas faites pour l'aider. Il soupira rageusement, il devait se trouver à la première épreuve, que pouvait-il y avoir dans cette flotte ? Et où cela le mènerait-il ?

N'ayant jamais été un excellent nageur, il hésita, après tout il pouvait encore rebrousser chemin. Un bruit infernal retentit dans son dos au moment où une cloison d'acier tombant du plafond lui coupa la retraite vers le couloir d'où il était venu. Cette espèce de salaud prenait plaisir à son jeu sadique, il dirigeait la partie en se prenant pour Dieu, surveillant ses faits et gestes grâce aux caméras. Aykroyd n'avait plus le choix, l'eau du bassin devenait l'unique moyen de continuer à avancer. Il se pencha en avant et toucha la surface avec sa main après avoir hésité une seconde, il grimaça, pour couronner le tout elle était froide… Résigné, il se vida les poumons plusieurs fois puis inspira une grande goulée d'air et sauta pieds joints dans l'eau sombre en se pinçant le nez et croisant les doigts qu'il n'ait pas à demeurer en apnée trop longtemps…

Il perdit presque instantanément la notion du temps, dix, vingt, trente secondes qu'il nageait sous l'eau ? Très rapidement, il avait découvert l'étroit siphon dans lequel il s'était engagé contraint et forcé, pas d'autre alternative. Ses poumons et ses bronches commençaient à brûler cruellement maintenant, il comprit qu'il venait d'atteindre le point de non-retour, il n'avait plus assez d'oxygène dans tous les recoins de son corps pour rebrousser chemin. Ou il trouvait la sortie vers l'air libre, ou il trouvait une mort certaine et stupide par noyade. Soudain devant lui, la luminosité de l'eau se fit plus claire, il aperçut comme une délivrance la fin du siphon, tout son corps semblait vouloir exploser dans une atroce douleur… Encore quelques interminables secondes de lutte contre le renoncement et il pourrait faire pénétrer de l'air frais dans ses poumons, ses veines, ses artères… Il avait l'impression que l'oxygène qui restait à l'intérieur de sa carcasse était devenu pourri et vicié. Son sang ne lui semblait plus rouge, fluide et liquide, mais noir, poisseux et pâteux… D'un ultime coup de talon, il se propulsa vers la surface et hurla quand enfin son visage, son nez, sa bouche furent rendus à l'air libre.

Il tentait toujours de reprendre son souffle quand un bruit sourd attira son attention en dessous de lui, dans les profondeurs du bassin où il pataugeait. Quelque chose venait de se mettre en marche, un mécanisme de se déclencher… Il hésita à remettre la tête sous l'eau pour voir ce qui se passait, encore à bout de souffle et quelque peu traumatisé par l'expérience sous-marine vécue à l'instant. Son instinct de survie reprit le dessus à temps, il eut la certitude qu'il lui fallait quitter le bassin le plus vite possible, son salut se trouvait sur la terre ferme… Il n'y avait qu'une dizaine de mètres pour atteindre le bord. Il engagea une brasse aussi rapide et énergique que ses forces le lui permirent, trop essoufflé pour nager le crawl. Malgré la pénombre ambiante et ses yeux troublés par l'eau, il réalisa soudain ce qui se passait… Ce type qui dirigeait le jeu était vraiment un grand malade : une cloison sous-marine avait dû s'ouvrir et libérer… Un requin ! Il ne distingua que l'aileron immergé qui filait vers lui en silence, mais la vitesse de l'animal lui parut incroyable, sa pauvre brasse ne lui permettrait pas d'atteindre le rebord en pierre du bassin avant que le monstrueux prédateur le rattrape.

Il s'arrêta de nager, fit face à la bête et banda ses muscles dans un réflexe de survie… En une seconde le squale fut sur lui et sa terrifiante mâchoire tenta de se refermer sur un de ses membres d'un mouvement agressif de la tête. Aykroyd parvint à se dégager d'un ultime sursaut et évita le pire. Il sentit contre son bras nu, la peau grise, rêche et terriblement abrasive du monstre qui lui infligea une brûlure vive le long de son avant-bras, comme la morsure du bitume lors d'une chute en moto.

Le sang ! Il teintait de pourpre son membre supérieur à présent, il ne coulait pas à gros bouillons, loin de là, mais le simple fait d'avoir le corps râpé allait exciter le requin d'une véritable folie meurtrière. Le temps que son adversaire fasse demi-tour, la proie aquatique calcula la distance le séparant de la terre ferme. Trop loin, il n'arriverait pas à nager jusque-là, il devrait livrer combat pour sauver sa vie, pour ne pas être dévoré par cette mâchoire montée sur nageoires.

Déjà, l'animal énervé par l'odeur et le goût du sang revenait à la charge. Une fois encore, le futur dévoré fit face… Cette fois-ci il lui fallait agir, il ne pouvait pas rester éternellement au milieu de la flotte à attendre de se faire déchiqueter. Un moment ou un autre, le monstre serait plus rapide que lui, et alors… Il se dégagea de côté, évita de justesse les rangées de dents tranchantes comme des rasoirs et détendit son bras de toutes ses forces hors de l'eau, pour le rabattre dans le même geste contre la tempe du squale… Il se souvenait vaguement avoir lu étant enfant, que les dauphins combattaient les requins de cette façon, en les frappant de leur museau dans les tempes.

Il n'était pas un dauphin, ne le tuerait peut-être pas, mais la violence de son coup de poing porté avec ses cent trente-cinq kilos de muscles et la rage décuplée par la colère, aurait pu tuer un homme et il l'espérait, calmerait son adversaire suffisamment longtemps pour lui permettre de rejoindre le bord du bassin.

21

Dans le silence de la nuit, la grandeur de la salle avait quelque chose d'oppressant. Il s'immobilisa au centre et tournant très lentement sur lui-même, observa le décor quasi religieusement. Il se sentit soudainement bizarre… Sans qu'il sache vraiment pourquoi, un vague sentiment de malaise s'insérait en lui… Ce n'était pas de la peur, d'ailleurs Charles Adrian Thurnburgh, comme s'amusait à plaisanter Kelly, *n'aurait pas eu peur du Diable s'il l'avait rencontré*, elle ajoutait malicieuse et pensive à la fois, *je me demande en fait si la rencontre n'a pas déjà eu lieu...* Non, ce n'était pas de la peur, il n'y avait aucune raison d'avoir peur… Toutes les alarmes de la grande salle, un peu vieillottes au demeurant, avaient été déconnectées facilement et ayant attendu patiemment caché la fin de la ronde des gardiens, il savait pouvoir compter sur vingt minutes de tranquillité pour œuvrer à sa tâche.

Il s'agissait d'une impression plus profonde, plus sourde qui lui enserrait la poitrine, un trouble indéfinissable… Son instinct animal lui lançait un signal qu'il était incapable de déchiffrer. Pourquoi se sentait-il si bizarre depuis qu'il avait pénétré dans la grande salle centrale du musée de l'Histoire indienne ?

Les vitrines révélaient des objets magnifiques. Toujours immobile, Charles refit l'état des lieux lentement d'un regard circulaire. À sa droite, il put voir un véritable wigwam, il lui parut immense ici, dans un espace intérieur. Il observa aussi de larges peaux de bisons, tannées et décorées, tendues entre des piquets en bois. Il y avait là une beauté sauvage qui l'impressionna. Il fut également en admiration devant une coiffe originale de chef formée d'une multitude de plumes d'aigle chatoyantes. Continuant à contempler, il fut littéralement stupéfait quand son regard accrocha le totem… Il semblait dominer la salle tout entière, elle n'avait été aménagée que pour le mettre en valeur, comme si tous les objets présents ici avaient une hiérarchie propre, tous vassaux du gigantesque totem, suzerain incontesté décidant du sort des autres. Charles restait subjugué devant la magnifique pièce de bois sculptée, toujours avec cette désagréable sensation au creux de l'estomac. Que lui arrivait-il ? Quelle influence pouvait avoir ce totem sur lui ? Le détective ne bougeait pas, fixant le splendide rituel comme une relique sacrée… Au cœur de la nuit, dans ce silence quasi religieux, Charles se sentait envahi par son incroyable pouvoir.

Haut de trois mètres, représentant deux divinités animales l'une sur l'autre, respectant l'ancestrale tradition du peuple iroquois, l'allégorie l'observait d'un air sévère. La figure la plus basse était assise, le corps de couleur brune, tenant un enfant dans ses bras dont le visage juvénile était peint en blanc avec le contour des yeux verts et la bouche grimaçante rouge sang semblant sourire aux spectateurs. Le faciès monstrueux de la divinité reflétait les mêmes teintes vert foncé et brunes, mais la sculpture était beaucoup plus travaillée, elle ressemblait à un masque de carnaval qui se serait voulu terrifiant, mais en réalité trop caricatural pour être vraiment effrayant. Charles lui trouva l'allure d'un gros félin, à la fois juste et sévère, à qui on aurait volontiers accordé sa confiance.

L'animal au sommet, assis sur la tête du premier était sans contestation possible un aigle, animal sacré s'il en était dans la culture amérindienne. Le corps taillé dans le bois, peint en blanc, travaillé d'une multitude de détails, représentait une véritable œuvre d'art. Les ailes majestueusement déployées sur lesquelles l'artiste avait dessiné finement le contour des plumes avec des traits et des courbes symétriques noirs, rouges et verts lui donnaient un air solennel et grandiose. La conception de son visage ressemblait à celle du félin, mais son bec trahissait le rapace qui sommeillait en lui.

Charles ne put s'empêcher de s'approcher et de le toucher, délicatement il posa sa main sur le bois rendu lisse et poli, attiré malgré lui par la force bestiale qui se dégageait du totem. Il dut se faire violence pour s'en écarter au bout d'une minute et traverser la grande salle pour enfin se placer devant la vitrine où se trouvait la bourse-totem, objet de sa convoitise.

Il la reconnut sans hésitation au milieu de deux autres plus petites et beaucoup moins belles, plus endommagées par le temps, à la décoration simpliste sans les broderies qui avaient sur celle qui l'intéressait, conservé leurs éclatantes couleurs.

Son œil aiguisé inspecta méthodiquement la vitrine et il eut rapidement la certitude qu'elle ne recelait pas un système d'alarme supplémentaire. Il sortit son laser et entreprit de découper le verre de la manière la plus propre et la plus nette possible. Cela effectué, il glissa habilement la main à l'intérieur de l'ouverture pratiquée et s'empara en douceur du morceau de cuir qui retenait son attention depuis plusieurs jours. Il le contempla quelques secondes, puis rangea ses affaires de façon méthodique dans son sac à dos, consulta sa montre et réalisa qu'il ne fallait pas traîner s'il ne voulait pas voir débarquer les gardiens exécutant leur ronde en rangs serrés.

Il revint vers le centre de la salle et se plaça devant le totem qui l'observait en silence. Charles Adrian Thurnburgh lui présenta solennellement la bourse en cuir sombre qu'il tenait entre ses mains et dans un demi-sourire s'adressa à lui sur le ton de la confidence,

– N'aie pas d'inquiétude Grand Aigle, ma cause est juste. Continue à veiller en silence et accorde-moi ta confiance, ton peuple et ses racines ne seront pas trahis, je te le promets…

Les deux gardiens tournèrent au coin de la salle des poteries, s'engageant d'un pas décidé dans le couloir ouest. Charles profita de l'aubaine. Caché depuis quelques minutes dans la zone administrative du musée, il laissa les deux hommes s'éloigner et se glissa sans bruit vers l'escalier qui le mènerait vers le sous-sol, synonyme pour lui de chemin vers l'air libre via la puanteur des égouts. Consultant une fois de plus sa montre, il eut la confirmation de ce qu'il redoutait : son crédit temps était pratiquement expiré. Il lui fallait encore passer devant la salle de contrôle où une nouvelle équipe de gardiens ne tarderait pas à se mettre en route. Il se maudit d'avoir perdu tout ce précieux temps dans la salle du totem. Mais avait-il eu vraiment le choix ?

Dans son dos, il entendit soudain des pas résonner sur le ciment brut du triste couloir du sous-sol… Devant lui, la porte jaune de la salle de contrôle se présenta entrouverte. Il prit sa décision sans réfléchir, il n'en avait plus le loisir et tenta le tout pour le tout. Il avait trois secondes avant que les gardiens arrivant derrière lui ne soient là et nulle part où se cacher… Si les autres ne prenaient pas la lubie de sortir de la pièce dans le même laps de temps, il pourrait se jeter dans l'escalier et passer inaperçu pour rejoindre sereinement l'entrepôt désaffecté… Il tenta le coup. Pas vraiment professionnel tout ça, il payait la note d'un timing non respecté… Il roula sur le sol pour ne pas être visible par la vitre de l'intérieur de la salle de contrôle… Son adrénaline explosa pendant un quart de seconde, mais aucun cri d'alerte ne vint le troubler… Il était passé ! Il bascula dans l'escalier au moment où un éclat de rire parvint à ses oreilles, arrivant du couloir répercuté par l'écho des murs en ciment, *moins une* se sermonna-t-il en soupirant de soulagement. Il détestait se faire surprendre par un timing aussi serré, il remarqua même avec effroi que cette fois il n'avait carrément plus de timing du tout !

Le voleur souffla un moment dans l'entrepôt. Une fois qu'il eut escaladé la cage de fer, il remit sa tenue d'égoutier et se prépara à retraverser pour la dernière fois, il se le jura, les putrides canaux souterrains.

Il se réjouit quand il sentit l'air frais au-dessus de sa tête en grimpant le long de l'échelle rouillée le rendant à la liberté. La tension nerveuse accumulée depuis plus d'une heure retomba enfin quelque peu. Tout s'était déroulé comme il l'avait, presque, prévu, mais il ne pavoisait pas comme d'habitude, cette bizarre sensation ressentie devant le totem tempérait ses ardeurs à se féliciter pour sa nouvelle victoire.

Le visage sous son casque de spéléologue, il émergea du cloaque pour échapper aux écœurantes effluves, jeta un coup d'œil circulaire et se hissa au dehors, pas fâché d'en avoir terminé avec son voyage au pays des égouts.

22

Depuis combien d'heures tournait-il en rond ? Tournait-il vraiment en rond d'ailleurs ? Il se contentait de suivre les différents couloirs, souterrains, passages de l'infernal labyrinthe où le vieux fou l'avait enfermé. Arrivé à un énième croisement, il s'arrêta, s'appuya contre la paroi de pierre froide et les mains sur les hanches, tâcha de faire le point. En face, à droite ou à gauche… ? Il n'en avait fichtrement aucune idée et sentait non pas le désespoir l'envahir, il était trop enragé pour cela, mais assurément une certaine lassitude. Depuis combien de temps n'avait-il pas dormi ? Il n'avait pas tenu le compte des heures passées à chercher son chemin et à éviter de mourir. Il était exténué, crevait de faim et souffrait d'une vilaine blessure au bras gauche qui saignait toujours. Il se remémora la scène en grimaçant : une trappe s'était traîtreusement ouverte, béante sous ses pieds, alors qu'il sautait par-dessus une barrière faite de barbelés et de pointes d'acier acérées. Il avait, comme toujours, eu un réflexe incroyable pour se rejeter en arrière et éviter une chute à coup sûr mortelle sur des pieux taillés spécialement pour l'empaler. Dans sa précipitation et sa panique, il s'était embroché le bras gauche sur une des pointes de la grille. Son corps lui avait instantanément arraché un hurlement bestial, fait de haine et de rage autant que de douleur. Sans réfléchir davantage, dans un effort surhumain il avait soustrait son membre ruisselant de sang au terrifiant piège de métal. Il ne voulait en aucun cas rester trop longtemps sans bouger, car à coup sûr *l'autre* lui aurait envoyé quelqu'un ou quelque chose pour le divertir…

À cette évocation, sa mémoire lui rappela l'épisode de l'huile bouillante qui soudain s'était déversée en cataractes d'un conduit venant du plafond. Il avait réussi à éviter de se retrouver atrocement brûlé grâce à son instinct de survie, son instinct de tueur... Mais combien de temps parviendrait-il encore à échapper aux pièges diaboliques du labyrinthe ? Trouverait-il la sortie suffisamment tôt avant de mourir de faim, de soif ou d'avoir perdu trop de sang, saigné comme un porc ? Il commençait à douter qu'il y eût réellement une sortie d'ailleurs, n'était-ce pas en fin de compte qu'une sadique mise à mort ?

Il réalisa qu'il ne bougeait pas depuis deux minutes, il lui fallait repartir ou le *maître du labyrinthe* lui enverrait un adversaire à affronter, deux fois déjà cela avait été le cas. La mécanique sournoise du *jeu* lui devenait familière à présent. Grâce aux caméras jalonnant les souterrains, ceux qui dirigeaient la partie suivaient ses faits et gestes. Il se demandait même si les couloirs ou les grottes du dédale pouvaient être amovibles, au bon plaisir du Dieu du pupitre de contrôle qui en fait, l'amenait exactement où il le désirait et pouvait provoquer les rencontres entre les différents *prisonniers* des lieux. Il frappa du poing le mur contre lequel il s'appuyait, *qui sait si juste derrière la paroi il n'y a pas un autre type qui en chie autant que moi*, s'interrogea-t-il.

Continuant de perdre son sang de son bras meurtri, il se remit en marche, ressentant les premiers effets de la fièvre, due probablement à sa blessure. Il tira la langue dans un rictus de souffrance : il avait soif... Deux heures auparavant, au détour d'un souterrain il avait découvert, dans une alcôve taillée à même le roc, une écuelle remplie d'un liquide rougeâtre à l'agréable odeur de fruits. Il avait hésité, mais sa paranoïa s'était révélée plus forte que sa soif, il n'y avait pas touché, pas une goutte... À l'heure actuelle, il pensa amèrement qu'il serait capable de la boire d'un trait si l'occasion se représentait, tant pis si le breuvage se trouvait infesté de poison, après tout mourir un peu plus tôt ou un peu plus tard n'avait plus vraiment d'importance.

Il opta une fois encore pour le couloir de gauche qui s'enfonçait dans les ténèbres au détour d'un coude se rétrécissant. Il fut soudain surpris par un passage débouchant de sa droite, une anfractuosité qu'il n'avait pas remarquée dans la pénombre ambiante. Instinctivement il se plaqua contre le mur… Une barre de fer vint s'écraser avec un bruit métallique à moins de deux centimètres de son oreille gauche… Il bondit au milieu du boyau. Un homme hirsute, le visage tuméfié et sanguinolent, les vêtements à moitié arrachés, se matérialisa face à lui, bien campé sur ses jambes. Une fois encore, la barre d'acier siffla au-dessus de sa tête quand il se baissa pour l'éviter. Emporté par son élan, son adversaire se trouva déséquilibré pendant une seconde, une seconde de trop. Aykroyd se rua sur lui avec un hurlement de rage, l'enserrant de ses bras puissants, malgré la douleur qui lui vrillait le corps à chacun de ses gestes brusques. L'autre heurta violemment le mur en pierre, poussant un cri étouffé sous la rudesse du choc. Il n'avait toujours pas lâché sa redoutable barre de fer, mais ceinturé dans l'étau de la lutte au corps à corps, incapable de dégager ses membres, l'arme d'acier ne représentait plus un danger immédiat pour Aykroyd tant qu'il ne relâchait pas sa prise. Il frappa encore plusieurs fois la tête de son adversaire contre la paroi, son opposant encaissait les coups en gémissant de douleur… Il le sentait presque aussi fort que lui, mais avec ses deux bras valides. Il lui hurla au visage,

– Salaud ! Lâche ça, lâche ça !!! Ponctuant chacun de ses mots d'une terrible secousse contre le mur. À moitié assommé, l'autre finit par murmurer dans un râle,

– Arrête, arrête, je la lâche…

Le bruit sourd de la lourde barre touchant le sol indiqua à Aykroyd que son adversaire s'était rangé à son avis. Il se rejeta en arrière, relâchant son étreinte, se préparant pour l'assaut final. L'autre glissa le long du mur, plus sonné qu'il n'y paraissait et tomba assis par terre. Aykroyd prit son élan pour le frapper au visage d'un coup de pied et en finir vite… Quand son adversaire, trop faible pour se défendre, l'implora…

– Attends, attends…

Son pied se figea à quelques centimètres du faciès en sang, déformé par les violents coups déjà reçus.

– Attends, répéta-t-il encore une fois haletant, on a peut-être intérêt à s'entraider plutôt que se battre…

– Curieux revirement de situation pour quelqu'un qui voulait me fracasser la tête avec une barre de fer il y a moins d'une minute, non ?

– Écoute, ici ce qui compte c'est de survivre… Ouais, j'ai essayé de t'écraser la tête avec une barre de fer, mais t'aurais fait quoi à ma place ?

– La même chose, mais je ne t'aurai pas manqué…

L'homme assis esquissa un sourire,

– Disons que jusqu'ici ça ne m'a pas trop mal réussi de frapper le premier. Si tu veux m'exploser à coup de pied maintenant, fais-le et qu'on n'en parle plus. Il faut savoir accepter la défaite…

Aykroyd le fixa sans répondre, c'était exactement ce qui faisait la différence entre lui et les autres. Lui n'acceptait pas la défaite, lui ne renoncerait jamais ! Il ne boirait pas le breuvage empoisonné, ne se laisserait pas bouffer par un requin ou fracasser le crâne à coup de barre de fer. Le combat qu'il venait de livrer l'avait revigoré après l'instant de lassitude qu'il avait vécu, mais ce type avait peut-être raison. Un bout de route à deux serait un atout supplémentaire pour éventuellement se tirer d'affaire vu l'état pitoyable où les deux hommes se trouvaient. Et puis il pourrait toujours se débarrasser de son compagnon, si d'aventure il se révélait trop gênant. Jusqu'ici, Aykroyd en bon tueur psychopathe, avait massacré d'abord et discuté ensuite avec tout ce qu'il avait croisé sur son chemin. Outre le requin du bassin d'eau froide, un gars petit et trapu, quelques heures plus tôt ainsi qu'un gigantesque dogue allemand fou furieux qu'il avait étranglé de ses propres mains, lorsqu'au détour d'un boyau étroit il avait dû pénétrer en rampant dans une cage. Il n'avait pas non plus ressenti la moindre émotion quand il avait empalé sur les pointes acérées d'un mur une grande femme noire habillée comme un GI qui l'avait sauvagement attaqué à coup de chaîne.

– OK, lâcha-t-il, mais c'est moi qui prends la barre de fer et toi qui passes devant.

L'autre acquiesça d'un signe de tête, il n'avait pas vraiment le choix de toute façon. Il se redressa péniblement,

– Au fait, mon nom c'est Chris…

– Enchanté Chris, bienvenu en enfer…

23

La pluie venait de recommencer à déverser sa froideur sur la nuit bostonienne. Charles conduisait lentement en laissant vagabonder ses pensées au rythme lancinant des essuie-glaces balayant sans relâche l'humidité de son pare-brise. Morose, il se demandait comment pouvait se dérouler dorénavant la suite de l'opération. Il était censé contacter Hamilton dès que possible pour finaliser l'affaire et lui remettre la bourse-totem, objet de tant de convoitise. Il n'arrivait pas, comme à l'accoutumée, à se sentir excité, survolté par son succès de ce soir, comme si le vol ne représentait pas une fin en soi, mais plutôt le commencement de quelque chose de terrible. Son instinct l'amenait à penser, à ressentir que le pire était encore à venir.

Il tourna à droite dans Massachusetts Avenue et jeta un œil dans son rétroviseur, par pur réflexe professionnel. Les phares trouant la pluie cent mètres derrière lui bifurquèrent également... Il se reconcentra aussitôt, se focalisant sur le véhicule qui le suivait depuis bientôt trois minutes à présent, pratiquement depuis le moment où il était monté dans sa Toyota à la sortie des égouts. Par acquit de conscience, il décida de faire le tour du pâté de maisons en s'engageant immédiatement dans St Botolph Street. Sans mettre leur clignotant, ses poursuivants en firent de même. Il se crispa sur son volant, faisant rouler dans un frisson les muscles de son dos et de ses épaules, comme s'il se préparait à passer à l'action. Il pensait pourtant avoir effectué le nécessaire pour demeurer invisible en quittant le musée, il avait apparemment échoué et s'en voulut. Cette fois les dés en étaient jetés, il ne douta pas un instant devoir en découdre avec les curieux qui l'avaient pris en chasse.

Mâchoires serrées, il ne put s'empêcher d'imaginer que de proie facile, il accéderait très vite au statut de redoutable prédateur et ces types n'allaient pas tarder à comprendre à qui ils avaient réellement affaire. Le détective sentait au plus profond de lui qu'ils ne reculeraient devant rien pour arriver à leurs fins, sans pitié et déterminés à aller jusqu'au bout. Il fut quand même surpris de la situation, Hamilton savait où le trouver, pourquoi le ferait-il suivre par ses gardes-chiourme ? Il accéléra. Pas trop vite ne cherchant pas à les semer immédiatement, juste ce qu'il fallait pour leur faire comprendre qu'il les avait repérés. Ils lui collaient encore au train malgré le feu rouge grillé sans ralentir. Il tourna de nouveau à droite, dérapant et contrebraquant sur la chaussée trempée, on allait voir si les gars de derrière avaient une âme de *driver*… La Toyota donnait sa pleine mesure quand il s'engagea sur Columbus Avenue, les chasseurs toujours à ses trousses… Il roulait maintenant vers le sud-est, se battant avec son volant pour ne pas permettre à sa voiture de se dérober sur le sol glissant. Il traversa Chinatown à une allure indécente sans prendre trop de risques malgré tout, un œil dans le rétro, vérifiant que ses chiens de garde restaient au contact. Il passa en trombe sur le pont de Northern Avenue et pénétra résolument dans le Seaport District, sans ralentir sa vitesse folle, laissant l'océan sur sa gauche, descendant toujours plus au sud, direction South Boston et les entrepôts des *piers,* au cœur des docks… Là, il les amènerait où il le désirait, si ces types voulaient la bourse-totem, ils allaient comprendre que les prix venaient de monter en flèche. Lui souhaitait connaître le fin mot de l'histoire, savoir pourquoi les passions se déchaînaient pour cet objet mythologique indien que même le professeur Reeves semblait vénérer.

Toujours sans ralentir, le détective s'engagea deux minutes plus tard dans l'allée centrale menant vers le *Conley Terminal,* où chaque jour des centaines de porte-containers arrivant du monde entier déversaient sans relâche leur marchandise. Charles connaissait le labyrinthe d'acier et de tôle des docks, là où Wolkowski avait œuvré tant d'années auparavant. Il s'y dirigeait, même de nuit sans le moindre problème, relayé par son sens de l'orientation sans faille, son rétroviseur lui renvoyant continuellement les deux points lumineux de la voiture de ses poursuivants. Il longea, encore plus vite, les containers géants de la *Mc Dermott Limited*, entraînant ses adversaires vers un des *piers* déserts, laissant sur sa gauche les aveuglants projecteurs, les grondements rauques des engins charriant des tonnes d'acier et les cris des hommes travaillant de nuit sur un des quais en effervescence. Soudain, il tourna à angle droit d'un coup de frein à main parfaitement maîtrisé, se soustrayant aux regards des chasseurs. Il réaccéléra dans l'allée perpendiculaire puis pila à mort, laissant sa Toyota glisser sur l'asphalte ruisselant de pluie. Il braqua d'une énergique embardée, mettant son véhicule en tête à queue dans un hurlement de pneus et avec une dextérité de pilote de course, enclencha la marche arrière dans le même mouvement pour engager la docile petite MR2 à l'intérieur d'un hangar désaffecté. Tendu à l'extrême, il coupa les phares et attendit quelques secondes interminables dans la pénombre protectrice.

Le rugissement du moteur de l'autre voiture fut bientôt couvert par le crissement aigu de la gomme sur la chaussée détrempée, suivi un court instant plus tard par le choc sourd et violent de la carrosserie écrasée contre un des containers de l'allée centrale... *Pas si habile que ça le driver...* Bondissant déjà hors de la Toyota, parfaitement accoutumé à l'obscurité des lieux, Charles escalada sans difficulté, question d'habitude, les poutrelles et plateformes de rangement en acier, puis se retrouvant sur l'étage supérieur, ressortit à l'extérieur du bâtiment par un vasistas cassé depuis des lustres. Par la coursive extérieure, il contourna le hangar et put voir en contrebas le véhicule de ses poursuivants. Fumant, il s'extirpait de la tôle du container où il se trouvait encastré, dans un bruit de ferraille tordue et arrachée. Avec un râle sinistre, la Honda Civic noire s'engagea vers le fond du *pier* 17, sous le regard narquois du détective… Ne connaissant pas les lieux, les ex-chasseurs étaient coincés comme des rats, l'expression l'amusa, au bout du quai il n'y avait que l'immensité de l'océan, sans aucun espoir d'évasion, à moins de rallier l'Europe à la nage…

Les lumières des feux arrière de la Civic s'évanouirent dans la nuit. Le détective sauta avec souplesse du haut de son refuge et courut vers l'entrée du *pier*. Il sortit de la trousse qu'il portait à la ceinture, quelques éléments de son outillage si particulier. Rapidement, il *bidouilla* le boîtier électronique de la lourde grille d'acier fermant l'accès au quai. Dans un bruit sourd, elle coulissa lentement, bloquant l'unique issue possible au véhicule de ses adversaires. Une moue de satisfaction se dessina sur son visage, il n'y avait plus qu'à les cueillir, d'une manière suffisamment musclée pour leur faire *cracher le morceau*, il avait son idée sur la question et sa parfaite connaissance des lieux aidant, il n'aurait aucun problème pour trouver ce dont il avait besoin.

Au pas de course, il rejoignit le petit parking où les dockers garaient les machines leur servant à déplacer les palettes qu'ils chargeaient ou déchargeaient à longueur de journée et dont certaines pesaient plusieurs tonnes. Il escalada le grillage sans aucune difficulté et en quelques secondes dénicha ce qu'il cherchait : un Caterpillar gros tonnage, moteur diesel. La grille fermant le parking, uniquement retenue par une chaîne et un cadenas, n'eut pas la moindre chance face à l'engin lancé contre elle, certes limité en vitesse de pointe, mais d'une puissance phénoménale… Du moins, sourit Charles, suffisamment lourd et puissant pour réduire en miettes une Honda Civic ! Ainsi armé, il s'engagea dans la travée centrale du *pier* 17 et se mit en chasse, maniant les roues arrière de son véhicule avec quand même moins de dextérité que sa petite Toyota. Se dirigeant vers l'océan, à l'extrémité du quai, il ne tarda pas à découvrir, malgré l'obscurité ambiante, la masse sombre de la voiture de ses ennemis. Il ralentit l'allure, se plaçant au milieu de la travée de façon à bloquer l'issue au cas où ses ex-poursuivants auraient des velléités de passage en force, le choc contre les tôles de protection à l'avant du Caterpillar risquait de les surprendre désagréablement. Ils lui faisaient face à cinquante mètres, tous phares éteints, mais moteur ronronnant…

Le détective pila, faisant mugir de dépit son gigantesque engin. Ce n'était pas la même voiture… Celle-ci était intacte, chose impossible après la perte de contrôle et l'écrasement contre le container de la *Mc Dermott*. Elle aussi était noire, mais plus massive que la Civic : il reconnut les lignes d'une Dodge. D'où sortait-elle ?

Il faillit en relâcher l'embrayage de surprise, il y avait donc une autre bande tapie dans l'ombre, mais bien réelle également, qui épiait ses moindres faits et gestes, eux non plus n'avaient pas l'air décidés à lâcher le morceau.

Il serra les mâchoires et se prépara à aller au combat. La main crispée sur le levier de vitesses encore au point mort pour quelques secondes, il accéléra violemment. L'énorme moteur diesel cracha un panache de fumée noire et odorante dans un vacarme mécanique, puis au moment où Charles allait enclencher la première, la portière avant droite de la voiture s'ouvrit et un homme en sortit... Charles garda le pied en suspens sur l'embrayage... L'autre avança lentement, les bras écartés comme pour bien montrer qu'il ne possédait pas d'arme, du moins visible... Le détective, malgré la pénombre, le distingua parfaitement : un mètre quatre-vingts et ostensiblement tout en muscle, le teint très mat, les cheveux noirs très longs apparemment tirés en arrière et attachés en catogan, un pull en laine sombre et une paire de Jean's... Un Indien, *il ne manquait plus que ça*, grommela le conducteur du Caterpillar, *comme si je n'avais pas assez à faire avec ceux qui me collent au train depuis le musée.*

L'autre marchait toujours vers lui lentement, plus méfiant qu'agressif, mais Charles n'était pas dupe : il savait pertinemment pourquoi il se trouvait là et quelle serait sa requête... La bourse-totem ! Le détective n'avait rien de particulier contre lui ni contre ses deux compères d'ailleurs, qu'il pouvait distinguer à travers le pare-brise de la Dodge. Il devinait néanmoins qu'il lui serait impossible d'accéder à sa demande, il lui faudrait donc jouer serrer avec ces trois-là... Certes, il se doutait depuis le début, en professionnel averti, qu'un coup fourré pouvait toujours arriver, il avait tout prévu dans ce sens, mais la situation se compliquait quand même singulièrement.

Bras grands écartés, l'indien s'immobilisa vingt mètres devant le monstre d'acier, toujours rugissant, prêt à bondir...

– Nous ne vous voulons aucun mal, cria-t-il d'une voix rauque à l'intention de Charles, nous souhaitons juste discuter avec vous... Il y a quelqu'un dans cette voiture qui aimerait vous parler d'un objet qui nous intéresse tous... Il serait facile pour tout le monde d'en bavarder calmement, qu'en pensez-vous ?

Il fallait prendre une décision, rapide, soit il se rangeait à leurs intentions, soit il fonçait dans le tas… Mais il restait toujours le problème majeur de la Civic à moitié en ruine, son instinct de survie aiguisé à l'extrême l'avertissait qu'elle n'allait pas tarder à refaire son apparition.

De fait, il entendit le bruit avant les autres et eut le temps de se coucher dans l'habitacle du Caterpillar, ayant des réflexes beaucoup plus vifs que ses adversaires. Une demi-seconde plus tard, la détonation assourdissante d'une rafale d'arme automatique perfora la nuit pluvieuse. Le pare-brise de sa cabine s'étoila instantanément et explosa en milliers de particules, se déversant sur lui… L'apocalypse dura quelques infimes secondes, puis le silence nocturne retomba sur les docks, uniquement troublé par le mugissement d'une lointaine corne de brume et le son assourdi des grincements de l'acier sur le *pier* voisin.

Souple comme un félin, toujours roulé en boule dans son poste de pilotage, Charles ouvrit la portière gauche et se laissa glisser sur le sol trempé. La déflagration était venue légèrement de sa droite, de cette façon il se trouvait protégé par la solide carrosserie de son imposant engin. Dans l'obscurité environnante, avec sa virtuosité et sa connaissance des lieux, il ne doutait pas de pouvoir échapper à ses agresseurs, incontestablement plus dangereux et plus expéditifs que les Indiens de la Dodge…

D'un bond phénoménal, il se détendit et se jeta derrière de gros barils qu'il avait repérés sur le côté de la travée… Une nouvelle rafale illumina d'une gerbe d'étincelles la tôle d'acier des fûts quand les balles s'écrasèrent dessus… *Pas assez rapides les gars !* Toujours en mouvement, il roula sur le sol en disparaissant tel un fantôme entre des containers. Une voix impérieuse résonna dans la froideur du *pier*…

– Monsieur Thurnburgh… ? Nous savons que vous êtes là… Ne nous obligez pas à employer les grands moyens, soyez raisonnable… !

Il fit demi-tour, grimpant en silence à l'échelle d'une citerne. Toujours invisible de ses ennemis, mais d'une position suffisamment élevée pour observer la scène.

Un homme cagoulé, tout de noir vêtu, tenait fermement ce qu'il devina comme étant un pistolet mitrailleur Usi, redoutable en combat rapproché… Il braquait l'indien au catogan, immobile, se contentant de mettre les mains sur la tête en signe de soumission.

Trois accolytes, armes aux poings, forçaient les deux autres occupants de la Dodge à sortir. Le plus jeune des passagers, lui aussi indien, soutint celui assis à l'arrière… Calmement, l'homme extirpa sa haute silhouette de la voiture et avança de quelques pas s'aidant de son bâton, il posa sa main libre sur le bras de son jeune compagnon. Charles eut tout le loisir de l'observer de son poste en hauteur. L'homme semblait très âgé, de longs cheveux blancs dégringolaient sur ses épaules encadrant son visage marqué et buriné par le temps. Le détective fut étonné en discernant son port de tête qui ne laissait aucun doute : il était aveugle. Un des sbires en noir lui plaqua le canon de son *Usi* dans les reins, le forçant à avancer vers celui aux mains sur la tête.

La même voix impérieuse se fit de nouveau entendre,

– Je vais compter jusqu'à trois… Si d'ici là vous ne vous êtes toujours pas montré, je vais devoir employer la manière violente, monsieur Thurnburgh… Ne m'obligez pas à de telles extrémités…

Charles se trouvait confronté à une décision bien plus délicate à prendre que trente secondes plus tôt, quand il dominait la situation à l'intérieur de la cabine du Caterpillar.

Ces types, qui de surcroît connaissaient son nom, avaient-ils le cran nécessaire de mettre leur menace à exécution ?

– Un, monsieur Thurnburgh !

De toute façon, il lui parut clair qu'ils seraient capables de le retrouver plus tard… Oui, mais la prochaine fois il serait prêt et n'aurait pas la bande d'Indiens dans les pattes, il hésitait toujours…

– Deux !!!

D'un autre côté, il lui fallait absolument découvrir qui ils étaient, la fuite ne le lui permettrait pas… Sa curiosité se montrait une fois encore plus forte que la prudence la plus élémentaire… Et comme il avait prévu et anticipé une mésaventure de ce genre… Il se décida, malgré les risques qu'il encourait à accepter de se rendre.

– Trois !!!

Il n'eut pas le temps de réagir, la courte rafale déchira l'air, arrachant un hurlement de douleur à l'homme qui avait toujours les mains sur la tête. Le détective sentit l'adrénaline l'envahir, ses muscles se contractant instantanément… Ce salopard n'avait pas bluffé ! Il venait de tirer à bout portant dans les jambes de ce pauvre type sans défense… L'autre se roulait par terre en gémissant dans une atroce souffrance, il trouva la force de crier à l'intention de Charles.

– Fous le camp ! Ne lui donne pas ce qu'il veut… !

Le détective admira son courage, ce gars avait des tripes, il était prêt à se sacrifier.

Froidement, le tireur insista de nouveau,

– Ne l'écoutez pas, monsieur Thurnburg. Je lui mettrai la prochaine rafale dans le ventre… Vous savez que je n'hésiterai pas ! Il recommença son compte à rebours sadique.

– Un !!!

– C'est bon, espèce de fumier… J'arrive !

Avec souplesse, il sauta à terre et se dirigea calmement vers ses adversaires. Il réalisait parfaitement qu'il jouait très gros. Certes, il n'y avait pas danger immédiat tant que les quatre types armés ignoraient où il avait caché la bourse-totem, mais dès qu'elle serait en leur possession, le quartier risquait de devenir malsain pour lui. Il n'avait plus le choix, un refus de sa part équivaudrait vraisemblablement à un arrêt de mort pour les trois Indiens. Il allait falloir jouer très serré, des frissons d'excitation lui parcoururent la nuque et le dos.

De sa démarche souple, il apparut à ses ennemis d'entre les barils perforés, d'où s'écoulait une huile grasse et épaisse. Charles Adrian analysa immédiatement la situation, les quatre hommes armés quadrillaient parfaitement le terrain, les trois Indiens au centre. Le vieil aveugle debout et très digne, imposant malgré sa position de prisonnier, un très grand respect. Le plus jeune était penché sur le blessé allongé sur le sol, gémissant sourdement. Le salaud qui avait tiré ne l'avait pas raté, son sang maculait le goudron autour de lui. Un médecin n'aurait pas été un luxe. Arrivé à quelques mètres d'eux, le détective écarta les bras et ralentit son allure, pour bien faire comprendre qu'il ne portait pas d'arme. Braquant son *pistolet mitrailleur* sur lui, le tireur le salua.

– Bonsoir, monsieur Thurnburgh. Heureux de constater que vous savez parfois vous montrer raisonnable, malgré votre réputation…

Charles lui coupa la parole sèchement,

– Trêve de politesse salopard. D'un geste du menton, il désigna l'indien blessé. Ce pauvre type est mal en point, il a besoin de secours, faites vite et dites-moi ce que vous voulez.

Charles le dévisagea de ses yeux toujours cachés par des lunettes de soleil malgré l'obscurité de la nuit, peine perdue : sa cagoule lui masquait entièrement le visage. L'autre le fixa pareillement, mais dans la pénombre ambiante il ne distingua pas vraiment ses traits camouflés en partie par son bonnet de laine noir. Il se demanda juste comment le détective pouvait arriver à voir quelque chose.

— Vous savez très bien ce que nous voulons, monsieur Thurnburgh… Vous savez également que nous ne plaisantons pas, alors veuillez nous remettre l'objet en question.

— Je ne l'ai pas sur moi, il est dans ma voiture de l'autre côté du *pier*.

— Et bien, nous allons y aller… À pied ! Sa voix teintée d'un accent que Charles n'identifia pas se fit plus dure. Ça sera plus prudent, des fois que vous ayez des idées de fuite en tête…

Le détective nota à l'inflexion que ce type, assurément très dangereux, cachait en fait une certaine nervosité, peut-être lui-même l'impressionnait-il avec son incroyable sang-froid.

Ils se mirent en marche en silence sous le crachin venant du large, laissant là le blessé incapable de se déplacer sous la garde d'un des cagoulés. Ils arrivèrent au bout de quelques minutes devant la grille fermée, Charles se retourna sans gestes brusques vers le seul à avoir parlé jusqu'ici, l'interrogeant d'un geste de la tête.

— Vous avez su la verrouiller, vous saurez l'ouvrir…

Sourire aux lèvres, pour la deuxième fois de la nuit, le détective bricola le boîtier électronique, actionnant de nouveau la lourde grille.

Sous son allure étonnamment calme et sereine, Charles bouillait d'impatience, dans deux minutes ils seraient à sa voiture et il lui faudrait agir vite et juste, sans marge d'erreur. Il pensait ces types capables du pire une fois la bourse en leur possession. Il lui faudrait donc impérativement leur échapper, si possible en se débrouillant pour récupérer un indice lui permettant de pouvoir les retrouver plus tard… Le tout, sans arme et avec deux autres hommes accrochés à ses basques, dont un vieux et aveugle… Sans se montrer excessivement pessimiste, la partie se révélait loin d'être gagnée…

Il s'immobilisa devant un entrepôt plongé dans les ténèbres dont on ne distinguait pas le fond.

– C'est là, lâcha-t-il en se tournant vers son interlocuteur privilégié.

L'autre se retourna un quart de seconde vers un de ses acolytes,

– Johan, la lampe torche, nous accompagnons tous monsieur Thurnburgh jusqu'à sa voiture.

Les muscles du détective se tendirent et un frisson parcourut son épine dorsale. Il aurait eu le temps… Si les Indiens n'avaient pas été là.

Dans la lueur blafarde de la lampe torche tenue par le dénommé Johan, le véhicule de Charles apparut. Il s'arrêta de nouveau à cinq mètres du but.

– Allez-y, monsieur Thurnburgh… Et pas d'héroïsme inutile ou vous et vos amis Peaux-Rouges — il désigna les indiens d'un mouvement de tête — auriez à le regretter amèrement.

Toujours aussi calme, il s'approcha lentement de la Toyota. Il se mit à genou sur le sol et glissa le bras droit et la tête sous la carrosserie. Celui le tenant en joue eut un geste brusque.

– Attention !!! Pas de bêtise…

Ce type, retranché derrière son arme, avait peur de lui. Il le sentait dans sa voix, dans ses mouvements, toute son attitude reflétait ses craintes. Charles pouvait renifler l'angoisse sourde qui suintait de tous les pores de sa peau… Le moindre geste inattendu du détective déclencherait à coup sûr l'apocalypse tant il le sentait tendu à l'extrême. Aussi, ce fut très lentement qu'il extirpa, fixé sous les longerons de la Toyota, un petit paquet emballé dans du plastique de sac poubelle et scotché avec du ruban adhésif brun. Il se redressa tout aussi doucement et présenta l'objet de toutes les convoitises au plus menaçant des trois hommes, qui le braquait toujours bien campé sur ses jambes au milieu de l'oasis de lumière diffusée par la lampe torche.

– Voilà ce pour quoi vous n'avez pas hésité à tirer de sang-froid sur un homme désarmé. J'espère que ça en vaut vraiment la peine, bien que rien à mon sens ne puisse justifier un tel acte…

– Vous n'êtes pas à même de pouvoir juger, mais sachez que ceci est comme une relique sacrée pour nous. Cela va nous permettre de réaliser le but, l'œuvre de toute une vie.

Il semblait soudain exalté, comme possédé par la bourse-totem… Il tendait maintenant la main quasi religieusement vers le paquet toujours tenu par Charles, presque à le toucher, mais pas encore tout à fait, comme s'il retardait à loisir l'instant fatidique…

– Des générations d'hommes sont morts ou ont tué pour le grand œuvre et grâce à cette bourse nous allons réussir… Pauvre ignorant, vous ne pouvez pas comprendre, vous n'êtes bon qu'à effectuer les basses besognes, qu'à voler au service des autres… Donnez-le-moi maintenant !

Charles le sentit venir avant tout le monde, mais il n'eut pas le loisir de pouvoir intervenir… Le jeune indien se jeta en hurlant et déclencha la violence, sans espoir de retour…

– Non !!! Ne lui donne pas !!! Ça appartient à mon peuple… !

Il se précipitait vers son suicide, essayant d'une manière dérisoire d'empêcher l'inévitable. En deux enjambées, il se rua sur le bras du détective et tenta de lui subtiliser le paquet… Charles anticipa à la fois son geste désespéré et la réaction immédiate des hommes en noir… Il lança la bourse-totem devant lui et bondit en arrière par-dessus sa voiture dans le même élan… Au moment où la rafale résonna dans le silence angoissant du hangar, arrachant un terrible râle de douleur au plus jeune des Indiens. Fauché par les balles meurtrières, il s'effondra sur le sol crasseux, geignant de souffrance… Au moins, il n'était pas mort.

D'autres détonations rageuses trouèrent le vaste hall, cherchant le détective de leurs redoutables projectiles. Ce dernier avait laissé exploser en une seconde toute son énergie contenue depuis de si longues minutes. S'étant projeté dans le fond de l'entrepôt, là où régnait l'obscurité la plus totale, il se mouvait avec une aisance stupéfiante. Il s'était soustrait aussitôt à la vue de ses ennemis sans difficulté et envisageait une contrattaque. Ceux-là, les nerfs à fleur de peau hurlaient et tiraient dans le vide, incapables de le repérer à l'aide de la seule lampe torche.

Le vieil aveugle n'était pas resté inactif non plus, il s'était mis à courir, fouettant l'air de son bâton, sans savoir où il allait, perdu dans son monde uniformément noir, espérant juste échapper à son sinistre destin, trop certain s'il demeurait planté sans bouger.

Au bout de quelques interminables secondes de frénésie, les infernaux coups de feu s'arrêtèrent. D'une voix saccadée qu'il contrôlait de plus en plus mal, celui qui avait été si près de récupérer l'objet tant convoité, laissa éclater son désarroi.

– La bourse, trouvez la bourse !!! Elle seule importe pour le moment… Johan, la lampe par ici !!!

Le cri de triomphe retentit enfin au bout d'une demi-minute.

– Là, je l'ai !!! Dans le faisceau de lumière crue, le paquet venait de réapparaître à leur vue… Hystérique, l'homme s'en saisit et vociféra ses dernières menaces. Où que tu sois, on te retrouvera et la prochaine fois il n'y aura pas d'alternatives… Les amateurs n'ont pas leur place dans cette partie… Une ultime rafale déchira l'air comme pour bien appuyer ses dires, il souhaitait vraiment se faire comprendre. Les trois hommes armés avaient repris le contrôle en récupérant la bourse-totem, ils quadrillaient de nouveau le terrain malgré la forte obscurité et bloquaient la sortie. Charles, perché sur des poutrelles d'acier, en hauteur là où ses adversaires ne le chercheraient pas, analysa parfaitement la situation. Son ennemi parlait déjà de prochaine fois, un aveu de faiblesse, car la partie actuelle n'était peut-être pas encore terminée.

Un nouvel ordre claqua comme un coup de fouet,

– Trouvez le vieux, il nous le faut. Le maître y tient particulièrement.

Un autre cria à travers l'entrepôt,

– Toi le vieux, tu ferais mieux de te rendre tout de suite… Tu es déjà aveugle, n'aggraves pas ton cas !!!

Essoufflé et désorienté, le vieil indien stoppa sa course… Trop tard, il percuta de plein fouet un tas de cageots à moitié pourris… Il étouffa un cri quand il tomba violemment sur le sol gras et sale. S'empêtrant dans les cageots, il perdit son bâton et n'arriva pas à se relever immédiatement, blessé à la jambe et au poignet. En faisant une nouvelle tentative, il ne parvint qu'à faire effondrer une deuxième pile qui se déversa sur lui encore plus durement que la première. Cette fois, à moitié assommé, il n'eut plus qu'à attendre la suite des évènements, cloué au sol, incapable de se remettre sur ses jambes.

Une main gantée de cuir se plaqua fermement sur sa bouche, l'empêchant de gémir… Il reconnut sans mal la voix lui chuchotant à l'oreille.

– Chut, ne bougez plus. Ils ne savent pas où vous êtes et ces cageots vous cachent d'eux. N'essayez pas de vous relever… Je vais tenter de vous sortir de là…

Charles eut juste le temps de s'aplatir au sol à son tour. Le faisceau de la lampe balaya le tas de cageots, dix centimètres au-dessus de sa tête. Johan avançait lentement, la lampe torche dans une main, son *Usi* dans l'autre. S'il continuait dans cette direction, il serait bientôt à portée du détective qui pourrait ainsi laisser libre cours à sa rage.

Sans aucun bruit, il se releva, laissant le vieil aveugle allongé inconfortablement au milieu des cageots. Une voix retentit de nouveau dans la pénombre.

– Johan, tu le vois ?

– Pas encore, mais ça ne va pas tarder… Allons, vieux fou, ne fais pas l'imbécile, tu sais bien que je finirai par te trouv… Ahhhh !!!

La douleur soudaine lui arracha un hurlement, il eut l'impression qu'on lui déchiquetait le bras… La première image qui traversa son cerveau fut que ce type l'avait frappé avec un croc de boucher ! Il sentait l'arme tranchante et effilée, quelle qu'elle puisse être, pénétrer profondément dans les chairs et les muscles de son avant-bras, le lacérant plusieurs fois très vite, déchirant la peau, l'ouvrant jusqu'à l'os… Il n'eut même pas le temps d'appuyer sur la détente du *Usi*. Il lui fut violemment arraché au moment où l'arme de son adversaire se planta dans le dos de sa main, la traversant de part en part, hachant littéralement les tendons… Il crut pendant une seconde que le fou s'acharnant sur lui venait de lui sectionner les doigts tellement il souffrait. Il entendit le claquement sec du métal de l'arme automatique tombant sur le sol puis il comprit avec le bruit du raclement sur le ciment, que son agresseur avait shooté dedans pour l'écarter définitivement du lieu du combat. La torche qu'il avait lâchée également, fut éteinte, plongeant le hangar dans les profondeurs de la nuit, laissant soudain se découper la faible clarté de l'extérieur du bâtiment, la seule issue possible… Si loin et si inaccessible pour Johan ! Il hurlait toujours comme la pointe tranchante s'acharnait sur ses mains et ses bras, taillant et déchiquetant, lui rendant impossible l'usage de ses membres supérieurs, incapable de se battre. Un redoutable coup de pied fauché dans le bas des jambes le coucha brusquement au sol. Sa tête heurta le dur ciment, un éclair lui vrilla le cerveau, l'engourdissant. Il n'était pas encore KO pour le compte, mais n'était déjà plus en mesure de se relever et encore moins de se défendre. Il n'avait d'ailleurs jamais été en position de donner le moindre coup depuis le début de l'agression sauvage qu'il subissait. Son adversaire se révélant trop fort, trop rapide, trop précis…

Ses deux compagnons semblèrent soudain également en proie à la panique, ne comprenant et ne distinguant pas ce qui se produisait. Ils l'appelaient anxieusement, essayant de couvrir ses gémissements.

– Johan, c'est quoi ce bordel… ?!!!

– Johan, réponds nom de Dieu !!!

Seuls, d'effrayants râles de douleur parvenaient à s'échapper de sa gorge. Les deux autres en désespoir de cause, tirèrent quelques rafales, éclairant les ténèbres une fraction de seconde… Loin de s'approcher du lieu du combat, ils reculaient inexorablement vers la sortie. Charles les observait, ils n'allaient pas tarder à s'enfuir laissant leur acolyte seul face à son triste sort. Une dernière détonation déchira l'espace, celle du renoncement. Le détective voyait distinctement les deux silhouettes plus sombres se découper sur la clarté relative de la nuit extérieure. Ils se mirent à courir et s'échappèrent du bâtiment, après tout ils avaient ce qu'ils voulaient, si Johan avait été assez stupide pour se jeter dans les griffes de Thurnburgh, qu'il se débrouille… Belle preuve de solidarité…

Charles, assis à califourchon sur son adversaire, relâcha sa prise un instant et sa victime sentit les fibres du tissu de ses vêtements se déchirer sur son torse, sa peau mise à nue de la sorte se fit lacérer profondément… Les attaques étaient trop rapides et trop agressives pour que Johan puisse se protéger efficacement de ses bras déjà terriblement meurtris. De plus, il ne voyait rien, alors que son ennemi le frappait apparemment là où il le voulait. Il hurlait toujours, autant de douleur — ses blessures nombreuses à présent, le brûlaient comme l'auraient fait des coups de fouet — que de terreur.

La redoutable lame acérée déchira lentement les chairs souples de sa gorge, il pouvait sentir le sang chaud lui couler le long du cou… Ce type s'apprêtait à lui trancher la gorge et il visait juste, il sentait avec angoisse la dureté de la pointe tiédie par son propre sang à l'emplacement exact de sa carotide. Il tendit le cou en hyper extension, dans un ultime réflexe de survie. Un éclair aveuglant lui bondit au visage. Le détective venait de lui rallumer la lampe torche en pleine figure, il accentua encore un peu plus fort la pression de la lame contre sa gorge en même temps qu'il parla d'une voix étrangement calme.

– Écoute-moi bien, car je n'ai pas l'intention de le répéter deux fois. Tel que je suis, il me suffit d'un geste pour te trancher la gorge, l'autre tendait tant qu'il pouvait la tête en arrière pensant pouvoir retarder l'échéance fatale, je veux savoir qui vous êtes et qui vous emploie. Pourquoi cet objet indien vous tient autant à cœur et ce que vous comptez en faire. Et je te préviens, ma patience est définitivement au bout du rouleau pour cette nuit, alors réfléchis bien ce que tu vas me répondre. Vous n'avez pas hésité à tirer sur deux hommes désarmés dont un est peut-être mort, je ne vois pas pourquoi je devrais, moi, hésiter.

Puis brusquement, d'un geste toujours aussi vif, il arracha la cagoule de son prisonnier, histoire de savoir à qui il avait à faire. L'autre haletant, gémit en fermant les yeux. Il était brun, le visage émacié, les cheveux collés par la sueur, transpirant la peur… Le détective ne l'avait jamais vu auparavant, il reprit sereinement.

– Après tout, c'est mieux si tout le monde connait le visage de tout le monde, non ? On n'est pas vraiment intime, mais quand même… En l'occurrence, l'autre ne pouvait pas deviner le visage de Charles, invisible derrière la lumière de la lampe qu'il braquait devant lui. Tu es prêt ? J'attends des réponses et pas dans une semaine…

La respiration haletante, incapable de garder les yeux ouverts face à la l'éclat aveuglant de la torche, Johan tenta désespérément de plaider sa cause.

– Si je parle, je mérite la mort… Nous avons juré de garder le secret et le silence… La pression de la lame se fit plus forte, lui arrachant un cri. Ahhh !!! Il cracha plus qu'il ne parla. Tue-moi, si tu veux, mais je ne dirai rien ! J'ai juré fidélité à notre ordre, plutôt mourir que de trahir nos lois et nos règles…

Charles sentit une rage sourde monter inexorablement en lui, il n'avait qu'un simple geste du poignet à faire pour trancher la gorge de ce type, qu'il haïssait, et le regarder se vider de son sang… Mais s'il pouvait se montrer parfois d'une incroyable agressivité lorsqu'il se battait, s'il lui arrivait de laisser exploser une violence inouïe quand sa vie ou celle d'un proche se trouvait menacée, il n'avait jamais été et ne serait jamais un assassin. Il était dans une impasse face à ce type, incapable de tuer un être humain de sang-froid. Ses limites pour le faire parler se trouvaient atteintes, s'il n'avait pas lâché le morceau après s'être fait taillader de la sorte, il ne parlerait jamais. Ce salaud devait être parfaitement endoctriné par son *ordre* pour être prêt à mourir pour lui. Charles était coincé, il comprit qu'il n'en tirerait rien de plus. Il laissa libre cours à sa rage et sa frustration en le saisissant à la gorge.

— Fumier, que je ne vous croise plus sur mon chemin, la prochaine fois il n'y aura pas de pitié de ma part. Ce faisant, il le relâcha, l'autre s'empressa de déglutir, il s'apprêtait à le fouiller au cas où il serait suffisamment stupide pour avoir des papiers sur lui. Le faisceau de la torche balaya une seconde le torse tailladé et sanguinolent de son adversaire… Le détective arrêta son geste. Un tatouage venait d'apparaître dans la lumière, dessiné sur la poitrine de l'homme, encore parfaitement visible malgré le sang qui le maculait suintant des profondes blessures. De la paume de sa main gantée de cuir, Charles *nettoya* le motif tatoué à l'encre noire, tirant un étrange râle à son ennemi. Il demanda interrogatif,

— Qu'est-ce que c'est que ce truc ? Un signe de reconnaissance entre vous ? Vous avez tous le même, je suppose…

L'autre ne répondit pas, il se contentait de râler horriblement. Le détective détacha son regard du tatouage pour revenir sur le visage de Johan… Une répugnante mousse blanchâtre s'écoulait lentement de la commissure de ses lèvres, accompagnée d'une soudaine odeur d'amande amère… Charles comprit dans l'instant : du cyanure ! Ce type vouait un tel culte aux lois de sa confrérie qu'il n'avait pas hésité à avaler une capsule de cyanure plutôt que de risquer de finir par parler. Il était en train de crever devant lui… Les yeux révulsés du suicidé le convainquirent que tout était définitivement terminé.

Loin d'être impressionné de la mort de Johan, le détective enregistra mentalement l'étrange figure géométrique représentée par le dessin du tatouage, se promettant de la recopier à la première occasion, sa mémoire se révélait suffisamment fiable pour lui permettre de s'en souvenir plus tard. De toute façon, le cadavre de Jôhan n'ayant aucun papier d'identité sur lui, il ne lui restait rien d'autre pour ne pas rentrer bredouille.

Il se releva d'un bond, pas de temps à perdre. Les trois Indiens avaient besoin d'aide et certainement beaucoup de choses à lui révéler. Il appela à travers le hangar,

— Où êtes-vous ? Ne bougez pas, je viens vous chercher.

Une voix plus forte qu'il ne l'aurait imaginée lui répondit.

— Ici, je suis toujours au milieu de ces maudits cageots. Aidez-moi, je vous prie…

— Voilà…

Charles l'aida à se relever, une grimace de douleur tordit le visage buriné du vieux.

— Je crois que je me suis cassé le poignet en tombant, mais ne vous occupez pas de moi. Allez voir Anoki, j'ai peur que ces salauds ne l'aient tué.

Le sauveteur improvisé le prit par le bras et ils se dirigèrent de l'autre côté de l'entrepôt, vers la Toyota. Le jeune indien était toujours allongé sur le sol. Il bougeait encore, geignant de douleur, respirant par saccades, baignant dans son sang. Charles se pencha sur lui.

— Doucement, doucement…

Il examina les blessures et déchirant avec une facilité dérisoire le pull de l'indien, entreprit de lui faire un garrot. Il fallait faire vite, ce pauvre type perdait beaucoup de sang. Se retournant vers le vieillard, il lui expliqua.

— J'appelle une ambulance, en espérant qu'il ne soit pas trop tard. Il y a aussi le problème du cadavre dans le fond, là-bas… Il désigna le corps de Jôhan, puis votre deuxième homme, blessé aux jambes de l'autre côté du *pier*… On ne peut pas dire que votre intervention fut un formidable succès, hein… ?

Le vieux paraissait consterné, comme si soudain il réalisait l'ampleur du désastre dont il était responsable.

Une voix retentit dans le portable de Charles.

– Boston Medical Center, service des urgences. J'écoute…

– Un homme blessé par balles dans les docks au *Conley Terminal* face aux entrepôts Mc Dermott Limited, faites vite ses jours sont en danger. Un autre est mort, un troisième blessé aux jambes dans le *pier* 17…

– Nous arrivons tout de suite, vous êtes monsieur… ?

Charles avait déjà raccroché. Il se tourna vers l'ancien, livide, portant sur lui toute la détresse du monde.

– Qu'ai-je fait ? Deux braves vont peut-être mourir par ma faute… Les esprits ne le pardonneront pas… Ils ne méritaient pas ça, tout est de ma faute…

Le détective lui posa fermement la main sur le bras.

– Il est trop tard pour regretter maintenant. Ce qui est fait est fait, ce n'est pas votre faute s'il s'est lancé dans une opération suicide pour sauver la bourse… Surtout qu'il n'y avait vraiment aucune raison. Je suis désolé pour lui, mais son geste était complètement inutile…

- Je le sais ! répondit le vieil aveugle d'une voix blanche. Vous ne leur avez pas remis la bourse-totem, je savais qu'on pouvait vous faire confiance.

Charles fut stoppé dans son élan, comment pouvait-il avoir deviné ?

– Comment savez-vous ça ?

– Je n'ai pas ressenti d'aura magique, la bourse n'a jamais été ici. Je ne sais pas où vous l'avez cachée, mais vous ne l'avez jamais eue en votre possession depuis notre intervention.

– Bon, je crois qu'il faut qu'on parle tous les deux, mais pas ici. L'hôpital va prévenir les flics et dans cinq minutes ça va grouiller de monde. Je n'ai pas plus que vous envie d'expliquer ce qui se passe, venez avec moi et allons discuter au calme. On ne peut plus rien faire pour vos amis maintenant et j'entends déjà la sirène de l'ambulance, il est grand temps de partir.

Le vieux n'avait lui rien entendu, mais il savait que le détective disait vrai, il demanda simplement une dernière chose avant de se laisser guider jusqu'à la Toyota.

– Juste un instant, amenez-moi à lui.

Charles et lui se penchèrent une dernière fois sur le blessé, tremblant, mais luttant contre la mort. L'ancien apposa ses deux paumes sur sa poitrine et psalmodia à voix basse des mots gutturaux dans une langue que le détective ne comprit pas, mais reconnut comme un dialecte indien, cela dura quelques secondes puis il se releva.

– Nous pouvons y aller maintenant, je sais qu'il vivra…

Charles serra la main droite du blessé et lui parla à son tour d'une voix calme,

– Courage, dans deux minutes tu es sauvé. Je sais que tu peux le faire… On se reverra bientôt.

Il braqua la lampe torche sur sa voiture et soupira de dépit…

– Oh non… !

Le visage du vieillard se fit interrogatif… La Toyota avait souffert de la bataille rangée qui avait fait rage quelques minutes plus tôt. Tout le côté gauche se trouvait criblé d'impacts de balles, la vitre du même côté n'existait plus, ayant explosé en milliers de morceaux. Charles bougonna de plus belle en installant à l'intérieur de l'habitacle son étrange compagnon.

– Ces salauds ne respectent vraiment rien, je venais juste de finir de la payer… Espérons qu'elle roule encore…

Les pneus hurlèrent quand il démarra, s'agrippant rageusement au bitume, apparemment le moteur était intact !

24

Le docteur Brown avala la dernière gorgée de café qui stagnait au fond de son mug. L'amertume du liquide à moitié froid lui tira une grimace de dégoût : *combien de litres de cette saloperie ai-je pu ingurgiter depuis le début de l'opération*, se demanda-t-il. Trop, définitivement, mais il lui fallait tenir le coup. L'expérience touchait à sa fin, encore une heure, deux tout au plus et il pourrait rentrer chez lui pour aller dormir. Machinalement il consulta sa montre, cela faisait plus de douze heures qu'il se trouvait devant ses écrans de contrôle, à surveiller, analyser, disséquer, corriger le comportement de *son sujet* et il n'était pas vraiment optimiste quant à la réussite du test. *Trop tôt, rumina-t-il en silence, ce vieux fou n'a pas la patience d'attendre, on l'avait prévenu que certains paramètres seraient trop instables... Les examens protéomiques ont été bâclés... Il est presque totalement incontrôlable dorénavant, d'ici une heure il sera revenu à l'état sauvage. Son QI baisse de minute en minute et je le sens moins réfléchi, moins vicieux, plus instinctif, plus brutal qu'il y a encore une heure, sa courbe est repassée du mauvais côté, celui de l'animal... Si seulement le vieux fou avait daigné m'écouter...*

Le biorythme schématisé sur un de ses écrans s'affola d'un seul coup, sortant Brown de ses sombres pensées. Il pianota sur son clavier pour vérifier différents paramètres, puis interpella le professeur Wallace,

– Craig, un problème avec le cortex cérébral, il se déstabilise de manière irréversible.

L'autre fit rouler sa chaise et s'approcha de son collègue.

– Il fallait s'y attendre, je ne contrôle plus le composé génomique depuis plusieurs minutes. L'ADN se dégrade, nous allons le perdre sous peu… Je préviens monsieur Van Dooren.

– Il n'y a plus rien à faire, provoquons la rencontre finale s'il est d'accord. Il leva la tête vers un des écrans retransmettant des images du labyrinthe. Les deux survivants sont toujours ensemble, voyons s'ils vont rester unis encore très longtemps.

Il s'activa de nouveau sur son gigantesque tableau de bord, un autre écran s'alluma. Un couloir apparut, étroit et tout en longueur, coupé en son milieu par un étrange voile de lumière rouge. Deux hommes y pénétrèrent sur leurs gardes, l'un derrière l'autre.

– Ça y est, ils y sont. Avez-vous contacté Van Dooren ?

– Il sera là dans une minute…

– Qu'il se dépêche, les paramètres du sujet sont au plus faible, je ne contrôle plus l'alignement des séquences simples !

Le chuintement synthétique de la porte du labo exauça le vœu de Brown, les deux scientifiques se retournèrent vers celui qu'ils attendaient. Le visage creusé, le teint pâle, les yeux cernés, il avait l'air autant en manque de sommeil que les deux autres. Il ne rayonnait plus de cet air arrogant et grandiloquent qui était le sien lors du début de l'opération. Seuls la méchanceté et l'énervement pouvaient encore se lire sur sa figure marquée par la fatigue et la lassitude. Sa voix rauque traduisit à la fois sa désillusion et sa colère face à l'échec.

– Allons-y, messieurs, qu'on en finisse vite…

Il resta debout, les yeux rivés sur l'écran de contrôle renvoyant les images du couloir où venaient d'entrer les deux rescapés du labyrinthe.

Les deux hommes s'arrêtèrent devant le rideau de lumière rouge vif obstruant toute la largeur du passage. Par transparence, ils purent apercevoir une porte donnant sur le fond de l'étrange corridor. Ils se regardèrent sans même se parler et comprirent qu'une pensée similaire naissait dans leur cerveau respectif : la sortie se trouvait probablement derrière cet ultime accès. Ils l'espéraient autant qu'ils l'imaginaient, de toute façon si ce n'était pas la liberté qui les attendait de l'autre côté, ils ne seraient plus capables de la découvrir. Trop épuisés, trop affaiblis par leurs blessures, ils le savaient tous les deux, quoiqu'il puisse y avoir au-delà de cette porte, ce serait pour eux la fin de la route. Ce n'était pas du renoncement ou du découragement, mais la simple réalité des faits analysée froidement. Ils n'avaient plus la force nécessaire pour poursuivre leur quête de liberté plus avant.

Aykroyd se remémora immédiatement les mots prononcés des heures plus tôt par le vieux fou : *un seul d'entre vous parviendra à sortir à l'air libre*. Son compagnon de galère pensait-il comme lui ? Dans l'esprit du tueur, tout fut clair, un unique survivant arriverait jusqu'à la porte… Et il n'éprouvait pas le moindre doute sur le fait que ce serait lui… Il lui faudrait donc se débarrasser de Chris. Pas si simple, il n'avait plus qu'un bras valide et son allié de circonstance devait presque être aussi fort que lui, même si pour l'heure il ressemblait plus à un cadavre ambulant qu'à un être humain, lui-même ne devait pas être beaucoup plus reluisant. Il ne possédait plus la barre de fer qui aurait pu lui donner un avantage, ayant dû la laisser dans une *salle-piège* où le plafond descendait pour les broyer. La lourde barre d'acier maintenue verticalement sur le sol avait ralenti le piège suffisamment longtemps, dans un bruit atroce de machinerie grippée, pour que Chris et lui-même puissent trouver la combinaison du code ouvrant la trappe par laquelle ils s'étaient glissés afin de sauver leur vie. Il soupira en observant son *ami*. Depuis plusieurs heures qu'ils faisaient cause commune, une certaine estime était née entre les deux et Aykroyd, lucide, savait que seul il ne s'en serait pas sorti. Ils n'avaient pas été trop de deux pour combattre les quatre molosses qu'on leur avait envoyés pour qu'ils leur servent de repas, ou pour traverser le couloir aux scies circulaires géantes ou encore soulever l'imposante herse quand ils s'étaient retrouvés dans un boyau étroit qui avait eu la détestable idée de se remplir d'eau glaciale…

Aucun des deux n'avait prononcé un mot depuis qu'ils se trouvaient là, Aykroyd fut ainsi conforté dans son impression que Chris pensait comme lui. Ils s'avancèrent très lentement vers le rideau de lumière rouge leur barrant l'accès à la porte salvatrice, ayant l'intime conviction qu'il ne ferait pas bon le toucher.

La voix retentit soudain dans le haut-parleur encastré dans le mur qu'ils n'avaient remarqué ni l'un ni l'autre. *Comment aurait-il pu en être différemment*, pensa Aykroyd, le dénouement approchant, le sadique du pupitre de commande refaisait son apparition pour donner ses dernières instructions… Ou assister à la curée finale…

– Rebonjour, messieurs, je constate avec surprise que votre petite association a prouvé son efficacité. Vous êtes assurément les deux seuls survivants de l'aventure. Malheureusement pour vous, il ne peut y avoir qu'un unique vainqueur… Vous connaissiez les règles, n'est-ce pas ? Il va sans dire que l'un de vous ne reverra jamais la lumière du soleil, à vous de décider lequel… Vous avez déjà sans doute repéré la porte qui se trouve au fond du couloir. Elle vous mènera vers la sortie, mais je me dois d'être honnête avec vous, un seul pourra franchir le rideau de lumière rouge. L'autre devra mourir... Encore une fois à vous de choisir, ne tardez quand même pas trop, il se pourrait qu'au bout d'un délai trop long, l'accès ne s'ouvre plus… Bonne chance messieurs, et à bientôt !

Le claquement sec du Larsen dans le haut-parleur leur annonça la fin de la communication, Aykroyd lâcha un juron à voix basse.

– Sale enfoiré, si je te choppe… !

Chris se retourna vers lui,

– Bon, on a les termes du contrat maintenant, qui va essayer de franchir cette foutue lumière le premier ?

Aykroyd haussa les épaules d'ignorance et grimaça,

– Réfléchissons deux secondes avant de se précipiter…

Van Dooren venait de reposer son casque-micro et de s'asseoir sur une chaise, il se tourna vers Brown,

– S'ils commencent à trop tergiverser, notre sujet ne sera plus en état… Faites-les s'activer, baissez le plafond qu'on n'y passe pas la nuit…

– Bien monsieur.

Il s'exécuta en pianotant sur son clavier de commande.

Le bruit assourdissant de la machinerie du plafond se mettant en branle surprit les deux hommes. Il descendait précipitamment et ils ne possédaient plus de barre de fer pour ralentir sa progression. À vue de nez, Aykroyd estima leur durée de survie avant d'être broyés, à trente misérables secondes… Il fallait prendre une décision, vite ! Impossible d'éliminer son adversaire aussi rapidement à mains nues et il n'était pas certain qu'il faille passer le premier à travers le rayon rouge. Chris se trouvait déjà presque à le toucher, il se tourna vers Aykroyd, le plafond leur frôlait la tête à présent, les forçant à se tenir voûtés.

– On n'a plus le choix maintenant, il faut traverser cette saloperie… Sa voix trahissait la frénésie qui s'emparait de lui. Il hésita une seconde et l'effleura de la paume de la main… Il poussa un hurlement de douleur, atrocement brûlé, grillé par le rayon laser qu'il s'agissait de franchir. Il n'eut pas le temps de se ressaisir, Aykroyd avait réagi dans la seconde, d'une violente charge de l'épaule, ses cent trente-cinq kilos propulsèrent Chris à travers le rideau transparent. Son corps déséquilibré le traversa complètement. Il fut littéralement carbonisé en une fraction de seconde, se transformant en un amas de chair calciné de l'autre côté quand il s'affala sur le sol deux petits mètres plus loin… L'odeur était écœurante, elle tira une grimace de dégoût au survivant qui se baissant de plus en plus pour se protéger du plafond, fut ravi et soulagé de voir le rayon s'éteindre instantanément après que son ex-compagnon l'eut traversé.

Il se précipita vers la porte du fond, ultime refuge pour échapper à la mort, n'ayant qu'un vague regard pour ce qui fut le corps de Chris devenu noirâtre et poisseux, toujours fumant et crépitant…

– Bah, au moins tu n'auras pas souffert camarade…

Se courbant davantage, il appuya sur le gros bouton-poussoir en aluminium à côté de la porte qui s'ouvrit sur une vaste salle.

Van Dooren incapable de tenir en place venait de quitter son siège, il gesticulait d'un ordinateur de contrôle à l'autre, vérifiant et comparant différentes données. Il relut rapidement d'un air excédé un listing qu'il finit par jeter par terre de rage, avant de se ruer vers ses deux acolytes.

– Pourquoi ça ne marche pas ? Tout allait bien pendant les premières heures, pourquoi s'est-il déréglé ?

Les deux scientifiques, les yeux rivés sur leur écran respectif, n'osaient pas relever la tête et lui faire face. Il sera les poings, ses jointures virant aux blancs.

– Lors de ses épreuves, il a parfaitement réussi ce que nous attendions de lui… D'où vient la dégénérescence ?

Brown se dévoua à contrecœur, il se retourna lentement et se décida à lui répondre.

– Nous l'avons suivi durant tout son parcours monsieur, des relevés de contrôle sur tous les paramètres ont été effectués avant, pendant et après les tests. Autant lors des combats que lors des phases de réflexion. Nous sommes en mesure de tout analyser et de… corriger pour la prochaine fois…

– Vous ne répondez pas à ma question, docteur Brown… Mais je vous rassure, il n'y aura pas de prochaine fois. Le projet A est abandonné. Nous essuyons échec sur échec depuis des années. Le prochain sujet d'expérience ne sera pas un projet A, mais bien un projet H… Nous passons à une nouvelle phase, messieurs. Nous n'avons perdu que trop de temps depuis presque vingt ans, ce fut une erreur de continuer dans cette voie en pensant pouvoir récupérer ce qui avait été perdu.

Aux dernières paroles proférées, les deux hommes se dévisagèrent, terrifiés. Ils redoutaient depuis longtemps que leur patron prenne cette résolution, cette fois ils savaient qu'emporté par la folie se lisant dans son regard, il venait de franchir la marche décisive, il ne reviendrait plus en arrière. Van Dooren les fixait, attendant une réaction de la part des deux savants, aucun des deux ne parvint à prononcer le moindre mot… Il se détourna et approcha son visage contre l'écran de contrôle lui permettant de voir l'ultime salle dans laquelle Aykroyd venait de pénétrer. Comme hypnotisé par l'image, les yeux exorbités, il murmura lentement en articulant de manière caricaturale,

– J'ai de grands projets pour vous, monsieur Aykroyd, mais avant ça il faut me prouver vos capacités en affrontant notre sujet A 15…

Le survivant resta accroché au chambranle de la porte pendant quelques secondes. De son regard fatigué et fiévreux, il examina les lieux et entreprit d'essayer de comprendre ce qui allait se passer dorénavant, ce que serait son ultime épreuve à l'intérieur du labyrinthe, celle qui déciderait s'il devrait survivre ou mourir.

25

La pluie glaciale venant de l'océan avait définitivement posé son empreinte grisâtre sur Boston. Charles, le visage fouetté par l'air froid de la nuit maudissait intérieurement ces types d'avoir pris sa voiture pour un stand de tir. Il prenait garde de ne pas conduire trop vite en traversant la ville, histoire de rester discret malgré l'état de la Toyota qui aurait pu attirer des curiosités malsaines pour lui et son passager. La sortie des docks, en revanche avait été plus homérique, il s'en était donné à cœur joie sur le sol détrempé, calmant ses nerfs en pilotant à la limite de l'adhérence de son véhicule. Il avait expliqué au vieil aveugle de ne pas s'en faire et d'attacher sa ceinture. Il était désolé, mais il fallait déguerpir des lieux avant l'arrivée imminente des ambulances et de la police, ce qui impliquait quelques dérapages et contre-braquages bien sentis. En effet, leur timing s'était révélé très juste, mais suffisant pour ne pas se faire repérer.

Le vieil homme toujours aussi digne assis à ses côtés n'avait pas desserré les dents depuis leur fuite des docks, où la mort dans l'âme ils avaient dû laisser les deux jeunes Indiens à leur triste sort. Charles, tout en conduisant, observait discrètement son étrange compagnon, il n'avait pas insisté pour ramener avec eux celui blessé aux jambes et le détective savait que cela lui coûtait de l'avoir abandonné là-bas sans connaitre ce qu'il avait pu advenir de lui, comme une proie facile, blessée et sans défense. Charles admirait son calme et son stoïcisme, une sérénité et une dignité émanaient indubitablement du vieil indien. Charles ressentait de la confiance envers lui, son instinct le lui dictait, cet homme-là, assis à ses côtés ne pouvait pas vous trahir. Son regard paisible et mort fixait la route qui défilait devant eux, noyée par les brumes de la nuit. Il rompit soudain le silence d'une voix claire et grave,

– Prenez vers le nord, il faut un endroit où nous serons tranquilles, un endroit où personne n'osera venir nous chercher.

– Vous avez raison, mon bureau et mon appartement sont probablement des zones à risque après tout le cirque de cette nuit. Où pensez-vous aller ?

Il se tourna vers le conducteur,

– Chez mon peuple, au nord de Boston… Je vous garantis que personne ne viendra nous chercher là-bas…

26

La petite pelote de laine rouge traversa la chambre à un mètre de hauteur… Elle fut soudain interceptée en plein vol. Une boule de poil roux jaillit de sous le lit, comme un gardien de but au meilleur de sa forme, il attrapa la balle de laine de ses deux pattes griffues, avant de se reposer sur le plancher avec une souplesse de félin. Kelly assise en tailleur à même le sol riait aux éclats en frappant dans ses mains. La petite bête docile lui rapporta la pelote en la tenant dans sa gueule et repartit se cacher sous le lit. La gamine, toujours souriante, l'appela gentiment.

– Tu as peut-être faim, Monsieur Chat ? Viens dans la cuisine avant que papa ne rentre, on va regarder ce qu'on peut trouver à manger. Tu sais qu'après, quand papa est là il faut que tu restes caché.

L'animal l'observait comme s'il écoutait attentivement le sermon, puis suivit la fillette jusqu'à la cuisine. Elle ne s'étonnait même plus de voir son compagnon faire exactement ce qu'elle lui indiquait, il était simplement très intelligent pour un petit chat. Plus si petit que ça d'ailleurs, depuis un mois qu'il partageait sa vie, il avait grossi et grandi considérablement, preuve qu'elle le soignait bien et qu'il se plaisait avec elle. Cela la rendait incroyablement fière. Elle pouvait ainsi parler d'égale à égale avec Mary Spencer, qui lui cassait les oreilles à longueur de journée avec les soi-disant tours d'adresse qu'elle apprenait à Osiris, son labrador noir. Des bêtises avec un ballon, un journal ou une paire de pantoufles… Assurément, Monsieur Chat se révélait être beaucoup plus intelligent, elle en était certaine.

Elle ouvrit le réfrigérateur, Monsieur Chat s'assit à côté d'elle et sembla l'interroger du regard.

– Tu veux un reste de poulet ?

Sans attendre, l'animal bondit, avec sa patte il fit habilement tomber l'aile de poulet de l'assiette où elle reposait et l'attrapa dans sa gueule. Elle sourit en refermant le frigo.

– T'es un malin toi… Ce n'est pas Osiris qui ferait ça, je suis sûre qu'il n'a pas ton odorat pour repérer le poulet… Je le dirai demain à Mary, ça la fera bien râler.

Soudain, elle entendit la porte d'entrée s'ouvrir. Elle se figea pendant une seconde, une lueur de panique traversa son regard innocent. Son père rentrait et cela représentait toujours un moment désagréable. Elle se rua dans sa chambre pour dissimuler Monsieur Chat… Puis, se décontracta quelque peu en réalisant qu'il avait parfaitement anticipé l'arrivée problématique de l'adulte. Il n'y avait plus de traces visibles ni d'un chat ni d'une aile de poulet, tout allait bien.

La voix résonna dans l'appartement, avinée comme à l'accoutumée…

– Kelly, où te caches-tu ? J'espère que tu as fait la vaisselle et lavé ton linge… Sinon, tu vas le regretter et il ne faudra pas venir pleurnicher !

La sonnerie entêtante du portable tira Kelly Walsh de sa torpeur et effaça les souvenirs d'enfance qui l'avaient submergée dans sa semi-inconscience. Elle ne dormait pas vraiment, mais ne se trouvait déjà plus maîtresse de ses pensées. La jeune femme avait bien essayé de se coucher et de s'endormir, mais sachant Charles Adrian en pleine action au musée, une angoisse sournoise l'empêchait de plonger définitivement dans le gouffre du sommeil.

Elle se jeta sur son mobile, le devinant à l'autre bout du fil pour donner de ses nouvelles. Pas trop tôt, il était presque quatre heures du matin…

– Allô, Charles… ? Comment ça s'est passé ?

Il répondit de sa voix calme et grave, allant directement à l'essentiel.

– Pas aussi bien que je l'aurais souhaité… Écoute, il va falloir que tu quittes la ville pour quelque temps…

Elle lui coupa la parole en criant, elle était complètement réveillée tout à coup !

– Comment ça, que je quitte la ville !!?

– Écoute s'il te plait. Laisse-moi parler et fais ce que je te dis. Elle se tut, bouillant intérieurement. Voilà, il y a d'autres gars sur le coup, visiblement très dangereux et très bien organisés… Ils savent qui je suis et semblent parfaitement renseignés, il y a donc toutes les chances qu'ils te connaissent également. J'ai peur qu'ils ne s'en prennent à toi, alors tu fais tes bagages et surtout tu ne repasses pas au bureau. Au moindre signe suspect, tu me recontactes immédiatement. Sinon, c'est moi qui te rappelle.

Il restait très calme, maître de lui comme toujours. Cela n'apaisa pas vraiment Kelly qui s'inquiéta.

– Quand ?

– Demain dans la journée. J'ai deux ou trois choses à régler avant. Dès que je suis prêt, je te raconte tout ce que j'ai appris. Du coup, il faudra que tu fasses des recherches, n'oublie pas ton ordinateur portable et ce dont tu as besoin pour bosser.

– J'avais peur de me retrouver au chômage, tu me rassures…

Charles sourit, en tout cas les évènements ne lui avaient pas fait perdre sa verve sarcastique. Elle reprit sur un ton plus sérieux.

– Et pour tu sais quoi… ?

– Pour ça, pas de problème, c'est moi qui l'ai…

– Je ne te demande pas où tu te trouves… ?

– Non, je t'expliquerai tout demain. Ne t'en fais pas pour moi, je vais très bien… Tu files le plus vite possible dans un endroit sûr et inconnu de tous.

– D'accord, à demain.

Il ne raccrocha pas.

– Hé ! Tu fais gaffe petite fille, je suis sérieux, ils sont très dangereux.

– OK, à demain.

Elle reposa le téléphone sur la table de nuit. Personne au monde ne connaissait mieux le détective que Kelly Walsh, elle savait qu'il ne plaisantait pas, ses derniers mots le prouvaient définitivement. Il l'avait si souvent protégée, aidée, soutenue dans les moments difficiles, défendue face à certains indésirables... Ce n'était même plus de la confiance ressentie envers lui. Il s'agissait d'une chose beaucoup plus forte, de quelque chose d'indéfinissable, elle serait descendue aux enfers s'il lui avait demandé d'aller s'y cacher. Aussi, sans attendre elle sortit son sac de voyage et prépara rapidement ses affaires, essayant de garder les idées claires malgré l'angoisse grandissante qui lui tenaillait le ventre.

27

La pièce sommairement éclairée se révélait assez grande. De la taille d'un terrain de basket, mais sur plusieurs niveaux, des échafaudages sophistiqués permettant d'accéder aux paliers supérieurs. Un parfum âcre et agressif lui attaqua la gorge et les poumons, instinctivement il s'interdit de respirer profondément, sentant les larmes lui monter aux yeux. Il ne reconnut pas l'odeur immédiatement, mais les heures passées dans le labyrinthe et sa paranoïa naturelle le convainquirent que cela n'annonçait rien de bon.

Prudemment, il observa en détail le décor avant de se décider à faire le moindre pas. Une échelle de fer se trouvait sur sa droite, lui permettant de gravir un étage de l'échafaudage. Il pouvait également avancer droit devant lui sur un genre d'étroite passerelle s'engageant sous l'échafaudage. Il leva la tête et put distinguer un mini pont suspendu traversant la salle, surplombant une petite piscine. L'angoissant souvenir du requin lui revint à l'esprit, mais il réalisa que l'odeur entêtante semblait venir de là. N'ayant pas envie de se remettre à l'eau, il se décida à gravir l'échelle de fer et ainsi esquiver le bassin en passant par les hauteurs de l'échafaudage. Il s'engagea lentement. Il touchait au but et il lui fallait agir avec méthode, utiliser le peu d'énergie qui subsistait en lui à bon escient. Il serait stupide de mourir bêtement, après avoir survécu aux terribles épreuves qu'il avait endurées, comme ces héros de pacotille qui faisaient fondre en larmes les spectatrices en y restant à la fin du film.

Son pied quitta le dernier barreau pour se poser sur la partie supérieure de la passerelle. Il se trouvait maintenant à cinq mètres du sol et avait une vue générale de la pièce qui lui permit d'étudier la question et éventuellement d'essayer de comprendre ou le vieux fou voulait en venir. De sa position en hauteur, il put enfin apercevoir l'objet de sa convoitise : une grande porte se dessinant sur le mur d'en face, surmontée d'une manière tout à fait théâtrale, bien dans l'esprit sadique du maître des lieux, par un néon rose clignotant composé des lettres du mot *sortie*.

Il tenta de rassembler le peu de lucidité qui lui restait, vu son lamentable état physique et son épuisement, pour essayer d'analyser la situation et de trouver le moyen de s'en sortir vivant.

Il se décida pour une approche prudente du bord de l'échafaudage, car l'absence de rambarde pouvait rendre le moindre faux pas définitif. Il surplombait maintenant la piscine, l'odeur âcre et piquante se faisant de plus en plus agressive, l'idée lui traversa l'esprit que l'eau était vraiment trop chargée en chlore… Mais pour quelle raison aurait-on été jusqu'à additionner l'eau du bassin de chlore ? Non, ce ne pouvait être du chlore, le parfum lui brûlait trop les tissus du nez et les poumons, la totalité de ses voies respiratoires semblait souffrir comme s'il se trouvait au milieu d'une combustion de produit chimique… Et pourquoi à la lumière crue des néons, cette eau stagnante paressait-elle avoir des reflets jaunâtres ? Il sentit soudain ses poils se hérisser sur tout son corps… Il venait de comprendre, une terrifiante chair de poule s'empara de lui sans qu'il parvienne à la contrôler et il réalisa pour la première fois depuis le début de sa captivité que la peur venait définitivement de s'insinuer au plus profond de ses entrailles…

Il se trouvait sur cet étrange échafaudage, sûrement pas aussi solide qu'il en avait l'air, à cinq mètres de hauteur, au-dessus d'une piscine remplie… D'acide ! Il n'avait dorénavant plus aucun doute sur l'odeur qui remontait vers lui en lourds effluves. Ce type était vraiment cinglé au dernier degré, sans espoir de guérison…

Pour atteindre l'accès vers la liberté, il lui faudrait donc s'engager sur l'étroit pont suspendu au-dessus de l'acide. Instinctivement, il s'écarta du bord et chercha à comprendre. Le minuscule pont s'arrêtait au milieu de la salle, toujours dominant le bassin. Il apercevait bien une autre structure métallique d'où il se trouvait, avec une échelle qui lui aurait permis de redescendre au niveau de la porte de sortie. Fallait-il sauter par-dessus le vide et la terrifiante piscine d'acide ? Non, il y avait à vue de nez une quinzaine de mètres, l'idée même lui parut stupide… Le vieux était fou, c'était un fait certain, mais il n'était pas idiot... Pour qu'il puisse se réjouir du spectacle de l'ultime épreuve il devait y avoir une solution, aussi ravagé qu'il eût l'air, le maître des lieux en avait assurément conçu une… Le défi consistait à la trouver, vite si possible, son instinct et son expérience récente du labyrinthe l'avertissaient qu'il ne serait plus tranquille bien longtemps. Il lui faudrait découvrir le moyen de s'en sortir sous une pression à coup sûr mortelle. Depuis son entrée dans ce *jeu* stupide, il en avait toujours été ainsi.

Il se concentra sur ce qui l'entourait et repéra entre les barreaux de la grille composant l'échafaudage, des manettes de différentes couleurs reliées à des câbles d'acier. Il avait vu juste, en actionnant certaines de ces manettes, il déclencherait sans doute un mécanisme lui permettant d'atteindre la porte. Mais lesquelles ? Fermant les yeux et jurant entre ses dents, il imagina tout à fait comment se terminerait son aventure si son choix se révélait mauvais : un plongeon direct dans la piscine, il n'avait pas la moindre incertitude là-dessus…

Il leva les yeux, essayant de deviner à travers les structures métalliques où les câbles pouvaient bien courir. Peine perdue, ils se noyaient dans les poutrelles d'acier des différents échaudages, s'articulant autour de plusieurs poulies, ils traversaient la salle à hauteur du plafond et ainsi actionnaient probablement d'autres passerelles, d'autres rampes, d'autres pièges… Le survivant soupira de lassitude, il lui fallait comprendre et rejeter l'idée qui s'insinuait sournoisement en lui à cause de son extrême fatigue, de pousser une des manettes au hasard et d'attendre pour voir ce qui se passerait.

Il repéra, sur une rampe supérieure suspendue au plafond, des boules de bowling, retenues par une grille, elle-même reliée à un câble, il le voyait distinctement. Il tenta d'imaginer ce qui arriverait si la grille s'ouvrait, libérant les boules une par une. Elles glisseraient lentement le long de la rampe qui circulait en pente douce tout autour de la salle. Il suivit son cheminement de ses yeux las… Les boules finiraient par tomber dans un genre de balance qui ferait à coup sûr contrepoids… La balance descendrait alors et… reliée à une grosse chaîne s'articulant autour d'une roue, elle permettrait visiblement au pont suspendu sur lequel il se trouvait de s'abaisser et de pivoter en même temps, pour venir se positionner… Au bout d'une des passerelles, comme la plaque tournante d'une gare de triage. Ses yeux s'écarquillèrent, il commençait à comprendre. Au plus profond de son être, il fut rassuré. Malgré la fatigue qui l'accablait, malgré la fièvre lui taraudant le cerveau, malgré la douleur lancinante de ses blessures, il était toujours capable de réfléchir.

Du fond de sa mémoire, un souvenir d'enfance refit surface : « Le Traque-souris ». Ce jeu de société pour gamins qui consistait en jetant des dés chacun son tour, à construire un enchaînement d'objets en plastique sur un plateau de jeu, qui mis bout à bout, permettaient d'enclencher un mécanisme afin de capturer les souris-pions de ses adversaires. Il aimait y jouer quand il avait une dizaine d'années, jusqu'au jour où ne supportant pas d'avoir été battu deux fois de suite par Tommy Martino, il lui avait fait avaler de force toutes les souris en plastique de la boite… Apparemment, le moyen de s'échapper de la dernière salle reprenait le même principe, Tommy Martino en moins. Le vieux taré qui dirigeait les opérations n'avait rien imaginé de plus que de recréer un « Traque Souris » géant. La seule différence résidant dans la présence de la piscine d'acide.

Il en était malheureusement toujours au même point, il lui fallait découvrir la manette à actionner en premier pour déclencher l'enchaînement des mécanismes lui permettant de descendre au niveau bas de l'échafaudage et d'atteindre la porte vers la liberté. Mais si l'enchaînement se révélait mauvais, il plongerait droit dans l'acide sans avoir la possibilité de rejouer les dés… Ou de faire avaler de force quoi que ce soit au vieux fou !

L'ultime survivant compta les commandes en les effleurant du bout des doigts, elles étaient au nombre de sept, chacune d'une couleur différente. Il y avait donc un ordre précis à respecter. Pourquoi sept ? Il devait y avoir une suite logique. Son pouvoir de déduction se trouvait diminué par les heures passées dans le labyrinthe et les douloureuses épreuves vécues. La première chose qui lui vint à l'esprit fut *les sept nains,* impossible que ce soit çà…

Les sept merveilles du monde ? De toute façon, il serait incapable de s'en souvenir… Cela lui apparut d'un coup, comme une révélation. Comment n'y avait-il pas pensé plus tôt ? Les sept couleurs de l'arc-en-ciel ! Il ferma les yeux et fit jouer sa mémoire chancelante agressée par les frissons de la fièvre. Quelle était la première ? Il essaya de se remémorer le spectre lumineux dans sa splendeur irréelle au plus profond de son cerveau fatigué… Cela dura quelques infimes secondes, puis comme un automate il posa la main sur la manette verte et la tira brutalement…

Aykroyd ne sut jamais vraiment si sa décision se révéla être la bonne… Dans un grincement métallique, les câbles d'acier se mirent en action, précédant de quelques secondes l'ouverture de la grille retenant les boules de bowling. Dans une révolution sourde, la première entama sa lente descente le long de la rampe. Instinctivement, le fugitif la suivit des yeux, emporté malgré lui par sa curiosité de découvrir ce qui allait en découler.

La lourde sphère prit de la vitesse à mesure qu'elle dévalait la rampe. Elle heurta soudain une tige de fer suspendue, qu'Aykroyd n'avait pas remarquée jusque-là. Un aiguillage se déclencha alors, ouvrant une trappe au plafond, libérant une cage dans un roulement de chaînes assourdissant. Elle vint se positionner, stoppée dans son élan par ses liens d'acier, sur une des passerelles au milieu de la pièce, à quelque trois mètres du sol. Aykroyd écarquilla les yeux de surprise, il y avait quelqu'un dans la prison de métal, quelque chose plutôt, probablement son ultime adversaire… Il le vit parfaitement, quand la deuxième boule descendant à son tour permit l'ouverture de la cage en percutant la première qui tomba sur le plateau de la balance dans un bruit de tonnerre.

La créature bondit sur la passerelle, hurlant sa rage. D'une incroyable détente, elle traversa l'espace et atterrit sur un autre échafaudage, se rapprochant du survivant, qui tétanisé par la stupeur n'avait toujours pas esquissé le moindre geste. Elle le humait, le reniflait, tentait fébrilement de découvrir le moyen d'arriver jusqu'à lui. Dans ses cauchemars les plus fous, l'esprit malsain d'Alistair Aykroyd n'aurait jamais osé imaginer un être aussi terrifiant… Elle devait mesurer près de deux mètres, le corps musculeux et puissant recouvert d'une épaisse fourrure noire… Et sa gueule… Monstrueuse, elle ressemblait dans son rictus bestial au faciès d'un loup. Mais le corps entier, bien qu'animal, faisait penser à une caricature d'être humain, la violence sauvage et la méchanceté en plus. Pendant une fraction de seconde, il se demanda s'il n'aurait pas été préférable de périr lors d'une des épreuves du labyrinthe, car son esprit fatigué n'eut plus qu'une certitude à ce moment : si la créature arrivait jusqu'à lui, il n'aurait absolument aucune chance de s'en sortir vivant… !

Pour la première fois depuis le début de sa cauchemardesque expérience, il commença à paniquer… Le poids d'une seule boule n'était visiblement pas assez lourd pour positionner le pont suspendu au bout de la passerelle. La structure était descendue et avait amorcé sa rotation, mais il manquait encore plusieurs mètres. En revanche, une échelle se déplia grâce au contre poids… Celle se trouvant à l'extrémité de l'échafaudage de la monstruosité.

La bête, malgré son intelligence primaire, réalisa la situation, aidée par son instinct meurtrier. Déjà, elle s'engageait sur les barreaux d'acier. Encore quelques mètres et elle n'aurait aucune difficulté à bondir sur le pont suspendu pour atteindre Aykroyd, ressemblant dans son esprit dément, à un mets de premier choix.

À moitié hagard et complètement affolé, le futur dévoré chercha du regard une solution pour tenter de survivre… Il ferma les yeux et interrogea sa mémoire, usant de ses dernières ressources, puis rageusement il abaissa la manette bleue, se demandant s'il ne faisait pas en l'occurrence qu'accélérer le processus de sa propre destruction. Dans un vacarme tonitruant, le pont suspendu se remit à tourner sur lui-même, mais dans l'autre sens, lentement, s'éloignant de l'échelle fatidique et de la créature prête pour son festin. Le survivant respira profondément, essayant de se calmer et de réfléchir. La rotation ne semblait pas vouloir s'arrêter comme la première fois, si bien que d'ici une vingtaine de secondes, il devrait repasser devant l'échelle… Et tout serait fini ! Il regarda vers le bas, il se trouvait toujours à l'aplomb de la piscine, impossible de fuir dorénavant, il était fait comme un rat. L'homme loup hurlait sa rage, il avait compris, il lui suffisait d'attendre et sa proie facile serait à portée de crocs…

Aykroyd posa sa main trempée de sueur sur une autre des manettes, la mauve, plus en désespoir de cause que pour vraiment reprendre la maîtrise de la situation, pour la première fois il se sentit près du renoncement définitif… Il l'actionna et patienta… Une autre échelle dégringola du plafond, à dix mètres de lui sur sa gauche, en hauteur, hors d'atteinte pour l'instant, mais avec le mouvement circulaire qu'endurait toujours le pont suspendu, il serait juste en dessous dans quelques secondes, à peine trois mètres trop bas pour parvenir à s'y accrocher… Il serait de toute façon incapable de sauter aussi haut, alors… ? Une énième boule venait de basculer dans la balance, actionnant le contre poids. Le pont eut soudain un soubresaut et se renversa verticalement à l'instar d'un balancier, l'extrémité où se trouvait Aykroyd se levant brusquement d'au moins un mètre. Il se plaqua au sol pour ne pas tomber ! On y était, davantage de poids sur le côté opposé ferait se soulever l'édifice et lui permettrait d'agripper l'échelle pour se hisser vers la liberté. De sa position allongée, il distingua une autre boule entamant sa lente descente le long de la rampe. Elle ne chuterait pas assez vite dans la balance, il en acquit la certitude et dans moins de trois secondes le monstre aurait bondi sur le pont suspendu, sa révolution touchait à sa fin…

Aykroyd tira une dernière manette, la rouge. Une plate-forme apparut aussitôt en face de lui, se dépliant d'un des échafaudages dans le cliquetis caractéristique d'un roulement à billes se mettant en action. Il n'avait qu'à sauter dessus pour échapper à la créature, qui crocs luisants de bave, le fixait de ses yeux haineux, à la fois bestiaux et tellement humains. Il se contracta dans un ultime effort et s'apprêta à trouver refuge sur la plate-forme. Il ne sut jamais vraiment pourquoi, mais il ne sauta pas. Son instinct de survie, dernier rempart entre lui et la mort, le lui interdit…

Il resta là, à attendre l'animal, conscient du danger engendré par sa décision. Il eut le temps du coin de l'œil, d'entrevoir la plate-forme qui se repliait subitement… Dessus, il n'aurait plus eu la moindre prise et aurait plongé droit dans la piscine d'acide jaunâtre, il venait d'échapper de justesse à l'ultime piège du labyrinthe. D'un bond, la monstruosité atterrit sur le pont, à moins de dix mètres de lui… Instantanément, le poids de la bête fit basculer l'édifice davantage, comme une simple balançoire d'enfants… Sous la violence du choc, le pont monta dans les airs et avant que l'homme loup ne se rétablisse du déséquilibre, le survivant fut sous l'échelle et n'eut qu'à tendre son bras valide pour s'en saisir. Son poids soudain soustrait, le pont suspendu s'affaissa définitivement, assez pour que le monstre hurlant sa surprise autant que sa rage, s'abîme cinq mètres en contrebas, au centre de la piscine…

L'éclaboussure ne gicla pas jusqu'à Aykroyd, mais comme les différentes machineries s'arrêtaient, il entendit distinctement l'ignoble gargouillis qui résulta de la chute de son adversaire au cœur de l'acide. Les effluves charrièrent presque aussitôt la répugnante odeur du corps bestial se dissolvant dans le liquide mortel. Le vainqueur du duel n'osa même pas regarder… Il préféra se concentrer sur l'échelle qui, via l'échafaudage, le conduisait vers la liberté, vers la survie.

Van Dooren shoota hystériquement dans une corbeille de papier qui traversa la salle de contrôle répandant son contenu alentour. De rage, il attrapa le clavier d'ordinateur le plus proche et le projeta à travers la pièce. Le visage cramoisi, la chemise débraillée, il piqua sa crise de nerfs encore quelques instants, le temps de détruire un écran de PC en le renversant par terre, puis reprenant un semblant de calme, respirant plusieurs fois, il s'adressa aux deux scientifiques qui ne pipaient mots depuis le revers définitif de la créature A 15.

– Bien ! Messieurs, je ne vous ferai pas de discours inutile sur le nouvel échec que nous venons de subir. Une fois encore notre cobaye A nous a trahis. La prochaine expérience sera donc un projet H… ! Analysez toutes les données de cette expérience, je veux savoir pourquoi notre créature a dégénéré une fois de plus, pourquoi Aykroyd, un simple humain a réussi à la vaincre, pourquoi son intelligence est retournée du côté animal… Je veux tout savoir, vite ! Puis, se tournant vers le dernier écran allumé, où l'image du survivant exténué venait d'apparaître en quête de liberté… Et monsieur Aykroyd ici présent, aura l'insigne honneur de se trouver au cœur de l'action !

Observant toujours le conquérant du labyrinthe, il appuya sur un des boutons de commande, bousculant sans ménagement le docteur Brown.

Aykroyd avait ouvert la porte finale, celle surmontée d'une manière ridicule des lettres du mot *Sortie*. Il ne fut même pas déçu de constater qu'il n'y avait apparemment aucune issue dans cette ultime pièce. Il découvrit en revanche de la boisson et de la nourriture, sur lesquelles il se jeta sans retenue. Épuisé, il s'affala dans le confortable canapé installé au centre de la salle devant un écran géant qui s'alluma instantanément sur un visage d'homme fatigué et marqué. Il reconnut sans peine celui qui l'avait observé quand il se trouvait enfermé dans sa cellule au mur de plexiglas. Un rictus mauvais illumina son faciès ravagé par le manque de sommeil au moment où il s'adressa au rescapé d'une voix saccadée.

– Félicitations monsieur Aykroyd… Vous m'avez impressionné, vous savez… Être l'unique survivant, le vainqueur de l'épreuve du labyrinthe de l'incertitude est déjà un exploit considérable, mais avoir réussi à dominer notre spécimen A15 est tout simplement exceptionnel. Nous allons faire de grandes choses ensemble, monsieur Aykroyd, je vous le promets. Vous semblez être définitivement le candidat idéal pour notre nouveau projet. Ensemble, nous allons tout revoir de A à Z, mais vous allez d'abord prendre un repos bien mérité et nous reparlerons de tout ça bientôt… Ah, avant de nous quitter, une dernière question monsieur Aykroyd… Avez-vous déjà lu Platon… ?

28

Charles s'étira en faisant rouler les muscles de son dos et de ses épaules. Il reposa le crayon dont il se servait et prit du recul pour observer son dessin. Sa mémoire ne l'avait pas trahi, la figure géométrique représentée sur la feuille était la reproduction exacte du tatouage rituel de Johan. Il interrogea sa montre du regard, presque cinq heures du matin, il était certainement temps pour lui d'aller se coucher. Il rejeta définitivement l'idée en se levant et en déambulant lentement autour de la pièce. Pas question d'aller dormir, d'abord il voulait savoir. Pour la première fois depuis le début de cette ténébreuse affaire, il tenait quelqu'un en mesure de le renseigner, en mesure de faire la lumière sur les dizaines d'interrogations qui lui taraudaient le cerveau. Il entendait bien saisir l'occasion sur-le-champ.

Il observa la pièce où il se trouvait, elle lui rappela les cabanes de trappeurs du XIXe siècle, en plus moderne quand même, mais le luxe ne semblait pas être la principale préoccupation du propriétaire. Les meubles étaient de facture modeste, la cheminée sûrement plus fonctionnelle que décorative et les trophées de chasse accrochés çà et là le long des murs n'égayaient pas vraiment l'atmosphère rustique des lieux. Seules, les tapisseries d'origines indiennes se révélaient magnifiques, il ne douta pas un instant qu'elles puissent être authentiques.

Il s'approcha de la fenêtre. Tout au fond vers l'est, la lueur du ciel infini se faisait plus pâle, il distingua malgré la nuit qui régnait encore, l'étendue sombre et profonde du lac Winnipesaukee. Il sourit en repensant aux propos du vieil aveugle : *chez mon peuple, au nord de Boston, je vous garantis que personne ne viendra nous chercher là-bas…*

Ils avaient en effet pris directement au nord par la *highway* 93. À la hauteur de Medford, ils avaient bifurqué et rattrapé Lowell. À la sortie de la localité, le panneau *Vous quittez le Massachusetts, bonne route*, avait précédé de peu celui indiquant *Bienvenue, vous pénétrez dans le New Hampshire.* À ce moment, le détective n'avait pas pu résister, sa curiosité s'était avérée la plus forte, il avait demandé jusqu'où le vieil indien comptait les faire rouler dans les courants d'air glacials et humides de la Toyota-à-la-vitre-brisée… *Jusqu'au lac…* S'était-il contenté de répondre laconiquement. Charles avait fait appel à sa mémoire et cinq miles plus tard, il s'était souvenu. Une petite communauté iroquoise vivait le long du lac Winnipesaukee, là où le vieil homme se sentirait en sécurité, au milieu des siens.

Elle était réduite à sa plus simple expression, quelques fermes, quelques cabanes en rondins de bois comme celle où il se trouvait actuellement, émergeaient au milieu de la beauté sauvage du paysage. Le village lui sembla moins grand que celui connu de Kanatsiohareke, établi le long du fleuve Mohawk dans l'état voisin de New York, mais Charles, observant toujours la noirceur immobile du lac dominé par les *White Mountains,* imagina la vie rude ici, mais agréable, en parfaite communion avec la nature.

Le grincement de la porte d'entrée, suivi immédiatement d'un courant d'air froid annonciateur de l'aube proche, le sortit de ses pensées. Le vieil homme, certainement épuisé par les évènements survenus, marchait d'un pas lent néanmoins assuré. Sans attendre, il avait réuni le conseil pour avertir ses amis des drames de la nuit. Charles n'osa pas lui demander si on lui tenait rigueur des blessures des deux *braves*. Il remarqua également qu'on lui avait bandé le poignet. À tâtons, il se dirigea vers le sofa face à la cheminée et s'adressa à Charles.

– Sauriez-vous nous faire du feu ?

– Je pense que oui…

Le détective se montrait toujours sûr de lui, peu de gens auraient pu affirmer qu'ils l'avaient un jour vu avoir peur. Il était capable de se lancer, *sans trop réfléchir* comme aimait le dire Kelly, dans certaines actions frisant la témérité… Physiquement ou psychologiquement, il n'avait jamais craint grand-chose… Mais de tout temps, au tréfonds de lui-même, il savait que le feu n'avait jamais été *son truc* et que ça ne le serait jamais. Il ne s'agissait pas d'une peur viscérale, encore moins d'une phobie, loin de là, mais dès qu'il se trouvait question de flammes, de feu, d'incendie, il n'était pas à son aise. Il le vivait parfaitement bien et l'assumait totalement. Comment aurait-il pu faire autrement de toute façon ? Il prit donc sur lui sans rien montrer et se dirigea vers le foyer. Charles était de surcroit un citadin et ne possédait pas de cheminée, mais heureusement, il avait déjà vu faire Kelly. Il repéra une bûche spéciale à combustion rapide prévue à cet effet, vérifia l'état du bois dans l'âtre et l'alluma à l'aide d'un gros briquet qu'il trouva sur le linteau. Il fut très satisfait et plutôt fier de réaliser que les flammes avaient l'air de prendre vie.

– Si vous avez faim ou soif, ne vous gênez pas, le réfrigérateur se trouve derrière. Le vieil indien fit un large geste du bras pour lui désigner le coin cuisine. Au fait, avez-vous pu joindre votre amie ?

– Oui, je l'ai appelée, elle va bien et quitte Boston immédiatement. Le détective n'osait pas encore aborder les questions qui lui hantaient l'esprit, le pauvre homme avait eu suffisamment d'émotions pour la nuit, il ne voulait pas le brusquer. Malgré tout, il sentit s'effriter le peu de patience qui lui restait… Il relança la conversation. En principe, les communautés iroquoises sont basées dans l'état de New York ou au Canada… Pourquoi ici ?

– Je suis né sur les rives de ce lac et quand vous le verrez à la lumière du jour vous comprendrez. La beauté des lieux m'a convaincu de former une communauté ici. Je m'y sens bien et je crois que mon peuple aussi. Ma petite fille travaille à Boston, dès qu'elle a cinq minutes, elle vient se ressourcer en ces lieux.

Charles n'en pouvait plus, tant pis pour les convenances, il aborda le sujet qui lui brûlait les lèvres. Attrapant une chaise, il vint se placer en face du vieillard, s'asseyant à califourchon, appuyant ses coudes sur le dossier. Il demanda de sa voix chaude et rassurante.

– Écoutez, je n'ai pas fait tout ce chemin cette nuit avec vous uniquement dans le but de disserter sur les préférences géographiques de votre peuple. Je crois que la situation dans laquelle nous nous trouvons est grave, j'imagine que vous êtes à même de dénouer quelques fils, ou du moins d'éclairer ma lanterne sur pas mal de questions… Qu'en pensez-vous ?

L'aveugle répondit lentement.

– Vous avez raison monsieur Thurnburgh — Charles leva les yeux au ciel, encore un qui connaissait son nom — la situation est grave. Bien plus que vous ne le pressentez… Je vous dois des explications, mais d'abord veuillez accepter mes remerciements, de ma part et de celle de mon peuple. Vous m'avez sauvé la vie, je ne l'oublierai jamais.

Charles, plus ému qu'il n'aurait souhaité le laisser paraitre, tenta de minimiser l'affaire.

– Je n'ai rien fait de spécial vous savez, juste essayé de protéger un vieil homme contre une bande de truands sans foi ni loi.

– Vous avez certainement fait beaucoup plus cette nuit que vous pourriez l'imaginer, monsieur Thurnburgh…

Charles sourit franchement cette fois.

— À croire que c'est mon karma…

— Vous ne pensez pas si bien dire, le fait que vous soyez là pour me sauver la vie, n'est que le reflet de l'ordre des choses vous concernant… Ce n'est peut-être pas votre destin, mais assurément votre volonté…

Le détective fronça les sourcils et éluda la question, il ne voulait surtout pas entrer dans un débat philosophique sur le sujet.

— Peut-être, mais je ne suis pas là pour connaître mon destin. En revanche, j'aimerais savoir pourquoi tout le monde semble prêt à tuer et à mourir pour s'approprier la bourse-totem que j'ai dérobée cette nuit. Comment, alors que vous êtes aveugle, pouviez-vous savoir que je ne l'avais pas sur moi pendant notre confrontation avec les quatre affreux ? Vous êtes devin ou quoi ?

Le visage du vieillard s'illumina d'un sourire.

— Je ne suis pas un *devin* au sens littéral du terme, non. Je suis un chaman. On me nomme *Celui qui rêve* dans la langue de mes ancêtres, mais vous pouvez m'appeler Nantan, ce sera plus facile. Je suis un Mohawk, mon peuple représente une des six tribus de la confédération iroquoise et en tant que chaman de mon peuple, il m'arrive effectivement de voir des choses.

— Vous voulez dire que tout ça n'est pas uniquement du folklore ? Il y aurait une part de vérité dans les croyances et les légendes indiennes ?

Il repensa fugacement à son entretien avec le professeur Reeves.

— Non, monsieur Thurnburgh…

Il le coupa.

— Appelez-moi Charles, s'il vous plait. Monsieur Thurnburgh me parait toujours un peu trop sophistiqué.

– Avec plaisir Charles… Non, tout ça n'est pas du folklore. Je suis un véritable chaman, capable d'avoir des visions et d'entrer en relation avec le monde des esprits… Et ce, depuis l'enfance. J'ai eu une grave maladie à l'âge de cinq ans qui m'a rendu aveugle. Avec les esprits, j'ai éprouvé la vision de ma propre mort, puis celle de ma renaissance. Alors, le Guitchi-Manitou[1] m'a fait l'offrande du pouvoir de chaman. J'ai la faculté de guérir certaines affections ou blessures, d'entrer en transe, de voyager dans le monde des esprits, sur le territoire des morts… Très peu d'Indiens ont ce privilège, les hommes en général. Les femmes ayant des dons chamaniques sont encore plus rares, bien que souvent si cela arrive, elles soient particulièrement puissantes.

Charles essayait mentalement de mettre ses idées en place, en imbriquant ensemble les différents morceaux du puzzle. Il hasarda une autre question.

– Une vision vous a donc permis de comprendre que je n'avais pas la bourse-totem sur moi… ?

– Pas exactement, de chaque bourse-totem il émane un pouvoir, une pulsion magique qu'un chaman peut ressentir… Cette nuit, je n'ai rien ressenti, la magie ne s'est pas manifestée. Il n'y avait dès lors que deux solutions, soit la bourse du musée n'était pas une vraie, chose impossible, je la connais et l'ai déjà *ressentie* par le passé, soit vous ne l'aviez pas avec vous…

– Bien vu, enfin si je peux dire. Je ne l'ai effectivement pas gardée sur moi.

– Où est-elle ?

---

[1] Grand Esprit, Dieu principal dans la civilisation amérindienne. Guitchi Manitou chez le peuple iroquois, appelé également Wakan Tanka ou Grand Mystère chez d'autres peuples indiens.

— A l'heure actuelle, il regarda sa montre, probablement encore dans la boite aux lettres du musée dans laquelle je l'ai laissée avant de sortir, parfaitement emballée et étiquetée, prête à être envoyée à son destinataire. En fait, je m'attendais à ce genre de comité d'accueil, je ne l'ai jamais eue sur moi.

Pas que je ne me sentais pas assez fort pour pouvoir la garder, mais il m'arrive parfois de me montrer prudent. Elle aurait pu être endommagée dans la bagarre.

— À qui l'avez-vous envoyée ?

Il semblait inquiet tout à coup.

— Ne vous en faites pas, pas à mon commanditaire… Non, je me la suis envoyée à moi-même, à mon bureau. Il me suffira d'aller la chercher demain, dès la distribution du courrier.

— Et quand vous l'aurez récupérée, que comptez-vous en faire ?

Sa voix trahissait toujours une certaine angoisse.

— Je comptais sur vous pour éclairer ma lanterne. Je ne suis pas un spécialiste de la magie chamanique… Si vous me disiez à présent à quoi cette bourse-totem peut bien servir, pourquoi elle déchaîne tant de passion, pourquoi mon instinct flaire que je suis suivi comme mon ombre depuis plusieurs jours et quelle est la finalité de toute cette histoire dont jusqu'à maintenant je ne comprends strictement rien ! Peut-être alors, pourrai-je prendre une bonne décision quant à cet objet. Sinon, je vais simplement la remettre à mon commanditaire, un dénommé Hamilton qui me paiera dix mille dollars supplémentaires, oublier tout ça et probablement partir en vacances quelque temps avec l'argent gagné, somme toute assez facilement.

La voix du vieux se fit grave.

— Non, vous ne ferez pas ça. Vous n'êtes pas de cette race, vous êtes différent.

Le détective se fit sarcastique, Kelly n'avait pas l'exclusivité.

– Vous l'avez aussi *découvert* dans une vision ?

– Non Charles, je le sais. Il s'agit d'une évidence pour moi.

– Donc, expliquez-moi maintenant ! J'ai dépassé les limites extrêmes de ma patience voilà bientôt dix minutes !

– Vous risquez malheureusement d'être déçu. Je ne sais pas à quoi peut servir la bourse-totem que vous avez dérobée, il y a tant de possibilités différentes… Il me faudrait connaître son contenu et son propriétaire pour le savoir. Et là même, nous ne pourrions être sûrs. Le seul moyen serait d'accomplir la cérémonie complète pour voir son pouvoir révélé.

Charles soupira et observa le vieil aveugle qui paraissait à la fois angoissé et désespéré de ne pouvoir lui en apprendre davantage. Il semblait réellement admirer le détective, sans que celui-ci comprenne vraiment pourquoi. Après tout, il ne devait être à ses yeux qu'un voleur qui n'avait pas respecté le caractère sacré d'une relique ancienne. Lui aussi ressentait de l'affection pour ce vieil homme qui n'avait pas tremblé devant la mort quelques heures plus tôt. Pouvait-il raisonnablement lui faire confiance ? Assurément, si dans cette histoire de fous, il y avait une personne à qui donner sa confiance, elle se trouvait assise en face de lui. Il décida de jouer franc jeu, la bourse était inaccessible pour tous à l'heure actuelle, le risque n'était donc pas immédiat.

– OK, je vais vous poser une question. Répondez-y et après je vois si nous faisons équipe ou si je poursuis seul ma route. D'accord ? L'aveugle se contenta de hocher affirmativement la tête. Comment avez-vous su que j'allais voler la bourse et pourquoi est-elle si importante pour tout le monde, vous y compris ?

– Une transe. Je suis entré en transe, j'ai voyagé au pays des esprits et j'ai vu…

– Vu quoi ?

– Des choses horribles… Je me suis perdu au bord de l'enfer qui ouvrait sa gueule béante pour me happer. Je ne dois d'avoir la vie sauve, que grâce à mon esprit gardien, il m'a protégé et a empêché mon âme de se retrouver pour toujours prisonnière des enfers. Un esprit mort a voulu me parler, mais mes pouvoirs n'étaient pas assez puissants… Ce devait être un esprit d'une grande force, l'esprit d'un héros ou d'un demi-dieu, inaccessible pour moi. Il souhaitait m'avertir d'un immense danger, l'enfer va s'ouvrir bientôt et les esprits maléfiques, les démons vont s'en échapper. Il ne faut pas que cela se produise.

Charles écoutait, silencieux. Le ton dramatique du chaman l'avait convaincu que le narrateur était persuadé de l'avoir vraiment vécu. Le détective n'aurait pas su dire où se trouvait la frontière entre le réel et l'imaginaire.

– Et la bourse dans tout ça, l'avez-vous vue pendant votre transe ?

– Oui, l'esprit gardien me l'a présentée. Cette bourse est d'une façon ou d'une autre la clef du problème. Ces hommes sont mauvais, ils l'utiliseront pour répandre le malheur et la désolation, pour servir le chaos.

Charles l'observait attentivement, les mains du vieillard tremblaient, remuer les souvenirs de sa transe le terrifiait. Le détective se leva et lui saisit l'épaule dans un geste protecteur.

– Calmez-vous Nantan, ils ne l'auront pas si facilement, je vous en fais la promesse. Tout ce qu'ils ont pour le moment, c'est une fausse confectionnée admirablement par une de mes amies.

Ainsi, Charles Adrian Thurnburgh décida d'accorder sa confiance à cet homme qui paraissait si vulnérable en ce moment. Il ajouta, malicieux.

– Je sais ce qu'elle renferme…

– Vous… Vous avez regardé dedans… ?

– *La curiosité a tué le chat* [2] comme disent les Anglais, je sais… Mais je n'ai pas pu résister. Il sourit franchement. Elle contenait six objets différents et sur le coup je vous avoue que j'ai été un peu surpris, voire déçu. Je m'attendais à quelque chose de plus *fantastique*…

Nantan impatient lui coupa la parole.

– Dites-moi vite…

– Tout d'abord, il y avait une griffe suffisamment grosse pour être celle d'un ours j'imagine…

Le vieil indien s'emballait.

– Oui, c'est logique, la griffe d'un ours est une composante qui sert à *fixer* entre elles toutes les autres, selon nos croyances, aucun animal n'est plus proche de l'homme que l'ours. Le pouvoir magique se trouvera ainsi *concentré* grâce à la griffe d'ours. Ensuite… ?

– Une pointe de flèche brisée, d'à peu près dix centimètres de long…

– Continuez…

– Le troisième objet était plus bizarre, un caillou très blanc à la rondeur parfaite, avec un dessin pratiquement effacé par le temps, tracé en brun foncé.

– Du sang, une pierre rituelle avec un symbole dessiné avec du sang. Pourriez-vous me décrire le dessin ?

Il se montrait de plus en plus nerveux.

– Très simple, il y avait sept cercles de taille différente, formant eux-mêmes un cercle autour du caillou.

---

[2] *Curiosity killed the cat.* Expression anglaise qu'on pourrait traduire en français par : la curiosité est un vilain défaut.

— Sept cercles… Vous êtes bien certain qu'il y en avait sept ?

— Absolument, je les ai comptés. Pourquoi est-ce si important ?

— Une pierre des sept rites… L'homme qui a fait cette bourse-totem devait être incroyablement puissant, trop pour moi assurément… Ce qui explique que je n'ai pas pu l'atteindre lors de ma transe.

Charles intervint, tant qu'à faire confiance au vieux chaman, autant lui dire tout ce qu'il savait.

— La bourse appartenait à un chaman algonquin, elle est très ancienne. Un spécialiste l'a datée du XVIIIe siècle, entre 1700 et 1750.

Le vieil indien lui sourit.

— Je sais oui, je sais aussi que vous vous êtes renseigné avant d'en prendre possession…

Charles aurait dû s'en douter, ce vieux était plus malin qu'il ne voulait bien le dire, il commençait à vraiment l'apprécier.

— Et, vous savez qui en était propriétaire ?

— Malheureusement non. Des recherches sont en cours, j'espère qu'avec les éléments que vous me fournissez, nous pourrons bientôt le découvrir.

Le détective hocha affirmativement la tête,

— En fait, il suffit de recouper les différentes données comme lors d'une enquête normale… Une enquête à travers le temps en quelque sorte, puisque le possesseur de la bourse l'a créée il y a plus de deux cent cinquante ans. Il rectifia, une enquête à travers le temps et les rêves prémonitoires, nous devons également tenir compte du caractère mythologique de l'objet, n'est-ce pas ? À partir de là, nous pourrons savoir pourquoi nos ennemis communs et mon commanditaire veulent à tout prix la récupérer et surtout, ce qu'ils espèrent en faire.

Le vieux chaman recentra la conversation sur la bourse-totem, lui aussi semblait obnubilé par sa soi-disant magie.

– Cela fait trois composantes, Charles. Elle en contient six, m'avez-vous dit. Décrivez-moi les trois dernières.

Le narrateur inspira profondément et prit quelques secondes avant de répondre.

– Il y avait un autre objet beaucoup plus compliqué à décrire… Un os sculpté apparemment, d'une vingtaine de centimètres de long, représentant la gueule de deux animaux en opposition, décorés avec des coquillages de couleur, je n'ai pas eu le temps de vraiment bien l'observer…

Le vieux se fit pensif,

– Il doit s'agir d'un *capteur* d'âme… J'en ai moi-même un. Il s'agit d'un artefact puissant de la magie indienne. Un chaman s'en sert pour chercher l'âme d'un malade qu'il souhaite guérir par exemple. Malheureusement, on peut également l'utiliser à des fins beaucoup plus noires, pour faire le mal ou envoûter quelqu'un… Il est étrange d'en glisser un dans une bourse-totem, le chaman algonquin devait vouloir chercher l'âme d'un mort peut-être…

Il semblait effrayé ou du moins perturbé par cette dernière révélation, le détective reprit lentement.

– Ensuite, il y avait un petit objet taillé dans une pierre grise, on aurait dit un jouet d'enfant. Une pirogue miniature…

– Un canoë, nous appelons ça un canoë… Continuez, je vous prie.

– La dernière chose n'était pas impressionnante, il s'agissait d'un simple morceau d'étoffe, usé, déchiré... De couleur bleu foncé ou violet, passée par le temps, en tout cas ça avait l'air très vieux… Voilà, il n'y avait rien d'autre.

– C'est déjà beaucoup, il est très difficile et très long de réunir tous ces objets et de réussir à les *lier* ensemble magiquement. Je pense que notre chaman algonquin, qui qu'il puisse être, devait être très puissant.

— Il y a autre chose dont j'aimerais vous parler. Ce type qui est mort en avalant du cyanure, Johan, il portait un curieux tatouage sur la poitrine, un tatouage tribal visiblement. J'imagine qu'il s'agit d'un genre de signe de reconnaissance, comme pour une société secrète ou quelque chose comme ça. Si je vous le décris, pourriez-vous savoir s'il s'agit d'un symbole indien et quelle pourrait en être la signification ? Cela nous aiderait à coup sûr pour retrouver ces types… Et je souhaite les retrouver avant qu'*ils* ne nous retrouvent…

— Il y a énormément de dessins, de symboles possibles, utilisés par exemple sur les peintures rituelles de sable. Cela raconte des mythes qui nous servent, à nous chamans, dans des cérémonies de guérison ou des cérémonies de transe. Je connais beaucoup de ces mythes, oui je pense que si votre tatouage en représente un, je serai en mesure de le reconnaître.

Le détective se saisit de son dessin et commença à décrire aussi clairement que possible la figure géométrique.

— Elle est dessinée dans le sens vertical, le sommet est formellement une petite couronne reposant sur une croix. En dessous, cela pourrait être les deux ailes d'un oiseau stylisées, entourant un cercle plein. *L'étage* plus bas est un croissant de lune, posé à l'horizontale, les pointes vers le haut, reposant lui-même sur un autre cercle, à l'intérieur duquel se trouve un triangle…

Le vieil indien l'arrêta d'un geste de la main.

— Attendez ! Je vais le dessiner en même temps que vous le décrivez, de cette façon vous me direz si je l'imagine correctement.

— Idée judicieuse, il lui tendit un papier et un crayon et recommença la même description en terminant par les deux derniers niveaux du dessin. Le vieil homme lui rendit la feuille.

– Comme ça ?

Le détective avait été impressionné par sa technique, il se servait de ses doigts pour mesurer la distance entre deux traits de crayon, de manière à respecter les dimensions. Il observa la figure reproduite, identique à la sienne.

– Oui, c'est exactement ça, vous avez l'habitude de dessiner ?

– Des peintures de sable oui. Ce sont les mêmes genres de symboles géométriques. Il faut savoir respecter les proportions. Nous les traçons avec de la poudre de différentes couleurs, suivant les motifs que nous souhaitons réaliser, un peu comme un pentacle, mais en plus artistiques.

Charles demanda,

– Est-ce le motif d'une peinture de sable ?

– Pas à ma connaissance, non. La conception du symbole n'a rien à voir avec une peinture de sable indienne, ni même avec un quelconque symbole totémique… J'ai bien peur que cela ne reste un mystère quant à sa signification et une impasse pour la recherche de ces hommes.

Le détective se rassit lourdement sur sa chaise, ça aurait été trop facile. Il garda les deux dessins, peut-être Kelly parviendrait-elle à les faire parler lors d'une investigation plus approfondie…

– Je crois qu'il est temps d'aller dormir, vous devez être épuisé…

On frappa à la porte au même instant. Elle s'ouvrit à la volée dans la seconde, laissant apparaître un Indien d'une trentaine d'années, l'air affolé.

– Sachem… Il s'interrompit quand il aperçut la silhouette de Charles se découpant sombrement dans la lueur orangée des flammes, seule source de lumière de la pièce. Le détective resta dans l'ombre, l'homme ne pouvant distinguer ses traits. Il s'exprima dans le dialecte guttural des Mohawks, Charles ne saisit pas un traitre mot.

– Qui est-il ?

Nantan lui répondit dans la langue de son invité, afin qu'il comprenne.

– Il est mon ami, tu peux parler en anglais.

– Nous ne savons pas où est Len ! Nous venons de téléphoner à l'hôpital pour prendre des nouvelles d'Anoki… Lui seul y a été admis…

Le vieux chaman se tourna vers Charles, le visage décomposé.

– Il faut le retrouver, il est blessé aux jambes… Où pensez-vous qu'il puisse être ?

Le détective garda son calme, toujours dans l'ombre, s'adressant au nouvel arrivant, il demanda.

– Que vous a dit exactement l'hôpital ?

– Un seul blessé par balles a été admis cette nuit. Sur le Pier, ils n'ont trouvé qu'un blessé et un mort par empoisonnement… Ils sont absolument formels.

La voix de Charles se fit glaciale.

– J'ai peur que ces hommes qui nous ont attaqués ne l'aient enlevé. Ils ont dû le prendre en otage, un peu comme une garantie… Une chose est certaine, il faut savoir qui ils sont le plus vite possible, car ils ne tarderont pas à réaliser la supercherie… Et ils seront furieux de s'être fait berner par une fausse bourse-totem. Sans compter qu'ils ont perdu un des leurs pour ça… De plus, ils feront parler votre ami et ne mettront pas longtemps à découvrir où vous vous cachez…

– Len est brave, il ne parlera pas !

Le jeune indien avait sûrement l'âme d'un grand guerrier, il ne doutait pas de la loyauté de son frère de sang, Charles fut plus modéré.

– L'heure est grave néanmoins, vous devriez prévenir la police.

Le vieux chaman trancha.

– Non, la police ne parviendrait pas les retrouver et vous le savez. Il n'y a qu'une seule personne qui puisse en être capable… N'est-ce pas Charles ?

– Je vais m'y consacrer de toutes mes forces…

29

Dire que la nuit de Kelly Walsh fût mouvementée, serait rester très en dessous de la vérité. Immédiatement après l'appel téléphonique de Charles, elle avait sauté dans sa vieille Chevrolet Camaro — dont le détective arguait qu'elle lui paraissait aussi maniable qu'un paquebot échoué à quai — et avait pris la direction du sud de Boston. À la fois fatiguée et tendue à cause du danger suggéré par son ange gardien, elle s'était arrêtée à Plymouth dans le premier motel décent qui s'était présenté. Un « Best Western » tout à fait anonyme, où elle avait pris soin de régler sa chambre en liquide en donnant un faux nom.

Trop énervée pour vraiment sombrer dans le sommeil, elle n'avait réussi qu'à somnoler et comme toujours dans ces moments-là, ses souvenirs de jeunesse étaient remontés à la surface de sa mémoire.

Dans la lumière brillante du printemps de ses quinze ans, elle se revoyait léchant les vitrines d'« H and M » dans le centre commercial de Jamaica Plain. Elle était entrée dans le magasin pour essayer quelques paires de jeans, pas dans l'intention de les acheter, sa situation financière ne le lui permettant absolument pas. Son père ne lui avait jamais donné le moindre cent d'argent de poche et son salaire de serveuse le soir après l'école et le week-end au « Milk and Coffee » lui autorisait juste de survivre, pas de s'offrir des fringues à la dernière mode. Elle se trouvait quand même curieuse de voir comment se comporteraient ses fesses dans un Levi's moulant, taille basse…

À la lumière de la cabine d'essayage, l'image renvoyée par le miroir la convainquit que le résultat était tout à fait correct : *Top canon*, lâcha-t-elle en stigmatisant sa déception dans un triste soupir. Elle eut beau recalculer son salaire et ce qui lui restait en poche, rien n'y fit, le moins cher des trois pantalons se révélait être encore bien au-dessus de ses moyens. Elle sortit de la cabine afin de s'admirer dans la grande glace. Tout à son occupation, elle ne remarqua pas la silhouette masculine qui l'observait depuis deux minutes. L'homme, sourire aux lèvres, col relevé sous son feutre et lunettes de soleil masquant son regard, semblait lui aussi apprécier le spectacle.

Elle rentra dans la cabine et sentit une présence au moment où elle saisit le rideau pour le refermer. Surprise, elle se retourna et voulut crier, mais au lieu d'ameuter le magasin, son visage s'illumina d'un magnifique sourire quand elle reconnut l'intrus.

— Ah, c'est toi, tu as a failli me faire peur…

L'autre entra avec elle dans la cabine, laissant la tenture ouverte.

— Salut ma belle. Désolé de t'aborder de cette façon, mais il y a beaucoup de lumière ici... Et tu sais que je n'ai jamais apprécié les éclairages trop vifs.

— Je commençais à être inquiète, ça fait presque une semaine que je n'ai pas de nouvelles… Son visage reflétait une joie communicative.

— Excuse-moi, j'ai été très occupé avec mes nouvelles fonctions, mais j'ai quelque chose à te montrer… Il mit la main à la poche intérieure de son blouson et exhiba un passeport flambant neuf à son amie. Tiens regarde… ! J'ai un vrai nom à présent…

Il renvoyait une intense jubilation teintée de malice. Elle lui sauta au cou et le serra dans ses bras en le secouant.

— Ça y est, ça y est !!! cria-t-elle. Et qui es-tu alors ?

Il fit une magistrale révérence et se présenta à la jeune fille.

– Charles Adrian Thurnburgh, mademoiselle… Pour vous servir…

Une vague de bonheur enveloppa Kelly Walsh quand elle se réveilla en sursaut envahie par le merveilleux souvenir. Malgré sa migraine due au manque de sommeil et les problèmes actuels, elle ne put s'empêcher de sourire en repensant à cet après-midi si lointain… Et aux trois jeans que Charles avait insisté pour lui payer, argumentant qu'ils seraient plus en valeur sur ses fesses que sur un cintre au fond du magasin…

Incapable de se rendormir malgré son manque de sommeil, elle se leva et se prépara pour sortir.

À neuf heures du matin, elle avait trouvé refuge dans un « Starbucks Coffee » à moitié désert à cette époque de l'année, avait commandé des muffins et un grand café noir, histoire de garder les idées claires. Elle regardait la pluie fine couvrir de grisaille le paysage par la baie vitrée en attendant son petit déjeuner.

Elle allumait son IBM portable quand le serveur lui apporta son breakfast, il ne devait pas avoir plus de vingt-deux ans. Malgré les cernes sous les yeux de Kelly et son inhabituelle tenue vestimentaire négligée, la jeune fille semblait visiblement à son goût… Il n'arrêtait pas de sourire et cherchait apparemment à engager la conversation.

– Voilà mademoiselle, il posa le plateau devant elle. Si vous avez besoin de quoi que ce soit, n'hésitez pas, je suis là pour ça…

– Merci beaucoup, ça va aller.

Il retourna derrière le comptoir, certainement déçu… Elle commença par vérifier les mails, s'attendant à y trouver celui qu'elle redoutait… En effet, elle eut un léger pincement au cœur en l'ouvrant… Monsieur Hamilton venait aux nouvelles. Il s'impatientait visiblement et tenait à le faire savoir en mettant la pression… Elle finissait de lire le court et glacial message quand son téléphone portable sonna.

– Oui, j'écoute…

– Salut petite fille, elle sourit en entendant la voix amicale, tout allait mieux quand Charles se manifestait. Il s'inquiéta d'elle.

– Comment vas-tu ?

– Fatiguée, mais fidèle au poste. Avant tes explications, passons aux mauvaises nouvelles, ce sera fait. Hamilton t'a contacté. Il exige des nouvelles fraiches, pour hier si tu vois ce que je veux dire…

– On verra Hamilton plus tard, ne t'en fais pas pour ça. J'ai quelque chose de plus urgent pour toi. Je viens de t'envoyer un mail avec un dessin, j'aimerais que tu me trouves le plus vite possible à quoi il peut bien correspondre, la vie d'un homme est peut-être en jeu… Tout ce que tu peux découvrir, symbolique, sociétés secrètes, magie noire, vaudou, satanisme… La seule chose dont je suis certain, c'est qu'il n'y a aucun rapport avec un rituel indien. Et c'est là tout le problème, il faut trouver le lien entre ce symbole et le peuple mohawk ou algonquin.

– Facile à dire, attends deux secondes, j'ouvre le fichier… Le dessin du tatouage apparut sur l'écran. Ça y est, je l'ai… Où as-tu récupéré ça ?

– Tatoué sur le torse d'un mort…

Il répondait cela avec la plus grande désinvolture. Kelly leva les yeux au ciel, mais ne répliqua pas. Elle avait l'habitude, avec son étrange associé, des plans pour le moins tordus, un de plus, pensa-t-elle.

– Bon, je fais de mon mieux, mais je ne te promets rien, je ne suis pas au bureau je te rappelle... Je travaille juste avec mon ordinateur portable. Et toi, que vas-tu faire ?

– Pour commencer, changer de voiture, retourner à Boston et probablement rendre visite à une certaine clinique pour animaux. Après tout, en ce moment précis c'est la seule piste valable qui nous reste. Ensuite, il sera temps de rencontrer Hamilton et de consulter mes amis mohawks…

– Tu as des amis mohawks maintenant ?

– On n'est pas copains, copains, mais ça va venir… Écoute, je te quitte, je crois que Wolkowski arrive… Sois discrète, c'est moi qui te rappelle. À bientôt petite fille, tu fais attention hein !

Il raccrocha, la laissant face au curieux dessin affiché sur son écran.

30

Kelly soupira bruyamment, le dessin la rendait dubitative. Elle ne savait pas trop par où commencer. Certes, ce genre de recherche un peu bizarre débutait toujours de la même manière, elle tâtonnait puis soudain, un petit coin de voile se soulevait, laissant apparaître un rayon de lumière. Elle s'engouffrait dès lors vers cette lumière et arrivait par déductions et recoupements à trouver la clef. Le voile se déchirait de plus en plus sur d'autres révélations et la lumière se faisait complètement, comme un puzzle qui ne représente rien au début morceau par morceau et qui finit par révéler un tableau de maître. Oui, pensa-t-elle : *exactement comme un puzzle et j'en viens toujours à bout.*

Le défi proposé par Charles la rendit soudain plus énergique, pour la première fois depuis le lever du jour, la machine Kelly Walsh fonctionnait à plein régime. Elle ne douta plus de découvrir la solution avant la fin de la journée.

Elle comparait le symbole du tatouage avec des représentations de pentacles kabbalistiques trouvés sur Internet quand le jeune serveur refit son apparition. Il se pencha vers elle, toujours souriant.

– Vous désirez reprendre quelque chose, mademoiselle ?

Levant la tête de son écran, elle lui sourit à son tour.

– Je prendrais bien un thé à la menthe, merci…

– C'est comme si vous l'aviez !

Il revint deux minutes plus tard, posa le gobelet fumant, accompagné de lait et de sucre sur la table. Après une courte hésitation, il se jeta à l'eau et engagea la conversation, après tout il n'avait rien à perdre, ou elle discutait avec lui, ou lui faisait comprendre qu'il ne l'intéressait pas. Il se pencha sur l'écran et désigna du doigt le dessin du tatouage.

– Vous avez été à l'exposition ? J'y suis allé la semaine dernière, j'ai super bien aimé, vous aussi ?

Elle le dévisagea lentement.

– Quelle exposition ?

L'occasion était trop belle pour lui, il attrapa une chaise et s'assit à côté d'elle.

– La semaine passée, j'étais chez ma tante Mildred dans l'Illinois, du côté de Champaign. L'université de l'état organise une exposition sur des ouvrages anciens et rares. Moi, j'adore le moyen âge européen, tout ce qui a rapport avec la sorcellerie, l'alchimie… J'étudie ça à mes heures perdues et j'espère pouvoir écrire un livre sur le sujet un de ces jours.

Là, tu en rajoutes un peu mon bonhomme, pensa Kelly. *Tu essaies de te faire passer pour un intello, soit, c'est toujours plus gratifiant pour la fille que celui qui tente de jouer les machos, mais n'en fais pas trop quand même…*

Le jeune type continua, enthousiaste.

– Ils avaient de vieux bouquins sur le sujet dont certains dataient du XIVe ou du XVe siècle… Bon, pas des originaux, mais certaines copies très anciennes ainsi que de magnifiques fac-similés. Des vieux traités d'alchimie avec des plans, des symboles… Il pointa de nouveau son doigt vers le dessin de l'ordinateur. Dont un avec ce dessin-là !

Il la fixait toujours avec un sourire qu'il devait considérer comme charmeur. Kelly le trouva plutôt niais, mais aussi incroyable que cela puisse paraître, ce jeune type semblait en savoir long sur le sujet. Elle demanda,

– De quel livre s'agit-il ?

– Un ouvrage en latin et en français : « Le Livre des Figures Hiéroglyphiques », un grand classique de l'alchimie.

– Et que représente le symbole ?

– C'est une des figures dessinées par Nicolas Flamel, il fait partie d'un ensemble qui constitue l'explication du procédé de la pierre philosophale, vous connaissez ?

Elle hocha affirmativement la tête.

– Oui, enfin j'ai lu « Harry Potter » comme tout le monde… C'est ce gars qui pouvait transformer le plomb en or…

– C'est plus compliqué que ça, mais oui. Ce bouquin a été écrit en 1612 par un français, Arnaud De La Chevalière, il a repris les notes et les dessins de Flamel datant du XIVe siècle pour écrire ce livre et expliquer le principe de la pierre philosophale.

La jeune fille fit la moue.

– Vous êtes sûr qu'il s'agit du même dessin ?

– Absolument, regardez sur le Net, il y a un site sur l'exposition.

Elle lui sourit.

– Merci, vous m'avez beaucoup aidé.

Le serveur tenta le coup.

– Si vous voulez en savoir plus, je suis libre cet après-midi, passez à la maison, je vous ferai voir d'autres bouquins…

Elle le fixa dans les yeux, de son regard que même Charles avait du mal à soutenir.

– Tu ne perds pas le nord toi, hein ? Il y en a qui attaquent avec des estampes japonaises, toi tu es plutôt du genre bouquins d'alchimie… Chacun son truc…

Le pauvre type écarquilla les yeux incrédules, touché-coulé en une phrase, cette fille le *cassait* sans ménagement… Elle reprit sur le ton de la confidence,

– Laisse-moi quand même ton numéro, je pourrai peut-être avoir besoin d'approfondir mes connaissances.

Surpris, il le lui griffonna sur une serviette en papier et repartit vers le bar sans un mot. Il ne savait plus trop où il en était, cette fille faisait visiblement souffler le chaud et le froid avec une délectation certaine.

Elle sourit dans son dos quand il tourna les talons, un peu novice peut-être pour vouloir jouer avec elle et surtout elle avait d'autres chats à fouetter pour le moment. Quand même, ce jeune écervelé venait sans le savoir, de soulever un coin du voile, lui permettant apparemment de découvrir un morceau du puzzle. Elle parcourut d'une main experte le site de l'exposition. Il n'y avait pas le moindre doute, le dessin se trouvait effectivement là. Il s'agissait d'une planche du fameux ouvrage d'alchimie « Le Livre des Figures Hiéroglyphiques ». L'édition exposée à Champaign n'étant bien sûr qu'un fac-similé du livre original en langue anglaise, de facture très ancienne. Le reste de l'exposition se révéla beaucoup moins utile pour ce qu'elle recherchait, mais elle possédait maintenant un point de départ d'où elle serait capable de commencer ses investigations.

Les yeux rivés sur l'écran, elle prenait des notes tout en *surfant* d'un site à l'autre chaque fois qu'elle découvrait un nouveau nom, une nouvelle date, un nouveau dessin lui paraissant intéressant pour son enquête. La jeune femme semblait dans ces moments-là ne plus être consciente du temps qui s'écoulait ou des éléments qui l'entouraient, elle se laissait dévorer par une recherche frénétique ayant comme seul objectif sa quête de la vérité. Aussi fut-elle surprise de constater que la journée lui avait échappée, il était presque une heure de l'après-midi quand enfin, la nuque et les épaules ankylosées, elle daigna lever la tête de son écran.

Outre les courbatures dues à son inconfortable position, elle réalisa que son ventre criait famine. Elle s'étira voluptueusement et constata avec surprise que le « Starbucks Coffee » s'était considérablement rempli. Vérifiant ses pages de notes et tous les divers documents qu'elle avait téléchargés sur son ordinateur, elle s'octroya un break afin de se nourrir. Il serait temps ensuite de classer tout ça, de faire les recoupements nécessaires et d'en tirer des conclusions.

31

Piotr Wolkowski avait eu beau insister lourdement, rien n'y avait fait. Charles s'était retrouvé derrière le volant et le retour sur Boston promettait à l'ancien docker de ne pas être une partie de plaisir. Le détective, pour le convaincre de le laisser conduire, avait même cru bon d'ajouter : *je suis pressé…* Ce fut le moment précis où Wolkowski regretta vraiment d'avoir accédé à la requête de Charles quand ce dernier l'avait appelé au petit matin pour lui demander de venir le chercher avec des vêtements propres et une voiture de location, la sienne étant selon toutes vraisemblances hors d'usage. Ils avaient donc ensemble quitté rapidement la communauté mohawk de Winnipesaukee, laissant Nantan poursuivre les recherches concernant les mystères de la bourse-totem.

Tout en conduisant, le détective lui avait rapporté les grandes lignes de ses aventures nocturnes et lui avait expliqué ce qu'il comptait faire dorénavant. Le cerveau de Wolkowski ayant des difficultés à fonctionner quand il se trouvait à la place du passager dans un véhicule piloté par Charles, l'ancien docker mit plusieurs minutes avant de répondre et de réellement entrer dans la conversation. Parvenant à oublier la route et les différents obstacles qui s'y mouvaient dangereusement, il hasarda une question.

— Et que comptes-tu trouver au juste dans cette clinique pour animaux ?

— Je ne sais pas vraiment… Une piste, un indice, quelque chose qui me permettra de mettre un nom sur un visage ou un visage sur un nom… Cet institut vétérinaire à un rapport quelconque avec Hamilton, c'est une certitude. À partir de là, si je peux découvrir qui ils sont ou pour qui ils travaillent, un grand pas aura été fait. Peut-être même trouverai-je pourquoi ils tiennent tant à s'emparer de la bourse-totem.

— Et les autres, ceux qui t'ont attaqué cette nuit ?

— Kelly s'en occupe, fais-lui confiance, pour ce genre de boulot elle est incomparable, s'il y a quelque chose à découvrir, elle le dénichera.

— Et s'il s'agissait des mêmes ?

— Je ne le crois pas. Je suis sûr qu'il y a deux bandes en concurrences, par contre je pense qu'ils se connaissent les uns les autres. Quant à moi, je n'ai été qu'un pion au milieu de leur partie d'échecs. Il est temps de leur faire comprendre que la manipulation a assez duré.

Wolkowski sourit, sans pour autant se décontracter, car Charles déboîtait pour doubler un semi-remorque. Il saisissait l'implication de la dernière phrase prononcée par son ami : le détective ne lâcherait pas le morceau. Charles avait parfois une conception du bien et du mal plutôt étrange, différente du commun des mortels en tout cas. Il était un voleur, un être à part, à tout jamais inclassable dans la bonne société, une sorte d'aventurier moderne, mais si la cause qu'il défendait lui semblait juste, il se battrait pour elle jusqu'au bout. Wolkowski comprit qu'il avait définitivement choisi son camp : celui des indiens, les véritables propriétaires de la bourse-totem. Ni l'argent, ni les menaces, ni la violence de ses adversaires ne le détourneraient de sa route. L'ancien docker le regarda, mains crispées sur le volant, concentré à l'extrême sur son pilotage, il aurait suivi ce type-là au bout du monde et la simple idée de l'avoir pour ennemi, lui tira un frisson.

Charles se tourna vers lui comme ils traversaient Somerville, la banlieue nord de Boston.

– Dis-moi où tu souhaites que je te dépose.

– Laisse-moi à une station, ça ira. J'ai eu mon compte d'émotions fortes depuis qu'on est parti…

– Je ne t'ai pas remercié… Je veux dire pour tout, la voiture, les vêtements et surtout d'être venu immédiatement…

Wolkowski sourit franchement,

– Ne crois pas que je l'ai fait parce que tu es un ami, tu comprendras quand je te ferai parvenir ma note. Ce coup-là je ne te cache pas que ça risque d'être plutôt salé…

Le détective sourit à son tour, réajustant ses lunettes de soleil.

– Pas de problème, fais ton prix ! Vu l'état actuel aussi bien de ma voiture que de mes fringues après cette nuit, je suis sûr que ça le vaudra…

– Ça, on peut dire que tu as fait assez fort… Il riait de bon cœur maintenant. Tu avais plus l'air d'un clochard que d'un détective, habillé comme tu l'étais, tu te serais fait embarquer au poste. Nous sommes dans une ville tout à fait convenable mon cher Monsieur, même les bouts des doigts de tes gants étaient déchirés et troués… Et je ne parle pas de l'odeur de tes oripeaux…

D'un coup de volant, Charles se rangea le long du trottoir, en face de Charleston Station. Il demanda,

– Là, ça ira ?

– Aucun problème, tu m'appelles si tu as besoin de moi. Essaie de ne pas pulvériser la voiture, je l'ai louée à mon nom.

– J'essaierai !

Wolkowski sortit de l'habitacle. Au moment de claquer la portière, alors que Charles s'apprêtait déjà à repartir, il se pencha à l'intérieur et dit simplement, comme pour clore définitivement la conversation.

– Et tu fais gaffe surtout… Ils sont prêts à tout et tu le sais.

Il ne souriait plus, Charles le fixa une seconde dans les yeux, hocha lentement la tête de manière affirmative et redémarra…

Il devint soudain songeur, ce brave Wolkowski se faisait de la bile pour lui. Piotr Wolkowski, le docker sans peur, qui serait allé au bout du monde pour aider un ami… Charles se sentit fier d'appartenir à ce cercle très restreint. Depuis combien de temps connaissait-il Wolkowski ? Il plongea dans ses souvenirs et se remémora leur première rencontre. Combien au juste ? Cinq ans, six ans ? Le temps qui filait inexorablement avait toujours été pour Charles quelque chose d'abstrait, une notion vague qui le poussait à vivre continuellement au jour le jour. Comme si l'instant présent représentait la seule chose véritablement importante, véritablement tangible, la seule en tout cas lui permettant de vivre sa vie à cent pour cent. Il lui fallut quelques secondes pour calculer mentalement les années écoulées depuis que leurs routes s'étaient croisées pour la première fois. Conduisant d'une manière mécanique, son esprit s'évada dans la nostalgie de sa mémoire, six années en arrière…

Seul le hasard, grand organisateur du destin, avait décidé des évènements ce soir-là. Le détective ne se souvenait plus pourquoi il traînait à ce moment précis dans cette rue inconnue de cette banlieue sans âme. En revanche, il se rappelait parfaitement ce qui l'avait poussé à pénétrer dans ce petit pub à la devanture défraîchie par le temps et l'air salé de l'océan, si proche et qui paraissait pourtant si lointain entre les bâtiments gris de la rue : la faim ! Assurément, les senteurs mêlées de la tomate fraîche et de la pâte à pain chaude lui avaient soudain titillé les narines. Sa mémoire olfactive ne le trompait jamais, cette odeur agréable lui semblait encore présente et lui tira un sourire mélancolique. Il se souvint de la scène avec une étonnante netteté, comme si tout avait eu lieu la veille…

Assis dans le fond de la petite salle sur un fauteuil de bar face au grand miroir s'étalant sur le mur, il se revoyait dévorant rapidement son morceau de pizza à la viande. Il n'y avait que deux ou trois autres clients présents à cette heure tardive, auxquels il n'avait ni prêté attention ni adressé la parole.

Puis tout était allé très vite, comme toujours dans ces instants-là. Quatre hommes, de jeunes asiatiques vêtus de blousons de cuir noir, arborant des bandanas et des tatouages aux couleurs de leur clan, de leur *triade*, avaient surgi violemment dans l'espace confiné. Immédiatement, ils avaient fracassé des verres, des bouteilles, tout ce qu'ils trouvaient à mettre sous leurs battes de base-ball et leurs redoutables chaînes en acier. Les rares consommateurs, terrifiés par la sale tournure prise par les évènements, s'étaient instantanément rués vers la sortie pour s'évanouir dans la nuit. Charles, aussi bien qu'eux, avait compris dans l'instant ce qui se passait. Racket ! Il n'y avait pas d'autre nom pour ce genre d'action musclée. Le propriétaire des lieux avait dû *oublier* de payer sa redevance et les quatre *samouraïs* venaient prélever leur dîme en temps et en heure. Le détective était resté obstinément assis sur son tabouret, entamant sa deuxième part de pizza, il avait vraiment faim ce soir-là. De plus, il avait toujours eu en horreur d'être dérangé quand il mangeait un morceau et l'idée de devoir interrompre son repas l'insupportait. Deux des voyous l'ayant aperçu se dirigèrent vers lui, l'air décidé… Le patron choisit le même instant pour sortir de sa cuisine surchauffée, les arrêtant dans leur action… Grand, massif, lui aussi tenait fermement une batte de base-ball. D'une voix puissante qui ne reflétait pas la peur, il invectiva les quatre intrus,

— Chang, espèce de fumier, je t'ai dit que je ne céderai pas...

Il leva sa batte en position de frappe au-dessus de son épaule, mais stoppa son geste, la gardant en l'air.

— Tu n'es plus en situation de force, Wolkowski... Toranaga San en a marre que tu te prennes pour le justicier du quartier... Les autres t'ont lâché, tout le monde a versé son dû... Ou tu paies ou tu n'as plus d'établissement... C'est aussi simple que ça !

— Fumier, essaie un peu pour voir...

La colère faisait saillir les veines sur les tempes de son visage rougi... À moins que ce ne soit la rage de l'impuissance. Les quatre asiatiques le fixaient maintenant, prêts à en découdre, l'air arrogant que donne la force du nombre, la force des lâches...

Charles observait toujours, il avait reposé son dernier morceau de pizza chaud et appétissant. Avec l'expérience de ce genre de situation, il savait pertinemment que le point de non-retour venait d'être franchi, l'affrontement était inévitable. Le pauvre homme, seul contre quatre, malgré son courage et son apparente force physique courrait droit au massacre. Ces quatre salauds ne feraient pas les choses à moitié, ils le laisseraient probablement pour mort et incendieraient certainement son restaurant, histoire de faire un exemple sur le quartier. Toujours assis face au mur, il se décida donc à intervenir, verbalement d'abord, pour voir, une simple prise de contact...

— Messieurs, excusez-moi, mais j'ai l'impression que vous avez en ce moment une sérieuse divergence d'opinions... Je me trompe ? Vous me voyez un peu déçu patron, je tenais votre établissement pour un endroit paisible où il m'aurait été possible de déguster tranquillement un morceau de pizza, très bonne au demeurant, et ne voilà-t-il pas que le lieu se révèle bruyant et quelque peu dangereux… Je serais presque tenté de me plaindre…

Le dénommé Chan tourna la tête vers lui, pour n'apercevoir qu'un homme au bonnet vissé sur le crâne et arborant des lunettes de soleil, habillé d'une paire de jeans et d'un bomber, apparemment calme, s'essuyant la bouche avec une serviette en papier. Il avait gardé ses gants de cuir noir, détail curieux pour quelqu'un mangeant une pizza. Passées les quelques secondes de surprise, l'asiatique répondit, agressif et menaçant, comme le détective s'y attendait.

– Toi, tu ferais mieux de dégager de là le plus vite possible ou il se pourrait que tu aies aussi de très gros problèmes dans quelques instants…

Charles Adrian Thurnburgh se leva alors lentement, des frissons lui parcourant le dos et la nuque. Il entreprit de combler les quelques mètres le séparant des quatre agresseurs. Cela ne lui prendrait que quelques infimes secondes, les ultimes secondes de calme et de tension avant l'effroyable tempête qui ne manquerait pas d'éclater inexorablement…

Il n'était pas très impressionnant physiquement, un mètre soixante-quinze au maximum pour quelques soixante-dix kilos, mais sa façon de bouger, sa façon de se mouvoir entre les tables aux nappes en papier blanc, à la fois souple et agile, sa façon d'être tout entière, déterminé et tellement sûr de lui, firent se focaliser ses adversaires sur cet homme dont on ne distinguait pas vraiment le visage. Les quatre asiatiques en oublièrent Wolkowski et sa batte de base-ball prête à frapper, comme si soudain ils réalisaient où se trouvait le véritable danger.

Le dénommé Chan hurla un ordre dans sa langue natale, que Charles ne comprit évidemment pas… Mais cela déclencha l'apocalypse. Le détective arriva à portée de la lourde chaîne d'acier tenue par son adversaire le plus proche… Ce dernier laissa d'un coup éclater toute sa violence, toute sa sauvagerie… De son arme redoutable, il balaya l'espace, visant la figure, ne désirant pas donner la moindre chance à son opposant. Le voyou savait manier son instrument de mort et révélait avec sa furieuse attaque qu'il n'en était sûrement pas à son coup d'essai. N'importe qui aurait été surpris par la vivacité de l'action… Sauf Charles ! Il l'avait senti venir depuis une demi-seconde et anticipa parfaitement. Les maillons d'acier trempé ne rencontrèrent que l'air, cinglant le vide… En revanche, l'homme n'eut pas le loisir ni le temps de se ressaisir, déjà son adversaire bondissait sur lui, avec une puissance et une rapidité inouïe, il le frappa d'un front-kick. Le jeune asiatique fut littéralement catapulté en arrière, certaines de ses côtes explosèrent sous la violence de l'impact, lui vrillant le corps de douleur… En total déséquilibre, il percuta ses acolytes, retardant d'une seconde leur entrée dans la mêlée… Ils s'y ruèrent enfin, agressifs et vengeurs ! Wolkowski s'y jeta également, sa batte de base-ball trouvant un terrain d'action. Il l'écrasa de tout son poids sur un des asiatiques, lui fracturant l'épaule malgré l'épais blouson de cuir.

L'assaut dominé par Charles fut bref et intense, pas une bagarre de western, une véritable rixe de rue, violente, sauvage, bestiale, où chaque coup était porté pour faire mal, pour anéantir son adversaire… Quelques secondes suffirent et les quatre racketteurs se retrouvèrent hors de combat. Deux d'entre eux gisaient inertes, baignant dans leur propre sang, les deux autres râlaient de douleur avec assurément plusieurs fractures… Wolkowski croyait en avoir déjà vu beaucoup sur le sujet. Sur les docks à coups de barre de fer, comme videur de boîte de nuit à coups de couteau ou encore comme soldat, loin à l'est du monde pendant la guerre du

Vietnam… Mais jamais une telle maîtrise dans une bagarre au corps à corps, jamais comme cet homme qui venait sans raison, de probablement lui sauver la vie.

L'inconnu n'avait même pas sorti d'arme et pratiquement à lui seul, avait anéanti les quatre tueurs. Seules ses lunettes de soleil, tombées à terre et qu'il s'empressa de ramasser, ainsi que ses gants déchirés, purent prouver qu'il venait de se battre à un contre trois. Wolkowski aurait juré qu'il n'avait pas reçu le moindre coup. Réajustant ses Ray Ban sur son nez, il se tourna vers le maître des lieux encore abasourdi par la violence de l'affrontement et se contenta d'annoncer,

— Je pense qu'ils ont leur compte, prévenez la police et les urgences, mais ne parlez pas de moi s'il vous plait. Je tiens à ma discrétion… Il s'était ensuite dirigé tranquillement vers la porte vitrée au verre brisé donnant sur la rue. Enjambant sans ménagement un des hommes à terre très mal en point, à moitié défiguré et couvert de sang, il s'était retourné et avait simplement dit.

— Je repasserai dans quelques jours quand tout sera redevenu plus calme. On aura à discuter tous les deux. Jusqu'ici, méfiez-vous, ce genre de bandes organisées asiatiques peut se montrer très rancunier…

Wolkowski n'avait toujours pas prononcé le moindre mot, se contentant de hocher affirmativement la tête. En sortant, l'inconnu avait juste ajouté en lui souriant amicalement.

— Au fait, très bonnes vos pizzas…

Charles se revoyait s'évanouissant dans la nuit brumeuse, laissant un Wolkowski pour le moins interdit, sa batte de base-ball encore à la main. Une amitié était née ce jour-là, il y avait six ans maintenant…

Les souvenirs de leur première rencontre s'estompèrent soudain, le présent surgissant avec le panneau Dedham, le détective dut braquer à mort en faisant hurler les pneus pour ne pas manquer la bifurcation. Dans quelques minutes il se trouverait devant la clinique Rushmore, qui l'espérait-il, serait en mesure de lui révéler certains secrets.

32

Kelly Walsh regarda sa montre et s'étira longuement, le manque de sommeil et l'immobilité commençaient à se faire sentir. L'après-midi s'égrenait mollement sous le lourd ciel grisâtre qu'elle apercevait à travers la baie vitrée. Ses yeux la brûlaient et elle en eut définitivement marre de rester vissée sur sa chaise devant son écran d'ordinateur. D'un geste décidé, elle referma le portable, ramassa ses papiers épars et se leva. Le brouhaha incessant du « Starbucks Coffee » lui tapait sur les nerfs, elle avait grand besoin d'air frais. Depuis une demi-heure, ses idées la fuyaient, cela faisait trop longtemps qu'elle usait ses méninges sur son insoluble problème. Typique de Charles… Lui balancer une énigme historique à partir d'un simple tatouage… *Et tu verras qu'il est capable de râler si je ne trouve pas la solution quand il va rappeler,* maugréa-t-elle en sortant dans la rue sous le fin crachin qui embuait l'atmosphère.

Elle marcha pendant une dizaine de minutes, profitant de la fraîcheur extérieure, laissant ses pas la conduire le long de la jetée, son regard bleu se perdant dans le gris de l'océan jusqu'à l'horizon. Tout en déambulant sous la pluie, ses idées la ramenèrent progressivement sur ses recherches, impossible de s'en évader tant qu'elle n'aurait pas la solution. Elle le savait, il lui fallait s'y replonger de suite. Ses dix minutes de promenade lui avaient aéré le cerveau, elle se sentait prête à repartir à l'assaut de « l'énigme du tatouage alchimique », mais elle décida de changer son fusil d'épaule, elle ne consulterait pas ses notes. Ainsi, tout en déambulant, elle essaya de se remémorer les informations, les détails, tout ce qui l'avait interpellé dans les dizaines de documents qu'elle avait étudiés afin d'établir ses recoupements et ses conclusions, de cette manière peut-être la lumière jaillirait-elle.

Ses pas la conduisirent sur la plage absolument déserte, continuant à marcher lentement sur le sable en se laissant gifler le visage par les lourdes rafales venant du large. Elle passa en revue ses connaissances alchimiques de fraîche date.

Tout d'abord, ce fameux tatouage, point de départ de l'énigme, lui revint à l'esprit. Elle l'avait retrouvé sur le Net, reproduit en 1612 dans l'ouvrage de référence « Le livre des figures hiéroglyphiques », dont apparemment il ne restait que deux exemplaires originaux dans le monde. Les différentes planches de l'étrange livre ne lui avaient pas appris grand-chose de plus. Comme l'auteur Arnaud de La Chevalière l'expliquait prétentieusement, il fallait être porté dans l'art hermétique de l'alchimie, voire dans l'art obscur de la sorcellerie pour pouvoir en comprendre le sens et être capable d'en retirer des bénéfices. Quel que soit le site ou le texte qu'elle avait compulsé, la même litanie revenait sans cesse : les non-initiés à l'art hermétique ne pouvaient déchiffrer les codes, symboles ésotériques, dessins, diagrammes, calculs inventés par les alchimistes qui au cours des siècles et visiblement depuis la nuit des temps, ne se transmettaient leur savoir que de bouche d'initié à oreille d'initié. Il était de ce fait impossible au profane d'atteindre ce qu'ils qualifiaient de *Grand Œuvre,* la découverte de la pierre philosophale, but ultime de leurs recherches.

La jeune fille avait donc orienté ses investigations sur Nicolas Flamel, le véritable auteur du livre en fait, puisque Arnaud de La Chevalière n'avait fait que reproduire les dessins et notes de Flamel, augmentés de ses propres commentaires, pompeux à souhait, presque deux cents ans plus tard. Nicolas Flamel, le génial alchimiste français, le seul, à en croire les écrits, qui fut parvenu à maîtriser la création de la légendaire pierre philosophale. Né entre 1340 et 1350, décédé en 1419 à Paris. Comment donc cet Arnaud de La Chevalière avait-il réussi à mettre la main sur les écrits et les illustrations du plus grand alchimiste de tous les temps deux siècles après sa mort ? Et si ce livre n'était qu'un faux, un grandiose canular monté par son auteur ? Après tout, peu lui importait, le plus intéressant était de connaître la signification du symbole kabbalistique qui retenait son attention.

Pourquoi des hommes au XXIe siècle se retrouvaient-ils avec la même marque tatouée sur la poitrine ? Le dessin était trop complexe, trop sophistiqué, le seul hasard ne pouvait en être responsable. Kelly en était persuadée, il ne s'agissait pas d'une coïncidence, on avait sciemment reproduit ce dessin comme un signe tribal, comme le feraient les membres d'une confrérie secrète... Comment, cet homme mort sous les yeux de Charles, pouvait avoir un rapport quelconque avec la découverte de la pierre philosophale faite par Nicolas Flamel en 1382... ? Il y avait six cents ans...

Sa chasse aux indices était loin d'être achevée, d'autres questions restaient en suspens. Quelle connexion pouvait-il y avoir entre ses hommes et le peuple mohawk ? Pourquoi se trouvaient-ils prêts à tuer pour la bourse-totem aux pouvoirs soi-disant magiques ? Y avait-il un rapport entre l'art alchimique du moyen âge européen et le chamanisme indien ? Kelly sentait que tous ces détails ne demandaient qu'à s'imbriquer entre eux pour enfin représenter l'œuvre cachée par les morceaux de puzzle encore trop dispersés, pour que le voile se déchire... Et le temps pressait, Charles ne tarderait pas à rappeler et elle ne saurait pas lui dire qui étaient ces hommes et surtout où les débusquer.

Toute à ses pensées, elle s'était immobilisée sur la plage, face à l'immensité de l'océan, face à la lointaine Europe, là où se trouvaient sûrement toutes les réponses à ses questions… Là, où tout avait dû commencer… Une averse d'automne froide et drue la surprit et la força à courir se réfugier à l'abri. L'air vivifiant et d'un coup diablement humide du grand large l'avait revigorée. Elle se sentait prête à se remettre au travail, après une bonne douche chaude… Elle entrevoyait un nouveau plan de bataille, car seule, même avec le support de l'Internet, il lui serait impossible de découvrir les choses cachées. Le sujet se montrait trop vaste et ses connaissances trop imparfaites. Les secrets de la science alchimique, quasi occulte et interdite par le pouvoir officiel pendant des siècles car assimilée à la sorcellerie, uniquement pratiquée par des initiés se regroupant en sociétés secrètes, ne lui seraient révélés que par un expert. La jeune fille en fut persuadée le temps qu'elle rejoigne sa chambre au Best Western, trempée des pieds à la tête. Il fallait qu'elle rencontre le plus vite possible un spécialiste, un vrai. Elle ne douta pas qu'il y en eût certainement en Nouvelle-Angleterre, terre d'occultisme colonisée par des Européens qui avaient à coup sûr fait voyager avec eux depuis le vieux continent des bribes de leur savoir maudit. Le plus dur serait de trouver la bonne personne. En se déshabillant pour se glisser sous la douche fumante, il lui vint une idée… Peut-être pas une excellente, mais la seule qui lui paraisse réalisable. Elle appellerait le jeune serveur du « Starbucks Coffee » et jetterait un œil à ses fameux livres. À partir de là, il lui serait facile de relever le nom d'un ou deux des différents auteurs et de lui demander un entretien en se faisant passer pour une journaliste par exemple. Elle était devenue maître dans ce genre de subterfuge et était capable de tirer les vers du nez à n'importe qui, pourvu que ce fût un homme. Si le dessin du tatouage représentait un symbole alchimique classique, l'érudit consulté le connaîtrait et de là, elle espérait qu'il serait à même de lui en expliquer la signification.

Quand l'eau fumante de la douche la submergea, Kelly Walsh avait surmonté son moment d'incertitude, elle ne douta pas une seconde de sa future réussite.

33

Charles avait trouvé une allée discrète où garer sa voiture, non loin du campus de la Northeastern University. Il avait ensuite parcouru les cinq cents mètres le séparant de l'entrée de la clinique Rushmore à pied, sans se faire remarquer, comme une deuxième nature chez lui. Il avait fait le tour du grand parking réservé aux visiteurs bordant les imposants bâtiments blanc et bleu au design ultra moderne. De là, il lui avait fallu trouver un endroit à l'abri des regards. Les buissons et les arbres des larges espaces verts entourant la clinique hi-Tech pour animaux de Dedham, lui avaient offert un refuge acceptable. Vérifiant que personne ne traînait dans le coin, il se hissa avec une dérisoire facilité sur la branche basse d'un peuplier et prit suffisamment de hauteur pour avoir une vue d'ensemble. Ainsi confortablement installé, il se focalisa non pas sur l'entrée principale du centre vétérinaire, mais sur celle du parking souterrain privé. De grandes portes en acier gris, peintes de zébras jaune et noir, en fermaient l'accès. Elles étaient commandées à distance électroniquement par des gardes en faction vingt-quatre heures sur vingt-quatre. Un gigantesque panneau, jugé par le détective inutile et dérisoire vu le niveau de sécurité extrême des lieux, indiquait : *Zone interdite, personnel autorisé seulement*, d'une façon ultra classique.

– Le moyen de renforcer l'effet dramatique, ironisa Charles…

Il observa les quelques allées et venues des différents véhicules, allant de la simple voiture aux monstrueux semi-remorques, qui y pénétraient ou en sortaient. Il espérait ainsi trouver l'astuce pour s'y aventurer discrètement, ce qui équivaudrait, il l'admit, à se jeter dans la gueule du loup.

Le rituel se répétait imperturbablement : le véhicule s'arrêtait devant une première grille fermée, le chauffeur glissait son badge magnétique dans le lecteur qui permettait à un des gardes de le vérifier depuis le poste de contrôle. Ils ouvraient alors à distance la solide herse puis deux des hommes, armés de fusils automatiques, inspectaient si tout se passait bien à l'intérieur du véhicule bloqué par une deuxième grille, si un importun ne se cachait pas dans la cabine ou dans la remorque. De cette manière, le véhicule se trouvait immobilisé entre les deux grilles, comme dans un sas. Les autres gardes renseignés par walkie-talkie, toujours de l'intérieur du poste de commande, déclenchaient l'ouverture de la seconde herse ainsi que l'une des grandes portes d'acier qui coulissait lentement dans son sourd ronronnement caractéristique.

Une grimace perplexe déforma le visage du détective. Trop sophistiqué, trop bien gardé pour n'interdire l'entrée que d'une simple clinique vétérinaire, fut-elle la plus hi Tech des États-Unis. Ce bâtiment dissimulait autre chose, une activité bien plus importante et bien plus secrète que le fait de soigner des animaux, Charles en eut la conviction et il s'y connaissait en système de protection. Ce genre de dispositif avec des agents de sécurité armés jusqu'aux dents ressemblait comme deux gouttes d'eau à ceux qu'auraient utilisés l'armée ou un organisme de défense du territoire comme la CIA ou le FBI…

Il en avait assez vu, il descendit de son perchoir et tenta dans l'urgence d'échafauder une stratégie. Bien que cela s'avèrerait extrêmement risqué, il lui faudrait malgré tout pénétrer dans le ventre de la clinique Rushmore. Pas si facile en considérant la sécurité top niveau… Impossible de s'introduire par les toits ou les égouts, il ne possédait pas les plans du bâtiment... Il pourrait toujours essayer de passer par l'entrée principale des visiteurs et de là se débrouiller pour s'éclipser en zone interdite... Non, sans une connaissance précise des lieux cela pourrait durer des heures, de plus il ne savait pas lui-même ce qu'il cherchait et devrait se fier à son instinct. Il lui fallait définitivement prendre *l'entrée des artistes*, le parking souterrain, là il serait directement en zone interdite, tout de suite dans le grand bain...

Il restait bien une solution... Un peu à la mode kamikaze, mais il n'entrevit rien d'autre à échafauder dans l'urgence. Et il se targuait d'être capable de s'adapter à toutes les situations, alors...

Toujours chaussé de ses lunettes de soleil et de son bonnet de laine noir, il se dirigea nonchalamment, les mains dans les poches de son blouson vers la zone pavillonnaire aperçue en venant, au-delà du carrefour menant à la clinique. Il s'assit sur un banc public le long d'un grillage délimitant un terrain de basket où quelques adolescents maladroits s'exerçaient vainement aux lancers francs. Un sourire aux lèvres, il observa quelques minutes la circulation au trafic relativement calme. Il y était, le point stratégique qu'il avait souhaité trouver... La plupart des véhicules se dirigeant vers la clinique passaient par ce carrefour. Il n'y avait donc plus qu'à attendre en prenant son mal en patience le *taxi* qui le déposerait là-bas.

Au bout de quelques minutes, un 4x4 Mitsubishi de couleur blanche, portant les inscriptions réglementaires du Centre Rushmore sur les portières, s'immobilisa au feu rouge face à lui. Il hésita puis renonça, le véhicule s'avérait trop petit pour ce qu'il voulait entreprendre, il pesta en silence, cela serait peut-être plus long que prévu.

Une demi-heure s'écoula avant que la chance ne daigne lui sourire. Il le vit arriver de loin, dans la large avenue bordée de maisons proprettes aux pelouses immaculées ressemblant à un green de golf. Un semi-remorque, blanc lui aussi, respectant les logos de la clinique. Il se demanda pendant une seconde ce qu'il pouvait bien contenir puis il se concentra sur son action. Il allait jouer serré et n'aurait peut-être pas une autre chance avant longtemps, pas le droit à l'erreur. Il calcula mentalement le temps restant au feu pour repasser au rouge… Ce serait juste, mais suffisant s'il ne prenait pas la lubie au chauffeur du poids lourd d'accélérer pour le griller en le franchissant à l'orange. Il fut soulagé, dans le grincement aigu des freins entrant en action et le bruit assourdissant du puissant moteur rétrogradant, le *Mack* ralentit pour s'arrêter au feu. Charles s'était levé de son banc et marchait tranquillement le long du trottoir… Tout se joua en une seconde, il jeta un coup d'œil rapide à la fois aux rares passants et aux deux occupants du semi-remorque, incapables de le voir d'où il se tenait, dans l'angle mort du rétroviseur… Il bondit soudain sous le camion en roulant au sol, repéra les ridelles en acier où reposaient les roues de secours cachées par des pontons latéraux, et s'y agrippa des bras et des jambes en bandant ses muscles de toutes ses forces puis attendit anxieusement le passage du feu au vert et le redémarrage du véhicule. Il ne pensait pas avoir à rester dans son inconfortable et dangereuse position plus de deux minutes avant d'atteindre le parking souterrain. Il ne douta pas un instant, toujours son éternel optimisme, d'être suffisamment fort pour ne pas lâcher prise et tomber sur le macadam entre les monstrueuses roues du *truck*. Malgré tout, il appréhenda anxieusement les soubresauts du redémarrage et surtout du futur freinage, d'où il se trouvait la mécanique entière du camion lui parut terrifiante.

Dans un rugissement rauque, accompagné d'une odeur nauséabonde d'huile de moteur chaude matinée au gazole, le semi-remorque s'ébranla. Le bruit était assourdissant et malgré l'allure réduite de l'engin, le sol lui sembla défiler très vite, trop vite et surtout trop près de lui… Enfin, comme une délivrance, le cri suraigu des freins surchauffés lui indiqua l'arrivée devant la première grille. Quelques secondes plus tard, ils s'immobilisèrent de nouveau bloqués par la deuxième. Le garde allait vérifier si tout se révélait conforme avant de laisser pénétrer le véhicule dans l'enceinte de la clinique. Il y avait peu de risque qu'il lui prenne l'idée saugrenue de jeter un œil sous le camion pour voir si quelqu'un se dissimulait derrière les roues de secours, les clandestins utilisant ce genre de stratagème étant somme toute assez peu fréquents, mais Charles se tint quand même prêt à toute éventualité. Le contrôle fut de courte durée, pas de zèle excessif de la part de l'agent de sécurité, le camion et ses deux occupants devaient être connus, la chance lui souriait… Il subit, pour la dernière fois il l'espérait, le redoutable sursaut du poids lourd redémarrant puis sentit comme un soulagement le sol descendre en pente douce vers le parking. La luminosité extérieure disparut, il se trouvait maintenant dans les entrailles secrètes de la clinique, impossible de faire demi-tour, *advienne que pourra* songea-t-il, se demandant malgré tout si son idée s'avérait si brillante que ça…

Une vingtaine de secondes s'écoulèrent encore avant l'immobilisation définitive de l'engin. Le moteur toussa une dernière fois et le silence résonna comme un véritable bonheur aux oreilles sensibles du détective. Incapable de distinguer ce qui se passait autour de lui dans le parking, coincé sous son camion, il se fia uniquement à son ouïe. Les portières claquèrent lourdement, les deux hommes venaient de sortir de la cabine. Il les entendit discuter en s'éloignant et aperçut même les chaussures et le bas de pantalon de l'un d'eux.

– Bon, allons faire signer ces maudits papiers de livraisons en zone cinq et après… Casse-croûte, ça fait des heures que j'ai rien bouffé moi… !

– Moi non plus, si tu veux ma pensée, je ne suis pas fâché d'en avoir fini…

Les voix s'estompèrent, il se concentra à l'extrême, tous les sens en éveil, mais ne remarqua pas le moindre signe de présence à proximité. Il tenta le coup, se laissant glisser doucement au sol, il observa les abords… Personne… Accroupi, il sortit de sous le semi-remorque et d'une manière incroyablement feutrée, sans aucun bruit, se déplaça furtivement autour du poids lourd puis bondit derrière une camionnette stationnée dans un recoin sombre. Son œil aiguisé repéra sans mal les caméras de sécurité… Ainsi que les différents angles morts lui permettant de se mouvoir sans être remarqué…

Le parking se révéla vraiment grand et surtout absolument désert pour l'instant. De sa cachette derrière la camionnette, il tenta d'observer les lieux. Il lui faudrait parcourir une trentaine de mètres en terrain découvert pour parvenir jusqu'à la porte de l'ascenseur qu'il apercevait devant lui. Levant la tête vers les caméras de surveillance du plafond, il imagina le chemin pour l'atteindre en restant invisible et si possible sans déclencher l'apocalypse d'une intervention musclée de la part de la sécurité. En se dissimulant tour à tour derrière des voitures en stationnement et les gros piliers en béton, cela lui parut réalisable, l'unique problème serait de devoir se présenter devant l'ascenseur, face à la caméra… Impossible d'échapper à celle-là ! De plus, il devait sûrement y en avoir une autre à l'intérieur même de la cage…

Il s'assit par terre, toujours caché par la camionnette et réfléchit… Il y avait bien une deuxième solution, plus compliquée, mais en retournant le problème dans sa tête, elle lui sembla la seule susceptible de réussir… Il se résigna, repéra l'emplacement idéal d'où il pourrait passer à l'action dans un angle mort des caméras et vint s'y poster en se glissant d'un endroit masqué à un autre, se servant à la perfection du terrain pour rester invisible aux yeux inquisiteurs des écrans de surveillance.

À peine fut-il immobilisé que la porte d'un second ascenseur coulissa à l'unisson de la sonnerie aiguë signalant son arrivée au sous-sol. Deux hommes en sortirent, ils portaient la tenue réglementaire de la clinique, combinaison beige, casquette de base-ball assortie, « Clinique Rushmore » en lettres noires imprimées sur le dos, badge d'identité sur la poitrine. Juste ce que Charles espérait, sauf qu'un des deux uniformes ne servirait à personne, mais l'agent à l'intérieur lui compliquait rudement la tâche…

Les deux employés tournèrent à l'angle du pylône derrière lequel il se cachait, dans le renfoncement occupé par le van… Il crocheta en une seconde la serrure des portes arrière, les ouvrit et fit mine de chercher quelque chose à l'intérieur de la camionnette. Il les appela…

– Les gars, un coup de main s'il vous plait…

Ils s'arrêtèrent surpris, ne l'ayant pas remarqué. Ils ne distinguèrent que ses deux pieds, le reste de son corps dissimulé par les portes ouvertes du véhicule… Il pouvait être en train de décharger un objet encombrant. Les deux types se glissèrent entre le mur et le van, l'un derrière l'autre… Le premier se montra curieux.

– Qu'est-ce que tu fais ? C'est lourd ton truc ?

Le détective se tint prêt, il regretta d'avoir à faire ça à ses pauvres gars qui somme toute, se révélaient serviables, mais il n'avait pas le choix… Il poussa violemment la porte de la camionnette qu'il agrippait fermement. L'homme fut totalement surpris et n'eut pas le temps de se protéger de ses mains… Il la reçut en plein visage. Sous le terrible choc, sa tête heurta le mur derrière lui dans un bruit sourd… KO pour le compte. L'autre, lui emboîtant le pas eut un mouvement de recul, il cria complètement décontenancé par les évènements.

– Hé !!! Qu'est-ce que… ?

Trop tard, son temps de réaction venait de le trahir, Charles déjà bondissait vers lui et malgré l'étroitesse des lieux, plaça un rapide et violent coup de pied à hauteur du visage de sa victime. Lui aussi heurta le mur et ne tenant plus sur ses jambes, glissa mollement au sol. Pas tout à fait *out*, seulement groggy, il gémissait doucement… Son agresseur lui sauta dessus, lui plaqua la main sur la bouche.

– Pas un bruit et tout ira bien ! Je veux juste vos fringues et vos laissez-passer. Rien d'autre…

Il ne sut pas vraiment si l'homme avait compris ce qu'il disait. Peu lui importait, l'immobilisant durement il le traîna jusque dans la camionnette, déchira ses vêtements en lambeaux avec une efficacité redoutable et entreprit de l'attacher avec. Il gémissait toujours dans le fond du van, mais personne ne l'entendrait. Il s'occupa du deuxième qui, vaguement remis, n'était plus tout à fait inconscient. Son nez semblait définitivement fracturé et Charles le regretta dans une grimace, les risques du métier… Il le chargea pareillement à l'intérieur de la camionnette et après lui avoir enlevé sa tenue, le ligota comme le premier avec les morceaux de vêtements qui restaient. Il s'habilla de l'uniforme intact, se planta la casquette sur la tête, renfila ses gants et ses lunettes de soleil, vérifia les deux badges magnétiques qu'il venait de confisquer et les fourra dans sa poche. Il inspecta également le nom inscrit sur sa poitrine — Liam O'Neil — histoire de ne pas être surpris si on lui posait la question puis il s'excusa du désagrément causé, leur souhaita de ne pas trop s'ennuyer, enfermés dans le van et refermant la porte sans bruit, se dirigea vers l'ascenseur.

Il marcha droit devant lui, pas trop vite, l'air serein, un peu inquiet quand même, se demandant si son stratagème allait fonctionner. Tous les sens aux aguets, il appuya sur le bouton *way up* et n'eut pas à attendre, l'ouverture fut immédiate. Il pénétra dans l'ascenseur et s'admira dans le miroir : rien à redire, sa tenue lui allait comme un gant, mais serait-ce suffisant pour passer inaperçu ? Il se décida pour l'étage le plus haut, le quatrième, cela lui laisserait quelques secondes pour observer les touches de commande… Il sentit le mouvement souple de la cage s'élevant vers des territoires inconnus, les dés étaient jetés… Rapidement, il analysa le clavier, en dessous des boutons classiques, il vit ce qu'il avait imaginé, une fente conçue pour accepter une carte magnétique, surmontant un digicode. Cela confirma ce qu'il soupçonnait, il y avait d'autres étages en sous-sol, accessibles uniquement avec le badge magnétique adéquat et le code correspondant… Une faible secousse d'une fraction de seconde lui signala l'arrêt de l'ascenseur. Les portes coulissèrent dans leur chuintement habituel, un couloir inconnu s'ouvrit face à lui…

34

Brian entassa frénétiquement le linge sale dans le panier prévu à cet effet, les vêtements y entrèrent tant bien que mal. Le jeune serveur bondissait de manière désordonnée d'un coin à l'autre de son petit appartement. Des dizaines d'idées lui traversaient l'esprit à la vitesse de la lumière : ranger le linge sale, c'était fait, faire la vaisselle, non pas le temps, laver au moins deux verres, faire son lit, oui très important ça… Jeter les restes de son repas de ce matin… Et de celui d'hier soir… Cacher les revues érotiques dans le placard, très très important ça, ne pas oublier… Se brosser les dents… Il fixa le milieu de la pièce, l'air terrifié. Une paire de chaussettes sales et probablement odorantes y trônaient royalement, il se précipita dessus et se rua de nouveau sur le panier à linge… Il n'aurait de toute façon pas le temps de tout faire… La fille venait de l'appeler de sa voix ensorceleuse : *bonjour, c'est Kelly. Je ne vous dérange pas ? Vous savez la fille du Starbucks qui s'intéresse à l'alchimie. Je peux passer…?* Il jeta anxieusement un œil à son réveil, elle serait là dans moins de cinq minutes, il fallait parer au plus pressé, il n'avait définitivement pas le temps de ranger son appartement, aussi exigu fût-il…

Trop tard, la jeune femme sonnait déjà. Il soupira un grand coup et alla ouvrir. Elle lui parut tout simplement divine dans l'encadrement de la porte, malgré la triste lumière du couloir. Elle s'était recoiffée, légèrement maquillée, portait à merveille un jean slim à la dernière mode et un blouson de cuir serré à la taille par une ceinture. Il resta la bouche béante, incapable de sortir le moindre son.

Ce fut Kelly, avec son magnifique sourire qui engagea la conversation.

– Bonjour… J'espère que je ne vous dérange pas… Mais vous m'aviez dit de passer si j'avais besoin de renseignements…

– Oui, bien sûr, vous avez bien fait. Entrez…

Toujours souriante, elle pénétra dans le petit appartement. Brian referma la porte derrière elle. Si seulement son pote Billy avait pu être là, rien que pour voir la scène, il en aurait été malade de jalousie. Elle se planta au milieu du minuscule salon. Un peu gauche, le jeune serveur essaya de prendre l'initiative.

– Asseyez-vous, déshabillez-vous… Il devint écarlate. Enfin non… Si… Je veux dire : enlevez votre blouson, il est mouillé… Enfin si vous voulez…

Elle s'installa tranquillement, tentant de détendre l'atmosphère.

– Ça va aller Brian, je souhaite juste compulser quelques-uns de vos livres.

– Bien, je vais vous les chercher.

Il farfouilla quelques instants dans son placard et revint portant cinq ou six bouquins qu'il posa sur la table basse devant sa visiteuse.

– Voilà, je pense que ceux-là vous seront utiles. Ils résument bien l'histoire de l'alchimie et de la pierre philosophale.

Il reprenait confiance en parlant du sujet qu'il maîtrisait. Kelly s'empara du premier de la pile, « *Nicolas Flamel, le faiseur d'or* ».

Le jeune serveur reprit la parole, un peu plus sûr de lui.

– On y explique tout sur Nicolas Flamel, en particulier comment il a réussi à faire de l'or, sa vie, ses expériences…

Kelly le questionna,

– Vous pensez vraiment qu'il y est parvenu ? Je veux dire, comment savoir si tout ça n'est pas qu'une simple légende ?

– Il y a des dates, des écrits… Vous savez, beaucoup de personnes au cours des siècles se sont passionnées pour la pierre philosophale. Aujourd'hui encore, des gens tentent de percer le mystère de la transmutation des métaux. De nos jours, cela est tout à fait réalisable de manière physique d'ailleurs. Des scientifiques sont arrivés à transformer du plomb en or grâce à un accélérateur de particules, mais le jeu n'en vaut pas la chandelle, le coût de l'opération s'est révélé dix fois supérieur à la valeur de la quantité de métal précieux récupérée.

Kelly souriait toujours, mais se montra sceptique.

– En quelle année déjà Flamel a-t-il réussi à fabriquer de l'or ?

– En 1382 pour la première fois, le 17 janvier pour être précis.

– Et depuis, personne n'a retrouvé la formule pour y parvenir ?

– Non… À vrai dire, Flamel n'a pas vraiment *inventé* la transmutation, il n'a fait que déchiffrer un livre qu'on lui avait laissé en gage vingt ans plus tôt : « L'Aesch Mezareph » d'Abraham le Juif.

La jeune fille écarquilla les yeux.

– Le quoi… ?

Brian sourit à son tour, trop heureux et trop fier de la surprendre, il articula.

– « L'Aesch Mezareph » écrit par Abraham le Juif, cela signifie « La Parole Même d'Hermès ». Un ouvrage mythique que l'on dit maudit rédigé dans une langue inconnue. On y explique le principe de la pierre philosophale et à partir de là, le moyen de transmuter les métaux en or.

Kelly se fit pensive, elle retourna le livre entre ses mains et lut le dos de la jaquette. On y relatait un résumé du sujet et une rapide présentation de l'auteur, un certain Jonathan Hewitt résidant à New York. Elle parcourut à haute voix le début du texte.

– Nicolas Flamel, le mystérieux et immortel faiseur d'or… Elle s'arrêta et interrogea Brian. Il était immortel en plus ?

– On le dit, la pierre philosophale avait plusieurs vertus, dont le pouvoir de la vie éternelle ou de l'éternelle jeunesse.

– Vous ne trouvez pas que c'est un peu fort tout de même ? Faire de l'or, je veux bien… Vivre éternellement c'est autre chose, non ? Elle paraissait de plus en plus sceptique. Quoi qu'il en soit, ce qui m'intéresse c'est surtout le fameux symbole, vous auriez quelque chose là-dessus ? Puisque vous m'assurez que de nos jours des personnes cherchent toujours le secret de la pierre philosophale, il se peut qu'ils connaissent et qu'ils utilisent ce symbole.

– En effet, c'est tout à fait probable. Surtout si ce signe est vital dans l'achèvement des processus. Il saisit un autre fascicule. Là-dedans peut-être… C'est un bouquin sur la sorcellerie, il y a des dessins de pentacles et un chapitre sur la pierre philosophale. Il ouvrit le livre, voilà… En fait, les alchimistes ont toujours été assimilés à des sorciers, on leur prêtait des manigances avec le diable. Il attrapa un autre volume, se montrant soudain intarissable sur le sujet. Là, on y parle de l'abbé Villain.

– Qui ça ?

– Un ecclésiastique français du XVIIIe siècle qui a fait une étude très poussée sur Nicolas Flamel et prouve par A plus B qu'il a vraiment réalisé la transmutation. Le seul problème est qu'il assimile ça à une science démoniaque, il l'accuse de faire commerce avec le diable.

– Et pour mon symbole, vous auriez une reproduction ?
Elle relut ses notes. Il se trouve dans le « *Livre des Figures Hiéroglyphiques* », c'est bien ça n'est-ce pas ?

Il désigna le dernier livre auquel il venait de faire référence : « *Alchimistes, sorciers ou savants ?* »

– L'auteur en parle, il dit que les alchimistes modernes recherchent toujours le moyen en étudiant les dessins, les calculs, les textes de Flamel, reproduits par Arnaud de La Chevalière dans son ouvrage.

Kelly lui prit le volume des mains.

– Faites voir, je vous prie…

Elle le retourna et nota des renseignements sur l'auteur. Juste ce qu'elle avait espéré, le Professeur Isaac Lansky vivait à Providence en Nouvelle-Angleterre dans l'état du Rhode Island… À soixante-dix kilomètres de Boston. La chance s'invitait. Elle regarda sa montre, si ce brave professeur était un couche-tard, il accepterait peut-être même de la recevoir ce soir… Elle se tourna vers Brian et lui sourit franchement.

– Je vous remercie pour tout, il faut que j'y aille maintenant. Je ne peux pas vous expliquer le but de tout ceci… C'est compliqué et j'avoue que moi-même, je n'y comprends pas grand-chose, mais dès que tout ça sera fini, je vous appelle et je vous raconte.

– Promis ?

– Promis ! T'es un chouette type Brian… Elle se pencha et lui posa un baiser sur la joue. Encore merci pour tout…

Il demeura assis quelques minutes sans réagir, un sourire béat aux lèvres. Elle était partie… Avait-il rêvé ? La trace rosâtre sur sa joue le convainquit du contraire. Et le plus beau restait à venir : elle avait promis de rappeler…

35

Charles fut satisfait d'avoir gardé ses lunettes de soleil tant l'éclairage cru du couloir se révéla agressif. Les habitants des lieux ne semblaient pas connaître une autre teinte que le blanc. Variant du gris très clair au blanc cassé, tout ici paraissait être fait pour rendre le cadre de vie immaculé. Sans hésitation apparente, le détective sortit de l'ascenseur et s'engagea aussitôt d'un pas tranquille droit devant lui. D'une salle latérale, une porte s'ouvrit et un homme en blouse à la couleur assortie au décor environnant en surgit, des documents à la main. L'adrénaline du visiteur clandestin monta en flèche, il n'était pas question de s'arrêter ou d'avoir l'air surpris… Les caméras du couloir, omniprésentes, l'auraient à coup sûr trahi. Il imaginait sans peine des agents de sécurité retranchés devant des écrans de contrôle, surveillant, disséquant les moindres faits et gestes des employés se déplaçant dans cette partie de la clinique.

L'individu en blouse blanche passa devant lui sans même le regarder, il se dirigea vers le fond du corridor d'un pas rapide et disparut en empruntant un couloir latéral. Toujours sans hésitation visible, Charles se fiant à la fois à son intuition et à ses sens aux aguets, pénétra dans la salle quittée par l'homme un instant plus tôt et dont il venait de laisser la porte, aussi large et massive que celle d'une chambre d'hôpital, ouverte… Il la referma derrière lui et soupira lentement, évacuant une partie de la pression accumulée depuis plusieurs minutes.

La pièce plus faiblement éclairée ne se révéla pas très vaste et aucun autre employé ne s'y trouvait, mais le détective reçut un choc en comprenant ce qu'elle renfermait… L'évidence lui sauta aux yeux, comment n'y avait-il pas pensé auparavant ? Tout autour des murs, un triste spectacle s'offrit à lui : des cages ultras modernes, non pas faites de barreaux d'acier, mais entièrement transparentes en plexiglas… L'intrus tourna lentement sur lui-même et observa, un pincement au cœur. Ce genre de vision lui procurait toujours un profond malaise, son estomac se noua comme une étrange et désagréable sensation s'empara de lui… La plupart des cellules renfermaient un pensionnaire, lapin, rat, souris… Locataires habituels d'un laboratoire d'expériences. Sous ses aspects *clean* et sophistiqués, la clinique Rushmore n'était donc qu'un ignoble laboratoire d'expériences ! La couverture idéale, clinique vétérinaire côté pile, laboratoire expérimental côté face… Le doute n'effleura pas le détective une seconde, ces malheureux animaux n'avaient pas la plus petite chance d'être des patients en voie de guérison, il s'agissait bel et bien de pauvres cobayes attendant leur triste sort.

Sur la table métallique devant lui se trouvaient trois autres cages plus classiques avec poignées de transport, contenant chacune un lapin. Charles en saisit une et ressortit dans le couloir, il ne pouvait pas se permettre de rester trop longtemps dans cette salle, sans avoir osé regarder le plafond, il avait la certitude qu'une caméra le surveillait.

Il s'enfonça dans le corridor, à la lumière toujours aussi vive, croisa un homme habillé comme lui poussant un chariot métallique recouvert d'un drap. La forme s'y trouvant cachée se révéla plus imposante qu'un simple lapin, probablement un gros chien ou une brebis… L'immobilité du tissu le convainquit de l'état de l'animal, il n'était pas endormi. Son instinct ressentit la mort…

Il s'engagea dans un couloir latéral, ouvrit une porte à double battant et suivit les flèches jaunes du mur indiquant la zone A4. Il n'avait pas la moindre idée où il allait, mais il lui fallait avoir l'air sûr de lui et légèrement détaché des évènements devant les différentes personnes qu'il croisait, pour la plupart en blouse blanche.

Au bout du corridor, il se trouva devant un autre ascenseur. Son œil averti repéra les lieux sans difficulté. D'abord l'inévitable caméra de surveillance, puis la porte ouverte de ce qui ressemblait à un bureau d'étude où deux hommes bavardaient tranquillement. À sa gauche, visiblement le labo principal de l'étage. Une petite femme brune à l'air sévère trottinant derrière un chariot métallique en sortit. En l'apercevant, elle l'apostropha hargneusement,

– Ah, vous tombez bien… Le docteur Fields attend son cobaye depuis dix minutes, il est prêt pour sa bio analyse.

Charles lui fit un signe de tête discret et poussa la lourde porte du sas d'entrée pour pénétrer dans le laboratoire. Une deuxième porte fermée lui barra le passage. Sans paniquer outre mesure, il glissa un de ses badges magnétiques dans la fente du boîtier électronique conçu à cet effet et comme par miracle la diode verte s'alluma en même temps qu'il perçut le déclic de la serrure. La sécurité se révélait donc relativement faible si un simple badge d'employé suffisait pour s'introduire dans le labo. Il en déduisit qu'il ne découvrirait pas grand-chose à cet étage. Logique, l'antre aux secrets inavouables se trouvait définitivement au sous-sol, accessible uniquement au seul personnel autorisé, sûrement trié sur le volet par empreintes palmaires ou rétiniennes. Là où ses deux pauvres cartes magnétiques resteraient impuissantes…

Penché sur un microscope, le docteur Fields ne le regarda même pas. Il se contenta de grogner.

– Posez ça sur la table du coin, ça fait dix minutes que je vous attends…

Le détective traversa lentement le labo et observa le matériel, des ordinateurs sophistiqués, des appareils médicaux dernier cri dont pour la plupart il ignorait l'intérêt et le fonctionnement. Il remarqua aussi les différentes cages en plexiglas renfermant des animaux… Il sentit de nouveau de désagréables frissons lui hérisser l'épine dorsale, contracta ses mâchoires et se retourna vers Fields qu'il haïssait déjà sans même le connaître… Il fit demi-tour et ressortit, se contrôlant avec peine…

Il refit le court chemin en sens inverse et d'un air naturel poussa la porte des w.c contiguë à celle de l'ascenseur, à côté du bureau d'étude. En la remarquant lors de son premier passage, son plan avait germé et il ne douta pas un instant de sa réussite. Il s'enferma dans une des toilettes après s'être assuré que les deux autres étaient vides et leva les yeux au plafond. Une bouche d'aération ! L'objet de tous ses désirs… Si près de la cage d'ascenseur, il y avait toutes les chances que cela communique, depuis des années qu'il étudiait les infrastructures des différents bâtiments dans lesquels il s'introduisait, son expérience dans ce genre de situation en faisait LE spécialiste. Rapidement, il se hissa jusqu'à la trappe d'aération en équilibre sur la cloison et fit sauter en quelques secondes les quatre vis retenant la grille en interdisant l'accès. Il la posa sans bruit dans un coin des toilettes et se détendit d'un bond pour agripper les rebords d'une poigne puissante. Il se hissa dans l'étroit boyau qui s'enfonçait à l'horizontale dans les sombres entrailles de la clinique Rushmore.

Le détective rampa prudemment dans la pénombre environnante, se forçant à ne pas faire de bruit. Il fut surpris du degré de propreté dans lequel il se mouvait, il aurait dû se trouver couvert de poussière, mais même dans ce réduit impropre aux claustrophobes, l'aseptisation totale semblait être la règle. La bouche d'aération forma bientôt un coude et se divisa en deux, il dut s'orienter pour se diriger vers le gouffre renfermant l'ascenseur. Il arriva, toujours rampant, devant une trappe d'ouverture qui ne lui résista pas plus longtemps que la grille des toilettes. Un courant d'air lui souffla au visage quand il se pencha tête en avant pour voir où se trouvait la cage de l'ascenseur deux étages plus bas. Massive et immobile pour le moment, telle une monstrueuse bête endormie au fond de sa grotte, elle semblait être reliée au détective par des câbles luisants de graisse noire, sortes de gigantesque cordon ombilical entre lui et le toit de la cabine. Il lui suffirait de s'y percher et d'attendre… Tôt ou tard, un quidam à l'accès autorisé se rendrait au sous-sol. De là, tranquillement sur son toit, il n'aurait qu'à se laisser descendre et repérer une bouche d'aération pour s'introduire en zone interdite. Son expérience le confortait dans son idée, les sous-sols étaient par définition toujours truffés de circuits d'aération, il ne lui serait donc pas trop délicat de se mouvoir de façon invisible aux yeux des occupants des lieux. Il emprunterait les conduits de ventilation et les faux plafonds.

Il sortit le reste de son corps de l'étroite coursive, fit un rapide et adroit rétablissement et se suspendit à la force des bras au-dessus du gouffre prêt à le happer. Écartant les doigts, il lâcha sa prise et se laissa tomber dans le vide sur la cage… Son atterrissage se fit tout en souplesse, ses pieds parurent simplement effleurer le toit de l'ascenseur. Il s'accroupit dans le même mouvement… La lourde cabine ne bougea pas tant le choc se trouva contrôlé et amorti. Tous les sens aux aguets, il écouta… Rien, aucun bruit évoquant le moindre signe de vie. Il n'y avait plus qu'à attendre, pas trop longtemps espéra-t-il, sa légendaire impatience commençait à se faire ressentir quelque peu…

La secousse tant souhaitée ébranla la cabine mettant son corps en apesanteur une fraction de seconde. Relayé par les câbles tendus, l'ascenseur entama sa course vers les abîmes secrets de la clinique vétérinaire. Charles, accroupi sur le toit, compta les paliers qui défilaient de plus en plus vite. Aucun doute, il se trouvait entraîné vers les niveaux souterrains du complexe, il ne s'agissait pas encore d'une descente aux enfers dans l'esprit du détective, néanmoins l'anxiété gagnait du terrain. Qu'allait-il découvrir en bas ? Quelles actions inavouables pouvaient se dissimuler dans les abîmes des sombres couloirs de la clinique ?

Il se plaqua au sol quand la cage s'immobilisa. Le bruit feutré des portes coulissant retentit… À partir de maintenant, il n'aurait plus le droit à la moindre erreur.

Charles attendit aux aguets quelques secondes et chercha du regard la trappe le long du mur s'ouvrant sur la coursive d'aération. Il n'eut qu'à se remettre debout pour l'atteindre, sortit ses outils si particuliers et la démonta rapidement. Sans patienter davantage, il s'engouffra en rampant à l'intérieur du réduit pulsant de l'air artificiel. Dans l'obscurité absolue, il sentit le conduit bifurquer sur sa gauche, puis une faible luminosité réapparue. Encore quelques mètres et une grille par laquelle se propageait la lumière croisa son chemin. Il interrompit sa marche en avant. Pas de danger immédiat, il se trouvait juste à l'aplomb d'un couloir, prudemment il continua à avancer.

Toujours rampant, il aboutit à une séparation de la coursive. Un des côtés tournait à angle droit sur la droite, l'autre partie plongeait à la verticale dans les abysses profonds de la clinique. Il y avait donc encore un niveau, plus bas, plus secret… Il hésita, se laisser tomber dans le gouffre s'ouvrant sous lui pouvait se révéler dangereux, même si vu la largeur relative, il pourrait freiner sa chute en écartant bras et jambes. D'autre part, cela pourrait également s'avérer stupide, rien ne lui indiquait qu'il serait capable de remonter ensuite... Il prit sa décision et s'engagea sur la droite.

Une grande grille en alliage spécial lui apparut au bout de quelques minutes d'inconfortables reptations. Cette fois, il se trouvait sur la bonne piste, à coup sûr cette grille-là ne s'avouerait pas vaincue si facilement. Scellée dans le mur, sans vis, sans aucune prise, l'acier la composant lui sembla à la fois léger et terriblement solide. Il l'examina sous toutes les coutures et dut se résigner, il n'arriverait pas à pénétrer dans la salle plongée dans les ténèbres de l'autre côté, du moins pas par-là, l'obstacle se révélait infranchissable dans les conditions actuelles. Adoptant une position la moins inconfortable possible, il essaya de distinguer ce que pouvait bien renfermer cette fameuse salle, à première vue inviolable.

Malgré la pénombre ambiante, il reconnut un laboratoire, assez vaste et apparemment ultra moderne. Quelques écrans d'ordinateur se trouvaient en veille et lui fournirent une faible clarté, néanmoins suffisante pour lui. Après quelques minutes d'observation, il décida de reprendre son parcours du combattant et d'aller voir plus avant.

Ce fut quand il se remit à bouger que le bruit retentit et le figea sur place... Une sorte de râle à la fois ténu et bien réel, à la fois sourd et inquiétant, plaintif et menaçant... Quelqu'un ou quelque chose vivait là-dedans, respirait, reniflait, humait l'air environnant pour se repaître des odeurs. Nul doute n'effleura Charles, il venait d'être repéré... Toujours immobile, il tourna silencieusement la tête et regarda de nouveau dans les profondeurs du labo en contre bas. Rien ne bougeait, il en était certain, mais il entendait respirer, grogner doucement... Il huma l'air à son tour, longuement, analysant les senteurs lui emplissant les narines. Des parfums classiques de laboratoire agressèrent son odorat, à la fois chimiques et désagréables, mais il y eut autre chose. Une odeur plus sourde, moins forte et plus naturelle, une odeur mélangeant la sueur et la viande, une odeur de fauve… Il distingua dans le fond du labo un large rideau tendu, masquant une partie de la pièce. Le détective aurait donné cher pour pouvoir le tirer d'un coup sec et découvrir ce qu'il pouvait dissimuler. Un autre râle se fit de nouveau entendre, toujours en sourdine, mais bien réel, il n'y eut plus le moindre doute dans son esprit, la créature derrière la tenture, quelle qu'elle puisse être, l'avait senti et démasqué… Et bien avant lui !

Il reprit sa marche — ou plutôt sa reptation — en avant, à la fois dubitatif et un brin inquiet, ne sortant pas de son cerveau la rencontre pour le moins étrange, qui n'avait en fait eu lieu que par reniflements interposés. Suivant le conduit, il contourna le sinistre laboratoire, passa encore au-dessus d'un couloir où il perçut distinctement les pas et les voix de deux hommes en train de discuter. Il s'immobilisa prudemment le temps de les laisser s'éloigner. Une fois le couloir traversé, il se retrouva face à une nouvelle trappe. Il n'eut pas besoin de l'examiner longuement pour se rendre compte que celle-là ne saurait pas lui résister. Il observa la pièce sur laquelle elle donnait : un bureau plutôt spacieux à première vue, vide et obscur à l'heure actuelle. Il dessertit la grille sans bruit et se laissa glisser dans la pièce, où seul un écran d'ordinateur en veille diffusait une clarté synthétique. Il repéra bien les lieux avant d'opérer. Aucun doute, d'après l'aménagement, la décoration, le luxe du mobilier et l'épaisseur de la moquette, il ne pouvait s'agir que de l'antre d'un important personnage. Il contourna le bar et s'approcha du fond de la pièce où trônait un confortable fauteuil club en cuir. Il jeta un œil professionnel derrière : l'emplacement se révéla parfait, dans l'angle du bureau, l'espace entre le mur et le siège se trouvait vide. En cas de visite impromptue, il pourrait toujours se glisser là pour passer inaperçu. Ce faisant, il examina les lieux, se déplaçant en silence sur l'épaisse moquette de laine. Il repéra sans peine les différents écrans de contrôle prenant un pan de mur presque entier, tous éteints pour le moment. En revanche, aucune caméra de surveillance ne semblait venir troubler la quiétude du bureau. Ce qui le conforta dans son idée, il s'agissait bien du repère d'un haut dirigeant.

Il revint vers le centre de la pièce et s'approcha du massif bureau Louis XVI en bois précieux. Il s'intéressa aux quelques papiers trainant dessus, à côté de l'écran allumé. Du courrier récent, rien de bien passionnant… Excepté le nom du maître des lieux, un sourire illumina le visage concentré de Charles, déjà un bon point : son *hôte* s'appelait Van Dooren… Cela n'éveilla pas grand-chose dans ses souvenirs, mais dès que Kelly se pencherait sur le problème, on y verrait plus clair.

En douceur, il s'attaqua aux tiroirs du meuble, commençant par ceux ouverts… Quelques insignifiantes paperasses, rien d'intéressant à part une photo du fameux Van Dooren, il était toujours agréable de mettre un visage sur un nom. L'homme devait avoir la soixantaine, rares cheveux blancs dégarnis, costume sombre classique du dirigeant, l'air à la fois hautain et sûr de lui… Pas franchement sympathique. Sans trop savoir pourquoi, le détective resta figé quelques secondes devant ce regard sévère. Il ressentit une sorte de malaise intérieur, un grand vide s'empara de lui, comme une infinie souffrance venant du fond des âges. Le connaissait-il ? Assurément pas, du moins pas dans cette vie… Il parvint à se détacher de cette désagréable impression et s'attaqua aux deux tiroirs fermés à clef. Ils résistèrent quelques infimes secondes puis sans la moindre marque sur le bois, ce qu'il aurait considéré comme un sacrilège sur un meuble Louis XVI, révélèrent leur contenu…

D'autres papiers furent découverts dans celui du haut, il les parcourut rapidement, sans grand intérêt, seule l'entête retint son attention : « Centre de Recherche Animalier Gouvernemental ». Ainsi donc, il ne s'était pas trompé, la clinique ne servait que de vaste paravent dissimulant des expériences commanditées par le gouvernement, ce qui expliquait les mesures de sécurité si sophistiquées. Le nom de Van Dooren réapparaissait sans surprise sur les documents, Charles en déduisit sans peine qu'il s'agissait du grand patron, celui mis en place par l'administration des États-Unis pour superviser les expériences. Mais nulle part, il ne parvint à découvrir en quoi elles pouvaient bien consister… Il lui restait le tiroir du bas… Il révéla ne devoir renfermer qu'un seul et unique dossier daté de 1986, une éternité dans l'esprit de Charles… Il défit la sangle l'entourant et entreprit de le feuilleter.

Il émanait de l'armée, frappé du sceau *top secret, for your eyes only* et informait « *Monsieur Van Dooren, Directeur exécutif du Centre de Recherche Animalier Gouvernemental, de la décision prise par les hautes instances en charge des expériences relatives aux alinéas B 17 et B 18, de l'arrêt immédiat et définitif desdites expérimentations, etc.* ». On priait par la même Van Dooren de remettre à qui de droit la totalité des différents dossiers liés à ces mêmes expériences. En bref, on souhaitait faire disparaître toute trace compromettante de ce qui avait pu se passer en référence aux alinéas B 17 et B 18. Différents feuillets faisaient allusion à d'autres expériences, qui elles continueraient comme par le passé, par exemple les études sur le cancer effectuées sur les requins, parfait écran de fumée scientifique justifiant des expérimentations sur animaux.

Quelles pouvaient donc être ces fameuses expériences top secrètes commanditées par le gouvernement pour le compte de l'armée et stoppées définitivement en 1986 ? Et quel rapport avec l'affaire actuelle de la bourse-totem ? Car le détective était sûr que si la piste d'Hamilton aboutissait ici, il devait y avoir une connexion quelconque. Hamilton avait aux yeux de Charles le parfait profil de l'agent-exécutant employé par les forces spéciales, sans foi ni loi, rompu aux basses besognes et certainement transféré dans le privé après avoir fait son temps dans l'armée. Probablement entré en contact avec Van Dooren avant 1986 et embauché par ce dernier de nos jours d'une façon plus lucrative.

Reposant à sa place exacte le dossier secret, il se dirigea vers l'armoire de classement renfermant à coup sûr une tonne d'archives. Il n'essaya même pas de violer les secrets de l'ordinateur, sans mot de passe cela se révélait impossible. Kelly y serait peut-être parvenue, pas lui…

Le meuble de classement fut crocheté en un geste, par où commencer ? La lettre H lui parut être une bonne idée… Las, aucun dossier ne portait la mention « Hamilton »… Il hésita avec une moue dubitative, il devait y avoir des centaines de documents, de papiers classifiés par ordre alphabétique, il ne pouvait pas les consulter un par un. Il tenta le coup sans trop y croire, se pouvait-il que ce soit aussi facile ? Il chercha la lettre T… comme Thurnburgh ! Bingo, il s'empara du dossier et le glissa sous son uniforme puis se ravisa. Si Van Dooren se rendait compte de sa disparition, il risquait de changer ses plans. La visite de Charles à la clinique devait rester inconnue. Il se résigna à le lire tout de suite et une fois encore, de faire confiance à sa mémoire. Il parcourut fébrilement les quelques feuillets et sourit quand il tomba sur une photo de lui-même, prise d'assez loin au milieu de la foule où il ne se trouva pas vraiment à son avantage. En revanche, la photo de Kelly lui fit perdre son sens de l'humour, il fut content d'avoir anticipé la manœuvre en ayant éloigné la jeune femme du cœur de l'action. Le dernier document lui permit de satisfaire quelque peu sa curiosité, on y évoquait Hamilton. Des dates, des commentaires… Van Dooren était donc bien le *patron* d'Hamilton, son commanditaire pour être plus précis, l'autre n'étant réduit qu'au rôle d'exécuteur des basses besognes… Comme celle de l'avoir engagé lui, détective privé fort onéreux au demeurant, mais sensé ne pas poser trop de questions et surtout, capable de voler la bourse-totem. Les différentes dates mentionnées lui apprirent que l'opération était programmée depuis longtemps et minutieusement préparée, malheureusement rien n'indiquait l'usage de la bourse-totem ni la finalité de l'affaire.

Il fouilla encore dans les rangées de dossiers, en examinant quelques-uns, espérant découvrir autre chose, mais ne sachant pas à quelle lettre ou à quel nom chercher, la tâche lui apparut rapidement impossible. Il décida d'abandonner, referma consciencieusement l'armoire de classement et refit le tour de la pièce en essayant de remarquer quelque chose d'insolite, il devait y avoir autre chose, il le sentait…

Il s'approcha de la grande bibliothèque aux essences rares, remplie de livres de bas en haut, dont certains semblaient très anciens et probablement fort chers. Laissant courir ses doigts sur le dos des volumes, il déchiffrait les titres découvrant toutes sortes d'ouvrages. Du classique, des romans, des essais, des traités de philosophie… Son doigt glissant de couverture en couverture s'immobilisa soudain. Un espace ! Il y avait un espace entre deux livres. Il en manquait un qui avait dû être consulté récemment. Le détail n'avait peut-être aucun rapport avec l'affaire le concernant, mais l'intrigua suffisamment pour qu'il s'intéresse aux volumes entre lesquels il avait été rangé. Les livres se révélaient assurément d'une édition rare et coûteuse. Il en prit un en main, relié plein cuir, gaufré à la feuille d'or, une édition datant de 1760, sentant l'odeur âcre du papier ancien, de la poussière, de la marque du temps… Il le mania avec précaution, « *L'Hippias Majeur* » de Platon, écrit au IVe siècle avant Jésus Christ. La philosophie grecque n'avait jamais été un des thèmes de prédilection de Charles, aussi reposa-t-il le livre à sa place et penchant la tête de côté, s'informa sur les autres volumes alentour sur le rayon : « *Le Georgia* », « *Le Lysis* », « *Philèbe* », pratiquement tous les ouvrages du philosophe antique se trouvaient là… Sauf un, repassant sa main à l'emplacement vide, sa curiosité le poussa à se demander lequel pouvait bien manquer… Et pourquoi ?

Le détective se détourna de la bibliothèque, parcourant la pièce des yeux, cherchant désespérément un indice. Un tableau au mur attira son attention, un impressionniste, un Sickert peut-être ? Peu lui importait, ce fut l'allure penchée de la toile qui le fit s'en approcher. Il jurait avec les autres, comme s'il venait d'être manipulé. Il le décrocha en douceur, l'air satisfait : un coffre-fort… Il retombait dans sa spécialité, mais déchanta rapidement, le mécanisme n'était pas manuel comme il l'avait espéré, mais digital. Impossible de coller son oreille pour entendre le déclic, sans matériel adéquat, le seul résultat de l'opération serait de déclencher le signal d'alarme et l'intervention du service de sécurité, précédant de peu sa probable capture. Maugréant à voix basse, il remit le *Sickert* en place et revint à l'ordinateur, en pure perte il le savait, sans mot de passe, il n'atteindrait jamais les fichiers.

La chance ne se trouvait visiblement pas au rendez-vous, il commençait à désespérer quand il fut attiré par le magnifique   bureau. Mentalement, il se remémora la taille des tiroirs fouillés précédemment. S'agenouillant sur l'épaisse moquette, il calcula la surface du meuble, son œil pétilla de malice : *trop petits !* Les tiroirs se révélaient trop petits pour la taille du bureau, il y en avait forcément un autre… Un tiroir secret, camouflé habilement par l'ébéniste qui, avec art, avait confectionné l'ouvrage. Un bureau Louis XVI, peut-être conçu par le fameux ébéniste français Jean François Oeben, *l'inventeur* du meuble à tiroir secret. Comment n'y avait-il pas pensé plus tôt ? Un type avait essayé de le posséder l'année dernière à Montréal sur le même principe, deux commodes identiques, dont une avec compartiment dissimulé. Sa perspicacité avait fait le reste et il avait réussi à mystifier le Canadien lui ayant commandité l'affaire, lui prouvant que sa cachette n'était pas inviolable.

Il passa sous le bureau, le tapota doucement, son oreille collée au bois verni. Satisfait, il appuya du doigt sur une des fioritures en cuivre. Un léger *clic* se fit entendre, permettant au ressort de se détendre et au fameux emplacement secret d'apparaître en pivotant. Le visage du détective s'éclaira quand il réalisa que la cache n'était pas vide…

Avec frénésie, il se saisit du livre s'y trouvant, heureux de l'avoir découvert. Son intuition se révélait juste une fois encore : le volume avait un rapport étroit avec toute cette histoire. Il constata le titre et ne fut pas surpris : « *Le Critias* », un des derniers et des plus importants ouvrages de Platon. Charles le posa à côté de lui et entreprit de prendre connaissance des documents dissimulés avec le livre du philosophe dans le tiroir secret.

Il parcourut rapidement le premier qui tomba sous ses yeux, lisant le texte manuscrit en diagonale. Il y était question de tribu indienne, celle des Massachusetts, disparue à l'aube du XIXe siècle et de l'héritage qu'ils auraient laissé aux Iroquois... Il ressentit comme un soulagement, il tenait enfin une piste sérieuse. Il s'intéressa au second feuillet, bien décidé à élucider une partie du mystère, quand furtivement une petite lampe verte à diode s'alluma en face de lui à hauteur de la serrure de la porte... Charles se figea, on lui rendait visite, le temps de composer le code à six chiffres et d'insérer sa carte magnétique, le visiteur, tout inopportun qu'il fut, serait face à lui, prêt pour les présentations... !

Son instinct reprit le dessus, il avait une marge de... deux secondes ! Deux infimes secondes pour ranger les documents, replier le compartiment secret et se jeter — l'expression fut absolument appropriée — derrière le fauteuil de cuir du fond de la pièce. Charles pouvait faire beaucoup de choses en deux secondes, il atterrissait au sol quand le bureau s'alluma. Son cœur semblait vouloir exploser à l'intérieur de sa poitrine tant la décharge d'adrénaline avait été forte. Une chaleur incroyable le submergea et il ne put même pas respirer un grand coup pour se calmer au risque de se faire repérer. Il dut rester là, immobile, accroupi sur l'épaisse moquette, tendu à craquer...

L'homme s'assit à son bureau et alluma les différents écrans de contrôle, pivota dans son siège, s'avachit dans le fond et les visionna distraitement, jonglant d'une caméra à l'autre d'un simple clic de la souris. Charles, de son inconfortable position derrière le fauteuil, n'était pas en mesure d'observer les écrans, mais d'où il se terrait, il avait partiellement vue sur le grand miroir... Dans lequel lesdits écrans se reflétaient. Il remercia intérieurement le décorateur de la pièce, le spectacle pouvait commencer.

L'image ne le passionna pas outre mesure, les écrans étaient en noir et blanc et ne lui apprirent pas grand-chose, si ce n'était que Van Dooren, car il ne doutait pas de l'identité de son visiteur, voulait avoir la main sur tout et sur tous à l'intérieur du centre. Plusieurs images l'intriguèrent néanmoins, furtivement il aperçut des couloirs, des salles pour le moins curieux... On aurait cru des parcours aménagés et décorés artificiellement. Cela lui fit penser à ce jeu télévisé où des concurrents se poursuivent dans un labyrinthe truffé de pièges. Il se demanda s'il n'avait pas extrapolé du peu qu'il lui avait été permis de voir... Que viendrait faire une installation pareille dans un centre de recherche sur les animaux ? Des tests grandeur nature ? L'idée même lui tira un frisson et classa instantanément Van Dooren dans la catégorie des personnages répugnants. Il ressentit un malaise en réalisant qu'il venait, s'il respectait son contrat, de voler la bourse-totem pour lui...

Nantan et le peuple mohawk pouvaient se rassurer, Charles Adrian ne les trahirait pas pour un type de cette espèce. Il lui fallait définitivement comprendre le mécanisme et les implications de toute cette histoire, afin d'empêcher Van Dooren de mener son projet à terme. Il sentait l'énergumène dangereux et prêt aux pires extrémités, ne reculant devant aucune exaction pour arriver à ses fins.

Le téléphone sonna. Charles, de son inconfortable position, se tint en alerte. Peut-être le son serait-il plus instructif que les images. Van Dooren coupa ses écrans et décrocha immédiatement.

– Van Dooren j'écoute... Ah, bonjour Hamilton, j'attendais de vos nouvelles avec la plus grande impatience. Juste un instant, je branche le crypter... Voilà, vous pouvez parler, la ligne est sécurisée.

Charles regretta de n'entendre qu'une partie du dialogue, il dut se contenter d'imaginer le reste. Van Dooren reprit au bout de quelques secondes, de son ton sec et directif, sans aucune sympathie pour son interlocuteur.

– Bien, je suis heureux de savoir que l'opération s'est bien déroulée… Quand serez-vous en mesure de me remettre l'objet en question ? *Pas de sitôt mon bonhomme, il va peut-être y avoir un contretemps…* ragea Charles intérieurement. Il apprécia au plus haut point l'ironie de la situation, Hamilton en train de faire son rapport, lui-même caché dans la pièce…

Van Dooren reprit,

– Bien, bien… Recontactez-moi dès que vous l'aurez, nous nous verrons au parc comme d'habitude. Je vous ferai par la même occasion le dernier versement comme convenu. À bientôt Hamilton.

Il raccrocha sèchement.

Charles n'aurait su dire si Van Dooren se trouvait satisfait de son entretien téléphonique, il lui était impossible de le voir. Il l'entendit juste se lever et se diriger vers le bar, pas trop bon pour lui, il préférait le savoir assis à son bureau à l'autre bout de la pièce. Le bruit cristallin du bouchon d'une carafe lui apprit qu'il se servait simplement un verre, tout allait bien… Une seconde sonnerie stridente retentit soudain, un autre appel sur un autre poste. Cette fois pas de brouillage, il s'agissait d'un appel interne, Van Dooren ne décrocha même pas, il appuya sur un bouton pour déclencher le hautparleur.

– Monsieur, excusez-moi de vous déranger, mais nous avons un petit problème…

– Taylor, je vous paie vous et tout le service de sécurité pour justement éviter les problèmes… De quoi s'agit-il ?

– Nous avons repéré sur une bande vidéo un homme que personne ne connaît se baladant dans les couloirs du quatrième étage…

Van Dooren eut l'air excédé,

– J'arrive, d'ici là essayez d'en savoir plus, j'espère pour vous qu'il ne s'agit pas d'une fausse alerte comme la semaine passée, Taylor… Envoyez quelqu'un dans mon bureau immédiatement et condamnez l'accès à la zone 17.

– Bien monsieur, à tout de suite.

Il raccrocha. Le maître des lieux sortit dans la seconde, avant que l'agent de sécurité ne soit là… Charles n'attendit pas, il fallait déguerpir au plus vite, rester dans le complexe Rushmore plus longtemps risquait de lui être fatal, dans ce cas il y resterait probablement pour l'éternité…

L'agent de sécurité pénétrant dans le bureau pour y prendre ses fonctions quelques instants plus tard ne remarqua pas la grille de ventilation se repositionnant dans sa place initiale, effaçant toute trace du passage d'un intrus.

36

La lourde Chevrolet avalait tranquillement les miles la séparant encore de Providence. Les six cylindres du moteur ronronnaient sous la fine pluie grise rendant le décor automnal de cette fin d'après-midi triste à mourir. *Une véritable ambiance de suicide*, pensa la jeune femme au volant, *à la fois morne et pesante*. Elle bifurqua sur sa gauche quand le panneau « Providence, six miles » apparut dans son champ de vision. Elle arrivait à bon port sans avoir eu à faire demi-tour ou demander son chemin. Charles, pour une fois, n'aurait pas le loisir de la railler sur son manque de sens de l'orientation et son incapacité chronique à lire une carte routière. Lui évidemment se révélait parfait dans ce genre d'exercice, il lui suffisait de passer une fois quelque part pour s'en souvenir toute sa vie... Son sens de l'orientation tenait du prodige, Kelly avait toujours l'impression qu'il savait exactement à l'endroit où il se trouvait, sans même n'y avoir jamais mis les pieds auparavant ! Vous pouviez faire des tours et des détours, il s'orientait systématiquement sans jamais se tromper sur la direction à prendre au prochain carrefour.

Elle arriva dans les faubourgs bourgeois de Providence et se remémora les mots du professeur Lansky au téléphone : *C'est aisé à trouver en venant de Plymouth, vous prenez le centre de Providence et dans Waterman Street, vous tournez à droite dans Brook street. J'habite Stimson Avenue, juste derrière au numéro 124, vous ne pouvez pas vous trompez... Facile à dire quand on connaît*, grogna-t-elle. La Chevrolet Camaro se fraya un passage en force dans la circulation du soir et la jeune femme fut tout heureuse et un peu surprise de déjà se retrouver dans Waterman street, encore deux fois à droite et ce serait gagné.

Elle se demanda à quoi le professeur Lansky pouvait bien ressembler. Sa voix à l'élocution parfaite s'était révélée grave et chaude, teintée d'un léger accent juif. Il parlait sans le moindre bafouillage ou la moindre hésitation, tel qu'elle aurait aimé que fussent ses propres profs au cours de ses années scolaires ou universitaires. Malgré tout, elle l'imagina assez vieux et surtout, espéra-t-elle, suffisamment compétent pour l'aider dans sa quête.

Le numéro 124 était un immeuble cossu datant des années 1920. Elle chercha le nom du professeur Lansky et appuyant sur le bouton de l'interphone, s'annonça. Une fois à l'intérieur du magnifique hall d'entrée en marbre vert, elle décida de monter les deux étages à pied, ignorant l'ascenseur. Arrivée sur le palier, la jeune femme bifurqua à gauche, traversa un long corridor à l'épaisse moquette rouge et tourna de nouveau à angle droit sur sa gauche pour atteindre l'appartement du professeur. Enfin à destination, Kelly trouva la porte ouverte, elle hésita une seconde quand une voix lui enjoignit de pénétrer à l'intérieur.

– Entrez, mademoiselle Walsh et fermez la porte derrière vous.

Elle suivit un couloir aux murs envahis de peintures marines probablement anciennes et plutôt coûteuses.

– La porte du fond à droite mademoiselle Walsh…

Elle arriva dans un bureau, pas très grand, mais décoré avec goût à l'atmosphère chaude et agréable. Un homme dans un fauteuil roulant l'attendait au milieu de la pièce. Elle s'immobilisa, un sourire timide aux lèvres…

– Soyez la bienvenue dans ma modeste demeure, mademoiselle Walsh…

– Bonsoir professeur Lansky. Merci de me recevoir à l'improviste et acceptez mes excuses de ne pas avoir pris rendez-vous plus tôt.

Il leva la main pour la rassurer, accueillant.

– Ne vous inquiétez pas pour si peu. Il ne m'est plus souvent donné à mon âge de recevoir une jeune femme aussi séduisante que vous, même à l'improviste. Vous ne me dérangez pas le moins du monde, j'avais ma soirée de libre et mon état ne me permet plus vraiment de hanter les night-clubs tout au long de la nuit… Il me sera donc agréable de disserter avec vous d'un sujet que j'aime particulièrement. J'avoue d'ailleurs que vous avez aiguisé ma curiosité avec votre requête, comment une jeune personne comme vous peut-elle se passionner pour l'histoire de l'alchimie ?

Kelly avait de l'intuition pour *sentir* les gens la première fois qu'elle se trouvait en face d'eux, cet homme âgé, aux manières douces et courtoises, lui parut immédiatement sympathique.

– En fait, mon intérêt est assez récent pour ne rien vous cacher. C'est un peu compliqué à expliquer, mais j'aurai besoin de votre aide sur quelques points bien précis.

– Très bien, nous allons nous installer à mon bureau et vous me raconterez tout ça, mais avant mademoiselle Walsh, pourriez-vous nous faire du thé ? Mon assistante n'est plus là à cette heure, je vais sortir quelques livres et documents pendant ce temps. La cuisine se trouve à votre gauche, la deuxième porte…

Il lui souriait amicalement. Kelly eut vraiment l'impression qu'il prenait plaisir à savoir qu'ils allaient discuter d'alchimie ensemble. On aurait juré que ce vieux professeur, tiré à quatre épingles avec sa veste d'intérieur à la fois chic et de bon goût au foulard en soie assorti, ses cheveux blancs impeccablement coiffés, sa fine barbe parfaitement taillée et ses lunettes cerclées d'or, se préparait à discourir une bonne partie de la nuit sur son sujet de prédilection. Ses yeux vifs pétillaient d'une joie intense, Kelly tourna les talons et se dirigea vers la cuisine.

Elle revint portant un plateau avec deux tasses et une théière, son hôte déjà installé à son bureau, leva les yeux de ses livres en la voyant.

— Ah, parfait… Posez ça sur la table roulante et venez vous asseoir, mademoiselle Walsh. Elle s'exécuta, sortant une chemise cartonnée et de quoi écrire de son sac. Il l'encouragea à se lancer.

— Bon, maintenant racontez-moi en quoi un vieil homme comme moi peut vous être utile.

La jeune femme reprit ses notes et tendit une feuille au professeur Lansky. Il l'examina quelques secondes avec un grand intérêt.

— Voilà Professeur, tout d'abord j'aurais voulu connaître la signification de ce symbole. Je sais qu'il s'agit d'un dessin fait par Nicolas Flamel et reproduit dans « le Livre des Figures Hiéroglyphiques » en 1612. Pourriez-vous m'en expliquer le sens ?

Il resta silencieux quelques secondes puis la fixa d'un air grave cette fois.

— Où avez-vous trouvé ce dessin ?

— C'est une longue histoire, en fait un de mes amis l'a vu tatoué sur un homme.

Il devint pensif, toujours aussi grave, les yeux rivés sur le dessin.

— Tatoué sur un homme…

— Cela a-t-il une signification pour vous ?

— C'est effectivement un des symboles représentés dans l'ouvrage d'Arnaud de La Chevalière en 1612. On peut dire un des plus connus. De nombreuses études ont été faites au cours des siècles à partir de ce livre. Il s'agit en quelque sorte du testament posthume de Nicolas Flamel. Tous les alchimistes qui se sont risqués, après Flamel, à chercher le secret de la pierre philosophale ont un jour ou l'autre essayé de décrypter cet ouvrage, d'en percer le mystère… On peut raisonnablement penser qu'il sert de base aux expériences tentées depuis lors. Le problème réside dans le fait qu'il n'existe plus que des copies de cette œuvre… Les éditions originales ont toutes été détruites ou ont disparu et rien ne prouve que les reproductions soient intégrales ou qu'elles reflètent l'exactitude du texte original. Il existe bien, parait-il, un dernier original, écrit de la main même d'Arnaud de La Chevalière se trouvant à la Bibliothèque Nationale de Paris. Encore qu'il soit impossible à consulter, j'ai fait moi-même plusieurs demandes à ce sujet, je n'ai jamais été autorisé à le voir, à le tenir entre mes mains… Comme si ce livre contenait une vérité qu'il était préférable de garder secrète.

Elle l'interrompit.

— Vous voulez dire qu'avec ce qu'il recèle, on pourrait recréer la pierre philosophale ?

— Je n'insinue rien. Seul Arnaud de La Chevalière aurait pu répondre à cette question. On ne sait pas très bien comment il a pu avoir accès aux écrits, aux calculs, aux dessins de Flamel, mais beaucoup de gens ont effectivement pensé au cours des siècles qu'en étant capable de résoudre les énigmes de cet ouvrage, on parviendrait à créer la pierre philosophale, à réaliser le but ultime du grand œuvre… De nos jours encore, nombreux sont ceux à y croire… Et essaient, à n'importe quel prix.

— Comment font-ils si l'ouvrage est interdit à la consultation ?

— Il a été fait beaucoup de copies au fil du temps de certains des dessins, comme celui en votre possession, ainsi que des textes, des explications de Flamel ou d'autres alchimistes. Le plus difficile est de pouvoir regrouper tout cela, de les comprendre, de séparer le vrai du faux. On n'est même pas certain aujourd'hui que le livre de de La Chevalière ne soit pas qu'un faux génial, un immense canular historique. Lui-même n'a jamais réussi à trouver la pierre philosophale, il ne possédait pas les connaissances suffisantes pour cela, il n'a jamais été un initié. Rien ne porte à croire qu'il ait, ne serait-ce qu'essayé.

– Mais de nos jours… ?

Un sourire énigmatique éclaira son visage.

– Je suis moi-même parvenu depuis de longues années à réunir quelques bribes de l'ouvrage, voyez…

Il ouvrit un porte-document en cuir et en tira un vieux parchemin manuscrit protégé par un film plastique transparent. Il le posa devant la jeune fille.

– Qu'est-ce que c'est ? demanda-t-elle, impressionnée malgré elle par le ton solennel du vieil homme.

– La reproduction d'une des pages…

Le manuscrit, jauni et usé par le temps, à l'encre délavée, était couvert d'une écriture presque illisible, de tableaux remplis de chiffres, de calculs et de deux dessins étranges dans le coin supérieur droit. Elle crut comprendre,

– Écrit de la main d'Arnaud de La Chevalière… ?

– Non mademoiselle Walsh… Ceci est un manuscrit original, de la main même de Nicolas Flamel… Elle se figea, incapable de parler, la chair de poule gagnant progressivement tout son corps. Il y a fort à parier qu'Arnaud de La Chevalière a réussi à retrouver la plupart des manuscrits de Flamel et les a, en quelque sorte, *compilés* dans « Le Livre des Figures Hiéroglyphiques », certains ont même avancé l'hypothèse, à l'époque, que ce fût Flamel lui-même qui aurait écrit le livre.

– Mais Flamel est mort en… Elle relut ses notes. En 1419, si je ne m'abuse, et le livre date de 1612… ?

Il lui souriait, plus énigmatique que jamais.

– S'il a vraiment découvert la pierre philosophale, il a tout autant découvert le secret de la vie éternelle…

Elle hocha la tête.

– Allons professeur, c'est impossible… Je n'y crois pas… !

– Alors, laissez-moi vous raconter une histoire, mademoiselle Walsh.

Il but une gorgée de thé fumant et commença son récit.

– Nicolas Flamel, comme vous le savez, est né en France dans la région parisienne entre 1330 et 1340, on ne sait pas très bien. Il fut un érudit, établi libraire et écrivain public à Paris dans le quartier de l'église Saint Jacques de la Boucherie, dont seule la tour construite au XVIe siècle subsiste de nos jours. Jusqu'en 1357, la vie du sieur Flamel se révéla des plus anonymes, bien qu'il sache lire et écrire couramment, et ce très probablement dans plusieurs langues. Ce qui au XIVe siècle, même en France, n'était pas si courant ! On raconte que Bertrand du Guesclin, Connétable de France en 1370, qui ne recevait ses ordres que du Roi en personne et avait préséance de par sa fonction sur les plus grandes noblesses du Royaume, avait les pires peines du monde pour simplement écrire son nom… ! Nul doute dans ces conditions que Nicolas Flamel fut considéré comme un savant. L'histoire donc, se révéla bien plus étrange et intéressante en 1357… Tout commença par un rêve prémonitoire dans lequel une force divine ou diabolique lui apparut une nuit et lui présenta un livre extraordinaire qu'il devrait posséder. Un ouvrage qui changera sa destinée et peut-être même le cours de l'Histoire…

Le professeur Lansky fit une courte pause et devint pensif, il reprit lentement sur le ton de la confidence.

– Du moins, il changera la destinée de nombreux hommes au cours des siècles à venir, les obsédant parfois jusqu'à la mort… Mais ça, Flamel ne le savait pas encore !

37

La Mercedes redémarra mollement, le professeur Brown faisant cirer l'embrayage manuel. Il laissa le décor grisâtre de la route défiler lentement devant son pare-brise sans vraiment y prêter attention, son esprit totalement accaparé par ses préoccupations professionnelles. Il considérait de plus en plus Van Dooren comme un psychopathe dangereux et incontrôlable. Dans moins d'une semaine, les premiers tests *grandeur nature* auraient lieu, des frissons le secouèrent quand il y pensa. Il n'essayait même plus de se le cacher : il avait peur ! De Van Dooren, de ce projet terrifiant, de ce qui en découlerait, de cette organisation aux buts inavoués qu'il regrettait amèrement d'avoir intégrée. S'il avait pu, il aurait tout lâché, disparaissant à l'autre bout du monde sans laisser d'adresse. D'un haussement d'épaules, il chassa ses idées d'évasion, pas viable. On ne quittait pas ce genre d'organisation, il le savait et l'avait accepté dès le commencement, sans vraiment en mesurer les conséquences. Il se trouvait enchaîné aussi sûrement qu'un prisonnier, par la peur, par l'argent, par ses propres passions… Sans lui, le projet aurait peu de chances d'arriver à son terme, cela lui donnait du poids et assurément le moyen de négocier quand tout cela serait terminé.

Revenant à la réalité, il ralentit sa voiture comme le feu tricolore du carrefour passait au rouge. Tout alla très vite, concentré à la fois sur ses sombres pensées et sur la circulation, il ne remarqua même pas le coffre arrière qui s'entrouvrit une demi-seconde et la forme qui en bondit en souplesse et en silence. Le chauffeur du van attendant derrière la Mercedes en revanche n'en crut pas ses yeux quand l'homme en surgit et s'évanouit à la rapidité de l'éclair entre les véhicules arrêtés au feu rouge. Il le suivit du regard quelques secondes puis l'inconnu disparut au pas de course se perdant entre les passants, nombreux sur le trottoir en cette fin d'après-midi.

Charles avait dû patienter que la Mercedes stoppe suffisamment longtemps afin de pouvoir s'extirper du coffre dans lequel il se cachait. Il avait dû y rester plus d'une heure en attendant que son propriétaire ait fini sa journée à la clinique Rushmore et daigne rentrer chez lui. Il se félicita quand même de ne pas avoir eu à y passer la nuit. Ayant dû forcer la Mercedes pour y pénétrer, il n'avait pas vraiment eu le loisir de choisir, la voiture allemande se trouvant être le seul véhicule dissimulé aux yeux inquisiteurs des caméras du parking, garée derrière un des piliers. De plus, s'agissant d'une place réservée, il se douta qu'appartenant à un ponte, les gardes à l'entrée du complexe vétérinaire ne seraient pas trop zélés envers son propriétaire au moment de la fouille. Bonne déduction ! Il ralentit son allure et se contenta de marcher d'un pas rapide quand il ne fut plus en vue du carrefour, histoire de ne pas se faire remarquer. Il releva le col de son blouson et fourra les mains au fond de ses poches puis vérifia où il se trouvait et en conclut que dix minutes de balade seraient nécessaires pour récupérer sa propre voiture. Il en profita pour essayer de récapituler les dernières informations glanées au cours de sa visite clandestine à la clinique Rushmore. S'il avait bien acquis la certitude d'avoir exploré l'antre de ses ennemis, il se retrouvait dorénavant avec encore plus de questions sans réponses. Quels genres d'expériences se déroulaient dans les sombres entrailles de la clinique ? Et qui les commanditait ? Gouvernement, armée, lobi privé et surpuissant ? Et pourquoi avaient-ils besoin d'une bourse-totem indienne pour arriver à leur fin ?

Et ce livre qui semblait avoir son importance, quel rapport entre *Le Critias* de Platon rédigé en 360 avant Jésus Christ et la magie indienne recélée d'après Nantan et le professeur Reeves au cœur de la bourse ? Le détective n'avait jamais eu l'occasion de lire *Le Critias*, il allait devoir s'y coller, à moins que Kelly… Son unique connaissance de l'ouvrage était la mention par Platon de l'Atlantide. Cela seul suffisait à rendre les écrits du philosophe grec légendaires et fantastiques. Il sourit quand l'idée saugrenue apparut dans un coin de son cerveau, se pouvait-il que Van Dooren recherchât l'Atlantide ? L'énigmatique *boss* de la clinique Rushmore se prendrait donc pour une sorte d'Indiana Jones moderne. Aussi ridicule que l'idée lui parût, le détective ne put écarter le fait que même complètement fou ou mythomane au dernier degré, van Dooren se révélait très dangereux.

Son portable choisit le moment où il s'installait au volant de son véhicule pour se manifester. Probablement Kelly commençant à s'impatienter, tiens non… Ou alors elle appelait d'un appareil au numéro caché. Il répondit en même temps qu'il tournait la clé de contact.

– Thurnburg, j'écoute…

Il reconnut son interlocuteur avant qu'il ne parle, l'instinct…

– Bonjour monsieur Thurnburg…

Hamilton venait donc aux nouvelles.

38

La fraîcheur de la nuit tombante se fit soudain vivement ressentir comme la fatigue le gagnait. Nicolas Flamel alluma une autre bougie et jeta une cape d'épaisse laine noire sur ses épaules. Il lâcha sa plume, contourna l'écritoire et, comme les six coups de l'angélus sonnaient sourdement à Notre Dame, se dirigea lentement vers la fenêtre afin de rabattre le lourd volet de bois. Personne ne viendrait plus à cette heure, il était grand temps de fermer son échoppe pour ce soir. L'écrivain public s'apprêtait à tourner la grosse clef dans la serrure quand un bruit de sabots résonna sur la terre battue de la rue, gelée par le froid de décembre. Pas les sabots d'un cheval assurément, non il s'agissait d'une mule que guidait, en marchant à ses côtés, un homme voûté apparemment de petite taille, dont le visage caché par l'ombre d'une capuche, restait invisible aux yeux du libraire. Ce dernier le regarda s'approcher dans la pénombre du crépuscule, comme si un pressentiment l'animait soudain. L'étrange voyageur ne passait pas là par hasard, il venait le voir, le consulter…

Toujours courbé, il s'adressa à lui d'une voix traînante et faible, comme un vieillard fatigué désirant demeurer inaperçu, chose surprenante, car la rue se trouvait presque déserte à cette heure, l'obscurité du soir l'ayant vidée tantôt.

– Maître Flamel ?

– Lui-même, puis-je vous aider Monsieur ?

– Le bruit court que vous achetez et vendez des livres, Maître Flamel ?

– Si fait, êtes-vous acheteur ou vendeur ?

Le curieux personnage se rapprocha de sa mule et sortit un grand et large livre de la fonte.

– Je suis prêt à vous le céder, il me faut quitter Paris sur l'heure… Offrez-m'en un bon et juste prix et il est à vous.

Flamel gratta sa longue barbe en signe de perplexité puis se décida et tendit les bras pour s'emparer de l'encombrant ouvrage.

– Puis-je l'examiner, vous comprendrez sans mal qu'il faut m'en rendre compte par moi-même ?

L'autre lui donna l'objet sans un mot. Une chose étrange se passa dès que le libraire eut le livre en main, il comprit… Il comprit qu'il lui fallait posséder ce livre, sans même l'avoir ouvert, sans même avoir déchiffré l'inscription gravée en relief sur la couverture de cuivre, l'obscurité de la nuit, définitivement installée dorénavant l'en empêchant. Il attendait cet écrit depuis toujours, enfin sa vie aurait un sens. Il fixa le coût sans hésiter.

– Je vous en offre deux florins d'argent…

Il crut discerner un sourire sur le visage de l'étranger.

– C'est un prix raisonnable, marché conclu Maître Flamel. Bonne nuit à vous et que Dieu vous garde.

Totalement obnubilé par le mystérieux ouvrage, l'écrivain public ne répondit pas. Il sortit de sa bourse la somme promise et laissa l'inconnu à la mule tourner les talons et s'enfoncer dans l'obscurité froide et brumeuse de la fin d'automne.

Flamel se sentait transporté, son rêve se réalisait. Il rentra dans sa petite échoppe, alluma une nouvelle bougie et s'assit à sa table de travail. La nuit serait longue et passionnante…

L'ouvrage était lourd et imposant, protégé par une couverture ayant l'aspect du cuivre et fermé par une sangle de cuir à la boucle de métal. À la faible lueur de la flamme, il parcourut doucement du bout des doigts les inscriptions gravées en relief sur le cuivre dont la couleur chaude semblait vivante sous les effets d'ombre et de lumière. L'étrange substance dansait littéralement au rythme lent de la flamme, épousant sa fluidité. Flamel eut la conviction qu'il ne s'agissait pas de cuivre, mais d'un métal lui étant inconnu. Ses doigts effleurèrent ce qui devait être le titre du livre : « Aesch Mezareph »… Cela ne lui dit pas grand-chose malgré son érudition, mais dans son état d'hébétude il resta confiant. Quelques recherches dans ses manuscrits personnels lui permettraient sans doute de faire une juste traduction. Il déchiffra en dessous le nom de l'auteur : Abraham le Juif. Très bien, Flamel n'était pas un maître dans la langue hébraïque ancienne, mais avec du travail il parviendrait à la comprendre, cela le rassura.

Il approcha davantage la bougie de l'objet de sa convoitise, essayant maintenant de deviner les étranges figures se trouvant dessinées sur la couverture. Leur signification demeurait une énigme, mais cela ne fit que renforcer son idée première : il avait devant lui un ouvrage appartenant à la littérature kabbalistique. Il avait déjà eu entre ses mains quelques grimoires alchimiques à la langue incompréhensible au profane et avait plusieurs fois servi de traducteur sur certains passages de ces livres maudits pour quelques apprentis alchimistes encore peu au fait des choses de l'art hermétique. Il connaissait maintes rumeurs courant sur de tels écrits, dont personne n'osait parler à voix haute et dont on persécutait les auteurs, les accusant de pactiser avec le diable… Mais aucun ne lui avait semblé aussi complet, aussi parfait que l'*Aesch Mezareph*. Il eut vraiment le sentiment de se trouver en présence du livre ultime. Il lui faudrait se montrer très prudent, ne jamais divulguer sa possession à quiconque et rester le plus discret possible pendant ses recherches… Et ses expériences ! Il savait que l'ouvrage renfermait de coupables formules, on le traiterait comme un hérétique si on le découvrait.

Il s'enhardit, débouclant la lourde sangle fermant le livre, il entreprit de l'ouvrir sur la première page, tournant lentement la couverture dans un geste quasi religieux. Malgré sa faible connaissance de la langue juive, le libraire parvint à déchiffrer l'inscription tracée en lettres d'or sur une sorte de papyrus très épais, ressemblant à une fine écorce d'arbre. L'auteur, Abraham le Juif se proposait d'enseigner à l'aide d'illustrations, d'enluminures, de textes et de calculs précis, le secret de la pierre philosophale. Le but ultime du grand œuvre…

Flamel passa la nuit entière à traduire la première page, il grelottait de froid, n'osant pas faire du feu dans la cheminée de peur d'éveiller la curiosité des rares personnes du quartier qui auraient pu remarquer la fumée et se seraient demandé pourquoi l'écrivain public veillait si tard. Son désir irrépressible de savoir fut plus fort que les frimas de la nuit. Avidement, il retranscrivait des notes de son écriture fine et rapide, trempant nerveusement sa plume dans l'encre. Son esprit restait vif et alerte malgré la fatigue, il prenait soin de coder ses découvertes au cas où par malheur, les feuillets tomberaient dans des mains étrangères.

Une fois qu'il eut recopié au propre la traduction de tout le début du texte, il la relut sourire aux lèvres et s'assura que sans le code, il serait presque impossible au profane d'y comprendre quoi que ce soit. Déchiffrée, la mystérieuse page d'introduction révélait la vérité de l'ouvrage : *le livre Aesh Mezareph se compose de trois séries de sept feuillets. La première série instruit son lecteur sur la façon d'entreprendre le grand œuvre en le guidant sur le chemin de la pierre philosophale. La pierre permettra à son créateur de transmuter le plomb en or.*

La deuxième série instruit le lecteur sur le chemin de la panacée, breuvage qui procurera à celui qui l'ingérera le secret de l'éternelle jeunesse.

Satisfait, il s'attaqua aux deux phrases finales du texte de la page d'introduction, il ne parvint pas à comprendre à quoi pouvaient servir les sept derniers feuillets. Même après traduction, l'ultime série demeurait une énigme. Le libraire, malgré son savoir, ne réussit pas à sortir une phrase cohérente de la suite de mots qu'il venait d'étudier. La fatigue probablement, il prendrait du repos et finirait bien par percer le mystère, il lui suffisait de se montrer patient.

Il n'avait pas encore ouvert la première série de feuillets, s'étant concentré corps et âme sur la page de présentation. Il se mit donc, malgré sa lassitude, à traduire la dernière partie de l'introduction… Et la peur s'insinua sournoisement en lui.

La fin du texte révélait une terrible malédiction. L'auteur maudissait quiconque souillerait cet ouvrage en le lisant sans être prêtre ou scribe, le profanateur deviendrait fou puis mourrait dans d'atroces souffrances…

Flamel était intelligent et n'était pas aisément impressionnable. Il pouvait raisonnablement et sans prétention ni faire offense à Dieu ou aux forces des ténèbres, se considérer comme scribe. Ne possédait-il pas une charge officielle de Maître écrivain et depuis peu n'avait-il pas été nommé juré à l'Université ? Son érudition se voyait ainsi reconnue notoirement.

Il frotta ses yeux rougis et rendus douloureux par le manque de sommeil, et alors qu'un glacial petit matin blanchâtre se levait sur Paris, il ouvrit le livre et commença à le lire…

39

La voix à l'autre bout du portable distillait le frisson, tant le personnage se révélait glacial. Le détective resta intentionnellement muet, laissant parler son interlocuteur.

– Monsieur Thurnburgh, je m'étonne que vous ne m'ayez pas encore contacté… Vous êtes supposé me remettre quelque chose qui m'appartient de droit, dans la mesure où je vous ai payé pour ça…

Charles ne se démonta pas, pas le genre de la maison. Il répondit d'une voix naturelle, posée et légèrement ironique. La force de l'habitude.

– Ce cher monsieur Hamilton ! Je ne vous ai pas recontacté, car j'ai eu un fâcheux contretemps, hier soir. Peut-être n'êtes-vous pas au courant, mais d'autres personnes ressentent également un intérêt certain pour l'objet en question. Un homme a peut-être même été tué pour cela. Vous ne m'aviez pas averti Hamilton, j'estime donc que vous n'avez pas joué franc jeu avec moi. Il est impossible que vous ne sachiez pas qu'une bande concurrente convoite elle aussi votre objet.

– Cela fait partie des aléas du métier, monsieur Thurnburgh ! Un contrat a été fixé entre nous, je vous prierai d'en respecter votre part !

Il n'eut pas besoin de formuler la moindre menace. Le ton sans nuance le fit pour lui, Charles le comprit immédiatement. Il répliqua.

– Sinon !?

– Sinon… Une jeune fille de votre connaissance serait susceptible d'avoir de graves ennuis… Une jeune fille conduisant une Chevrolet Camaro vert foncé…

La main de Charles se crispa sur son portable… Une décharge de fureur lui parcourut instantanément tout le corps.

– Hamilton, espèce de fumier… S'il arrive la moindre chose à Kelly, où que vous soyez, quoi que vous fassiez, je vous retrouverai et je n'aurai pas le plus infime scrupule à vous tuer sauvagement…

– Allons, allons… Monsieur Thurnburgh… Avant d'en arriver à de telles extrémités, nous parviendrons bien à trouver un terrain d'entente, non ? Tout d'abord, sachez que si vous me remettez ce pour quoi vous avez été payé pour le subtiliser, il n'adviendra rien de fâcheux à la jeune fille. Un de mes hommes la suit depuis un certain temps et à ordre de la faire disparaître si je ne l'appelle pas d'ici demain midi. Il va sans dire que si d'ici là, je suis en possession de la bourse indienne, tout se passera bien pour votre amie. Je suis bien sûr le seul capable de joindre ce fidèle exécutant, donc il vaut mieux pour tout le monde que rien ne m'arrive avant midi demain. De même, il serait imprudent de chercher à la contacter… Votre portable ainsi que le sien, est sur écoute. Notre homme en serait averti immédiatement et de toute façon, je vois mal votre secrétaire en mesure de se débarrasser de notre spécialiste. La voix se fit redoutable. La seule solution qui s'offre à vous est de me remettre la bourse le plus vite possible !

Hamilton sûr de son fait ne s'en montrait que plus menaçant.

– Je ne l'ai pas sur moi. Il faut que je la récupère.

– Bien, prenez votre temps… Disons demain vers onze heures au Boston Common. Cela nous donnera une heure de marge pour prévenir notre homme.

– Hamilton vous me paierez ça un jour ou l'autre…

– Onze heures demain Thurnburgh… Sinon ! Il raccrocha, laissant Charles seul avec sa rage.

40

Kelly vérifia entre ses mains que sa tasse de thé avait suffisamment refroidi et but une gorgée du breuvage ambré. Elle restait silencieuse, se laissant bercer par le récit du professeur Lansky. Son hôte se révélait être bien plus qu'un simple érudit, connaissant sur le bout des doigts la légende de Nicolas Flamel. Ce vieux professeur racontant avec passion son histoire se montrait un conteur envoûtant, faisant plonger la jeune femme au cœur d'un moyen âge mystérieux et fantastique. Elle hasarda une question.

— En admettant que ce mythe de l'*Aesh mezareph* soit authentique, je veux dire si un tel livre a vraiment existé, si Nicolas Flamel l'a réellement possédé ; rien ne prouve qu'il ait réussi à le déchiffrer et qu'ensuite il soit parvenu à fabriquer de l'or… ?

Le professeur Lansky la regarda pendant quelques secondes avant de répondre, ne se départissant pas de son sourire énigmatique. Il répondit posément, Kelly toujours suspendue à ses lèvres.

— Vous avez raison… En fait, toute cette histoire n'a été connue que des années plus tard. Flamel s'est révélé très prudent, nul n'a jamais percé son secret, seulement…

Il but une gorgée de thé à son tour et s'éclaircit la voix avant de reprendre le fil de son récit.

— Une chose est certaine, car il y a des écrits là-dessus, il posa un livre plusieurs fois centenaire devant Kelly, Flamel est devenu riche, immensément riche… ! Il ne cacha pas sa fortune et s'employa à bien la dépenser. Il finança des hospices, des chapelles, aida à la rénovation du quartier et n'hésita jamais à donner aux plus nécessiteux. Il a également acheté plusieurs propriétés à Paris. Il est évident que ses revenus ne pouvaient uniquement provenir de sa charge de libraire, il y avait autre chose. Certains ont parlé à l'époque d'un trésor qu'il aurait trouvé, mais bien vite cette piste fut abandonnée. On ne sait pas comment la rumeur s'est répandue et a fini par être connue, nous sommes obligés d'extrapoler sur ce point de l'histoire. Peut-être a-t-il fini par se confier, peut-être a-t-il fini par éveiller quelques soupçons dans son entourage ? Il s'était marié entre temps à une femme dénommée Pernelle, peut-être est-ce elle qui a vendu la mèche… ? Nous ne l'apprendrons probablement jamais. Mais bientôt on commença à parler d'alchimie, de pierre philosophale, de transmutation des métaux… L'ouvrage devant vous date de 1762, écrit par un certain abbé Villain, curé de Saint Jacques de la Boucherie à Paris. Ce brave curé a fait une étude très poussée sur Flamel, une véritable biographie en quelque sorte, sûrement en découvrant des documents, il prouve que l'alchimiste posséda une fortune… De là à penser qu'il a réussi à démêler l'impénétrable écheveau de la pierre philosophale, il n'y a qu'une simple déduction.

La jeune femme lui coupa la parole, le nom de l'ecclésiastique ravivant sa mémoire, Brian l'avait déjà prononcé devant elle plus tôt dans l'après-midi.

– Oui, il était l'homme pensant que Flamel avait pactisé avec le Diable pour parvenir à faire de l'or… ?

– En effet, vous me surprenez de plus en plus, mademoiselle Walsh, j'espérais vous étonner avec ce livre… Les faits sont là, à partir de 1382, Flamel devint très riche. On dit même que le Roi Charles VI ayant eu vent de sa fortune et de la mystérieuse façon dont il l'aurait obtenue, envoya chez lui un certain Monsieur de Cramoisy, Maître des requêtes à la cour afin d'enquêter pour savoir de quoi il en retournait. Son rapport officiel mentionne que : *les époux Flamel vivent humblement, se servant même de vaisselle de terre...* Là, l'homme en rajoute visiblement dans le but évident de masquer la vérité et d'entériner l'histoire, il veut simplement protéger l'alchimiste. Des années plus tard, les membres de la famille de ce Monsieur de Cramoisy lâcheront des bribes du secret : le libraire lui aurait offert contre son silence, une étrange matière lui permettant de faire lui-même de l'or. Cette *substance* aurait perduré dans la famille, assurant leur fortune de génération en génération. Il ironisa, jusqu'à épuisement du stock... Flamel-le-sage avait donné la *pierre,* mais avait su garder le secret pour la fabriquer.

— Pourquoi a-t-il patienté si longtemps pour faire de l'or ? Je veux dire, s'il a eu entre ses mains le livre lui révélant le secret en 1357, pourquoi avoir attendu 1382 pour devenir riche ?

— Pour la simple raison qu'il lui a fallu plus de vingt ans pour y parvenir... Flamel n'était pas un alchimiste à l'origine. Il ne savait pas manier une cornue ou un athanor, il ne connaissait que très mal le langage hermétique des initiés. Il allait devoir apprendre... Mais surtout, il n'y serait jamais arrivé seul... Pendant vingt ans, il s'essaiera à la science maudite sans jamais aboutir au moindre résultat satisfaisant. On peut penser qu'avec le temps il soit devenu un alchimiste émérite, grâce à son intelligence et à son opiniâtreté ; n'a-t-il pas à l'origine eu une vision lors d'un rêve ? Dans son esprit, trouver le secret de la pierre philosophale n'est rien de moins que la quête de sa vie. Malgré cela, l'ouvrage ne lui livra jamais tous ses impénétrables secrets. Pour enfin y parvenir, il aura besoin de l'aide d'un autre homme...

41

Un soleil de plomb irradiait les étendues de la plaine de Castille et Léon aux pieds des monts Cantabriques en cette fin avril 1378. La longue marche depuis Saint-Jacques-de-Compostelle, à l'extrême ouest du pays, sous une chaleur torride bien en avance sur l'été à venir, arrivait à son terme pour aujourd'hui. Bientôt, l'astre de lumière déclinerait rapidement, puis s'évanouirait définitivement. Sous l'ombre relative de son chapeau à larges bords, Nicolas Flamel cheminait d'un pas alerte au milieu du groupe d'une trentaine de pèlerins, frappant le sol de son grand bâton au rythme régulier de son allure.

La poussière attaquant inlassablement sa gorge le força une fois encore à s'emparer de sa gourde de peau pendant à sa ceinture. Il la porta à ses lèvres desséchées, se régalant du liquide tiédi par les heures passées à battre contre son flanc. L'homme à sa droite poussa soudain un cri satisfait, pointant son index droit devant lui.

– Léon !

Flamel sourit à son tour, il venait également d'apercevoir, dans le lointain, les remparts imposants de la cité médiévale. La joie et le soulagement se ressentirent immédiatement sur le groupe de pèlerins, l'étape journalière se terminait. Ils pourraient prendre un repos salutaire pendant quelques jours dans l'enceinte de la ville, avant de poursuivre leur voyage de retour vers le Royaume de France.

L'office de tierce avait été célébré depuis moins d'une heure[3], mais le soleil déjà haut dans le ciel

---

[3] Presque 10 heures du matin.

cristallin chauffait allégrement les pavés poussiéreux de la Plaza San Isidoro où trônait, majestueuse, la basilique du même nom, fierté du Royaume de Castille et Léon.

Flamel traversa d'un pas rapide la magnifique place et se dirigea vers la porte *Del Cordero*. Il était à la fois impatient et nerveux, curieux et anxieux… Serait-il là ?

L'archiviste de la bibliothèque rencontré la veille au soir à l'auberge de la « Casa Del Rey » avait été formel, nonobstant son latin approximatif dont Flamel n'avait compris qu'un mot sur deux : *c'est un très vieil homme, un grand savant assurément qui connaît l'art de guérir. Bien que né de confession judaïque, il fut converti au catholicisme. Malgré ou à cause de sa réputation sulfureuse, il est craint et respecté ici. Et même si nul ne vous dira jamais qu'il l'a consulté, une bonne partie de la ville a recours à ses soins ou à sa science. Bien sûr, la rumeur propage qu'il pratique les arts hermétiques… Ils sont formellement interdits, vous le savez, nul ne peut raisonnablement commercer avec le Malin.* L'homme s'était signé rapidement en prononçant sa dernière phrase, ce qui fit sourire Flamel intérieurement, mais se voulant un esprit moderne et cherchant à impressionner son auditoire, il ajouta sur le ton de la confidence et en baissant la voix : *Je n'ai pas peur de vous indiquer où vous pourrez le trouver, à San Isidoro, demain matin après l'office de tierce, il y est tous les jeudis… Ne dites pas que vous venez de ma part…* Là-dessus, bien qu'il fût un esprit moderne, réalisant qu'il en avait probablement trop dit, il se leva, se signa de nouveau par trois fois, traversa la taverne enfumée et disparut dans la nuit.

L'alchimiste, trop nerveux, n'avait pratiquement pas dormi de la nuit suite à cette révélation. Après tant d'années, se pouvait-il que la chance se range enfin de son côté ? Le hasard avait voulu que le nom de ce Maître Canches vienne à ses oreilles depuis Saint-Jacques-de-Compostelle. Toutes les légendes entendues sur ce vieux médecin juif seraient-elles vraies ? Bientôt, il saurait…

Il poussa la lourde porte ouvragée *Del Cordero* et pénétra à l'intérieur de la basilique, accueilli par une agréable fraîcheur. Ses yeux s'habituèrent à la pénombre contrastant avec la clarté du dehors. Il remonta doucement la nef latérale, levant la tête pour admirer les remarquables couleurs des magnifiques vitraux. Il ralentit encore son pas en distinguant devant l'autel une forme recroquevillée, emmaillotée dans un manteau noir… Il s'approcha davantage et observa l'homme visiblement très âgé qui semblait s'être assoupi. Retenant son souffle, l'alchimiste se pencha vers le dormeur. Il entendit tout bas des mots chuchotés, l'homme paraissait psalmodier comme on l'aurait effectué pour un rituel. Il n'osa pas l'interrompre, impressionné malgré lui… Soudain, sans bouger ni même ouvrir les yeux, le vieillard s'adressa à lui dans un Latin parfait.

– Puis-je vous aider, monsieur ? Y a-t-il quelque chose que je puisse faire ?

D'une voix mal assurée qui le surprit, Flamel répondit,

– Si fait, monsieur. Si vous êtes celui que je suis venu rencontrer, alors oui, vous pouvez m'aider.

Le patriarche se tourna lentement vers lui et ouvrit les yeux. Il le dévisagea longuement de son regard perçant et vif qui contrastait étrangement avec les traits marqués et fatigués de son visage mangé par une barbe blanche. Il semblait réellement très vieux et Flamel, n'osant toujours pas engager la conversation, se demanda si cet homme serait en mesure de l'aider ou même de comprendre ce pour quoi il souhaitait l'entretenir. S'appuyant sur un bâton, le vieux médecin se déplia et se leva puis pour toute réponse, lui désigna la porte par laquelle l'alchimiste venait d'entrer.

– Sortons… Ce pour quoi vous désirez m'entretenir ne doit pas se discuter à l'intérieur d'un lieu sacré… Il y a des règles qui doivent être respectées, certaines forces ne doivent pas être traitées à la légère.

Sous le soleil matinal, ils avaient traversé ensemble la Plaza San Isidoro pour marcher jusqu'à une petite rue étroite, noyée dans l'ombre protectrice des murs blanchis à la chaux des maisons agglutinées les unes contre les autres. Le vieux juif vivait là, ils franchirent un patio et se retrouvèrent au calme et à la fraîcheur d'une cuisine aux murs épais et solides. Flamel ne dît rien, mais fut impressionné par l'imposante cheminée et le matériel qui traînait dans la pièce. Son œil averti ne put s'y tromper, il se trouvait bien en présence d'un initié. Ils s'assirent l'un en face de l'autre autour d'une grande table en chêne et la fièvre dans son regard inquisiteur d'un bleu éclatant, le médecin demanda,

– Faites-moi voir ce pour quoi vous désirez me questionner monsieur. Fasse que ma connaissance soit suffisante pour pouvoir vous aider dans votre quête ou vous aurez fait tout ce chemin pour rien.

Le libraire ouvrit son havresac et en sortit plusieurs parchemins écrits de sa propre main. Il les tendit au vieil homme et lui expliqua son affaire.

– Voilà Maître Canches, je suis en possession d'un livre qui me cause bien des tracas depuis fort longtemps. Il contient toutes les informations nécessaires à la réalisation du grand œuvre… Je veux dire que je suis sûr que cet ouvrage recèle la vérité, le moyen de parvenir à ce que nous recherchons tous. Je l'ai traduit, étudié, disséqué pendant vingt longues années et malheureusement certaines clés me manquent. Je suis à un point où ma connaissance ne me permet plus d'avancer, il faut que quelqu'un m'aide, une personne suffisamment au fait de la science hermétique pour pouvoir être capable de trouver les *symboliques* qui me font défaut. Il va sans dire que je saurai me montrer reconnaissant envers cette personne si grâce à elle, je parviens au but ultime.

Le médecin semblait ne plus l'écouter, il avait sorti de sa coule des besicles et les fixa sur son nez. Ainsi fait, il approcha ses yeux des manuscrits donnés par Flamel, définitivement absorbé par ce qu'il découvrait. Il posa une question.

– Est-ce vous-même qui avez recopié ces passages ?

– Oui Maître Canches, personne d'autre que moi n'a porté le regard sur cet ouvrage depuis vingt ans. Les écrits et les dessins sont de ma main et j'ai effectué moi-même les traductions.

Le vieillard semblait de plus en plus fébrile au fur et à mesure qu'il lisait les notes du libraire, il se parla à lui-même.

– Est-ce possible ? Est-ce possible que nous soyons en présence d'un texte du livre d'Abraham le Juif… ?

– Exactement monsieur, vous ne rêvez pas. Il s'agit de notes recopiées d'après l'œuvre originale d'Abraham le Juif.

Le médecin le fixa de longues secondes, Flamel lui trouva un regard de fou, empli de fièvre.

– Comment est-ce possible ? On raconte que l'*Aesh Mezareph* aurait été détruit il y a des siècles, du moins c'est ce que relate la légende, car certains pensent qu'il n'a en fait jamais existé. Qu'il ne serait qu'un mirage obsédant des hommes tels que nous depuis la nuit des temps ! Qu'il ne serait qu'une chimère pervertissant l'âme et le cœur de ceux assez fous pour poursuivre la quête du grand œuvre ! Êtes-vous certains d'avoir l'original en votre possession ?

– Absolument, je vous le certifie. Ce livre ne demande qu'à révéler son secret, il faut juste éclairer mon esprit sur l'interprétation de certaines symboliques.

– Pouvez-vous me laisser vos notes pour la journée ? Il faut que je sois sûr, j'ai besoin de faire des vérifications, de voir si tout ceci n'est pas un leurre… Vous comprenez ?

– Vous pouvez garder les documents et faire les expériences qui vous siéent à partir de là. Je souhaite vous prouver ma bonne foi. Il referma son havresac et se leva. Je reviendrai vous voir demain matin Maître Canches. D'ici là je vous laisse travailler en paix.

Nicolas Flamel frappa doucement à la lourde porte en bois et ouvrit sans attendre. Il s'avança en silence se gardant d'interrompre le père Martin dans sa prière. Il le laissa finir de donner l'extrême onction à Maître Canches. L'homme d'Église sortit en s'adressant à voix basse à l'alchimiste,

– Je serai en bas si vous avez besoin de moi, mon fils.

– Merci, mon père, je vais le veiller à présent.

Flamel s'assit sur un tabouret à côté du lit où reposait le médecin juif. Il semblait dormir paisiblement et l'écrivain public souhaita intérieurement qu'il fasse le grand voyage sans plus de souffrance. Il savait que son ami ne passerait pas la nuit, depuis une semaine sa santé s'était soudainement dégradée. Maître Canches était vieux et il était prévisible qu'il ne supportât pas l'interminable périple de Léon jusqu'à Paris. Le libraire l'avait mis en garde, mais rien n'avait pu le faire changer d'avis. Le médecin juif, lui aussi, était tombé sous l'influence du livre, il voulait le tenir entre ses mains, il voulait le voir de ses yeux. Sa décision fut vite prise quand il fut certain que l'ouvrage appartenait bien à la littérature kabbalistique. Il savait en son for intérieur que son âge avancé ne lui permettrait peut-être pas d'atteindre Paris, mais le voyage en compagnie de l'écrivain public lui donnerait l'occasion d'enseigner les clés d'interprétation à celui qu'il considérait dorénavant, suivant l'ancestrale coutume des initiés de la kabbale, comme son jeune disciple.

Flamel ressentit de la frustration, non pas pour lui, mais pour le vieux médecin juif, si près du but… Ils étaient arrivés jusqu'à Orléans, à deux jours de Paris, et le destin n'avait pas voulu que le Maître Canches puisse aller plus loin. Il se pencha vers le lit et remonta les couvertures quand une main incroyablement ferme lui saisit le poignet. Sans ouvrir les yeux, le vieil homme s'adressa à lui.

– Nicolas mon ami, quel jour sommes-nous ?

– Jeudi, Maître Canches.

– Je vais bientôt vous quitter Nicolas, sans avoir pu atteindre mon but, mais j'ai confiance… Vos connaissances sont solides, ces semaines passées avec vous m'ont donné une joie de vivre et un espoir que je pensais perdus à jamais. Si vous avez bien compris les clés que je vous ai enseignées d'après les extraits des textes et des dessins que vous m'avez montrés, alors le grand œuvre sera bientôt vôtre. J'en fais le serment… Je sais mes interprétations justes, j'aurais moi-même pu réussir le magistère depuis longtemps si j'avais eu le livre… Maintenant, vous êtes en mesure de vaincre le secret. Vous possédez le livre et êtes capable d'interpréter les clés qui vous manquaient jusqu'ici, rien ne pourra plus vous arrêter dorénavant. Allez en paix Nicolas et faites un bon usage de tout ceci…

La main sur le poignet du libraire se relâcha soudainement. Il cria d'une voix rauque.

– Maître Canches non… !

C'en fut fini, Nicolas Flamel se trouvait désormais seul maître de son destin.

42

Kelly restait passionnée par le récit historique du professeur. Il parvenait à raconter cette légende étonnante et fantastique, vieille de plusieurs siècles, d'une manière cohérente. La jeune femme lui coupa presque la parole et demanda.

– Ce fut la première fois que quelqu'un réussissait la transmutation ?

Le professeur Lansky hocha la tête négativement.

– Assurément pas, mademoiselle Walsh… Nicolas Flamel, si l'on en croit les écrits, la réalisa pour la première fois le 17 janvier 1382. Soit quatre ans après la mort de Maître Canches. Mais le livre existant probablement depuis une époque immémoriale, on peut raisonnablement penser que quelqu'un y était déjà arrivé auparavant… Cela se perd dans la nuit des temps, vraisemblablement un millier d'années avant Jésus Christ. En revanche, il y a fort à parier que personne n'y est plus parvenu depuis… Et pourtant ils sont nombreux à s'y être essayés.

Kelly, toujours plus curieuse, renchérit.

– Et concernant l'immortalité ?

– De nouveau les déductions établies par l'abbé Villain. Il raconte que des voleurs profanèrent la tombe de Flamel, probablement à la recherche de son secret ou plus prosaïquement, à celle de son trésor. En effet, bizarrement on ne retrouva jamais chez l'alchimiste ni argent, ni trace de fortune et encore moins le secret de la pierre philosophale. On fouilla sa maison de fond en comble, on la détruisit même, finissant par y mettre le feu, la laissant à un tas de ruines et de cendres… Rien ! L'abbé Villain, toujours lui, établit avec certitude que le jour de sa mort, la *fortune* de Flamel se réduisait à six cent soixante-seize pièces d'or… On les trouva dans sa cave. Vous avouerez que pour une personne capable de faire de l'or à volonté pendant trente-sept ans, il s'agit d'une somme dérisoire et nullement en rapport avec la rumeur qui circulait à l'époque. Le plus curieux reste à venir, les voleurs allèrent jusqu'à profaner sa tombe pensant y découvrir son trésor, non seulement ils ne le trouvèrent pas, mais la sépulture se révéla vide… Elle ne contenait même pas le corps de Flamel ! Il avait été remplacé par une bûche de bois à l'intérieur du cercueil. De là naquit la légende de la vie éternelle, l'alchimiste s'était assurément fait sien le secret de la panacée et l'avait utilisé pour lui-même. Il s'était fait passer pour mort afin de disparaître, l'étau de l'église se resserrant dangereusement autour de lui… Et il ne faisait pas bon en ce temps-là être considéré comme un hérétique faisant commerce avec le Diable.

La jeune femme émit soudain des doutes. Kelly admettait le côté fantastique du faiseur d'or, mais la vie éternelle représentait une étape supplémentaire difficile à accepter.

– Tout cela n'est que supposition… Votre abbé Villain n'avait en définitive aucune preuve, il a simplement extrapolé sur l'immortalité de Flamel !

Le professeur Lansky reprit son air grave, admira sa visiteuse à la beauté parfaite, malgré la fatigue lui dessinant des cernes sombres ternissant son regard.

– Pour l'abbé Villain, tout cela relevait de la sorcellerie. Il fustigea Flamel, pour lui il n'était qu'un hérétique qui avait pactisé avec le Malin et méritait le bûcher.

Lansky fixait toujours Kelly dans les yeux et lui posa une simple question.

– Mademoiselle Walsh, connaissez-vous Jan Baptist Van Helmont ?

Elle sourit l'air contrit.

– J'ai bien peur que non, professeur…

– Jan Baptist Van Helmont comme vous vous en doutez certainement si je l'évoque, a joué lui aussi un rôle important dans l'histoire de l'alchimie. Il naquit à Bruxelles en 1577 à une époque troublée où la Belgique s'appelait les Pays-Bas Espagnols. Il fut un médecin et un savant de grand renom et bien évidemment pour ce qui nous passionne, rechercha avidement la pierre philosophale.

43

Dans l'odeur âcre de l'humidité suintante des murs, l'homme descendit lentement l'étroit escalier de pierre grise le conduisant dans les entrailles souterraines de la maison. Une chandelle à la main diffusant une faible lueur, il sortit de sa robe rouge à la lourde étoffe, une clé qu'il inséra dans l'ancestrale serrure. Il la tourna deux fois dans un sourd bruit métallique et s'apprêta à ouvrir l'épaisse porte en chêne. Au moment de la pousser, il jeta machinalement un rapide coup d'œil par-dessus son épaule. Réflexe inutile, il était impossible à quiconque de le suivre à l'intérieur de sa propre maison, mais des années de méfiance et de peur à l'égard de la sainte inquisition dues à ses activités répréhensibles avaient aiguisé sa paranoïa. Ces maudits espagnols avec leur intransigeance religieuse et leur absolutisme politique le terrifiaient. Il pénétra dans la crypte aménagée en laboratoire et fut accueilli par une odeur piquante de soufre rendue plus agressive par la douce chaleur émanant d'un foyer rougeoyant, contrastant avec la fraîcheur de l'escalier. Il ôta son bonnet de laine et s'approcha du four à amalgame dont les hautes températures permettaient la fonte et la fusion des métaux. Après quelques vérifications, il s'installa à son écritoire et griffonna quelques lignes à l'aide de sa plume, satisfait de constater que rien ne tournait mal dans le déroulement complexe de son expérience en cours. Un pâle sourire éclaira le visage de Jan Baptist Van Helmont, peut-être cette fois serait-elle la bonne… Le vingt-cinq novembre de l'an

259

de grâce 1618 resterait ainsi dans les textes maudits, le jour de gloire des *Gardiens de la Transmutation.*

Depuis plus d'une heure, le liquide épais et rougeâtre coulait goutte à goutte de la cornue pour se déposer dans le récipient en zinc, respectant le long parcours rituel. Il lui fallait passer par les différentes étapes symboliques de manière à être suffisamment sublimé par le mercure philosophique et dynamisé par la rosée recueillie sous les rayons de la pleine lune. Nerveusement, Van Helmont s'approcha de l'athanor et examina pour la énième fois le parfait déroulement du processus. Il inspecta ensuite le sol, les dessins tracés de sa main à la craie représentant plusieurs pentacles. Sa tâche effectuée, il porta son attention sur ceux des murs… Le doute l'assaillit, qu'avait-il pu omettre ? Rien, absolument rien. Lui et les autres avaient vérifié des centaines de fois la bonne marche de ce qui figurait le but ultime de leur existence. Comment auraient-ils pu oublier quelque chose ? Impossible !

On frappa à la porte. Surpris, il sursauta. Toujours cette peur qui ne le lâchait pas. Non, ce devait être la vieille Pétra qui en servante consciencieuse lui apportait une part de waterzooi. Il ne se souvenait pas de son dernier repas et fut satisfait de son intrusion : il ne mourrait pas de faim cette nuit. Il alla ouvrir et se trouva bien en face de sa domestique, mais il se figea en réalisant qu'un homme l'accompagnait. Embarrassée, la vieille femme s'excusa.

– Pardonnez-moi maître Van Helmont, mais ce seigneur a insisté pour vous rencontrer. Elle ajouta à voix plus basse, c'est un des vôtres…

L'importun, sans prononcer le moindre mot, leva sa main droite par-dessus l'épaule de la servante et exhiba à l'alchimiste un parchemin à l'étrange dessin. Van Helmont plus troublé qu'il ne l'aurait souhaité le fit entrer.

– Merci Pétra, vous pouvez aller maintenant, je n'ai plus besoin de vous et je vais être occupé le restant de la nuit.

Elle s'inclina et tourna les talons, laissant son maître seul avec l'inconnu.

Le savant demeura sur la défensive, que pouvait bien lui vouloir l'énigmatique visiteur ? Certes, il venait de lui présenter le signe kabbalistique secret de l'ordre… Le signe par lequel les *Gardiens de la Transmutation* se reconnaissaient entre eux : le mystique symbole de l'Archée. Force spirituelle sans quoi la découverte de la pierre philosophale s'avérait impossible, cette force qu'il fallait maîtriser pour parvenir au grand œuvre… Cette force qui jusqu'ici fuyait le médecin de Vilvoorde.

Van Helmont observa l'homme toujours silencieux, sans vraiment distinguer ses traits dissimulés sous les replis de la capuche, la faible lumière dispensée par les flammes des bougies et le rougeoiement du four à amalgame se révélant insuffisante. Il se décida et le questionna.

– Monsieur, il est bien tard pour s'inviter chez les gens de la sorte. Puis-je vous demander le but de cette visite nocturne ?

Le savant crut discerner pendant un instant un sourire sur les lèvres de l'inconnu.

– Veuillez accepter mes excuses Maître Van Helmont. Je pense que le but de ma visite vous intéressera au plus haut point. Je désire disserter avec vous d'un sujet d'importance qui nous tient à cœur tous deux.

– Ah ça monsieur, seriez-vous médecin ? Souhaiteriez-vous m'entretenir d'une maladie de l'un de vos patients ?

– Nullement… Je souhaite vous entretenir d'un sujet que vous cherchez à maîtriser depuis fort longtemps, d'un secret que vous espérez faire vôtre… Je crois que vous comprenez très bien à quoi je fais allusion.

L'inconnu, relevant la tête, jeta un rapide coup d'œil au laboratoire et s'arrêta sur les pentacles tracés à la craie à même le sol en pierre. Van Helmont ne savait trop quoi penser de cet homme, visiblement au fait de ses agissements et de l'ordre clandestin qu'il guidait.

– Que pouvez-vous me dire sur ce fameux sujet qui nous tiendrait à cœur tous deux ?

– Désirez-vous voir maître Van Helmont ? Désirez-vous atteindre par vous-même le secret transmutatoire ?

Le médecin s'enhardit.

– Seriez-vous au fait de choses qui me seraient inconnues ?

– Votre science est grande, Maître Van Helmont, mais la quête du succès est longue, difficile et dangereuse… Rien ne prouve que vous ne puissiez un jour parvenir au but ultime… Il m'a fallu moi-même de nombreuses années et des sacrifices énormes pour enfin le toucher du doigt… Je peux satisfaire votre soif de savoir, il me suffit pour ça… Il sortit de son manteau une petite bourse de cuir… De vous donner la substance qui vous manque…

Toujours méfiant, le savant belge s'empara de la bourse et en délia précautionneusement le cordon pour voir ce qu'elle contenait. Il demanda lentement,

– Vous suggérez que grâce à cette substance, il me serait possible de…

– Votre quête est bien avancée si j'en crois ce que j'observe, votre interprétation de l'Archée semble juste. Avec mon aide, vous pourriez toucher au but…

– Pourquoi désirez-vous m'aider, monsieur ? Pourquoi divulguer un tel secret aux gens de ma confrérie ?

– Disons que je souhaite honorer de mes connaissances un savant tel que vous, un homme respecté dans tout le pays comme le plus grand scientifique de son temps… Et puis, un service en valant un autre, j'ai moi-même besoin de quelque chose qui résultera de votre expérience.

— De *mon* expérience… ?

— Tout à fait Maître Van Helmont, je vous guiderai, mais vous devrez réaliser le Grand Œuvre par vous-même ou cela n'aurait aucun sens.

Le flamand se trouvait malgré lui impressionné par son étrange visiteur, il demanda presque sans s'en rendre compte,

— Quand pourrions-nous commencer ?

L'autre sourit, conscient d'avoir sondé le médecin au plus profond de son âme et de sa volonté, d'avoir lu juste en lui. Cet homme avec son intelligence, sa science, malgré sa frayeur de l'inquisition, se serait damné, simplement pour voir, simplement pour être convaincu que la quête de sa vie ne se résumait pas à poursuivre vainement une chimère. Le visiteur toujours plus énigmatique posa une unique question.

— Maître Van Helmont, vous sentez-vous capable d'affronter vos peurs les plus primales, de regarder en face les démons de votre existence ? Vous sentez-vous suffisamment fort pour naviguer vers des territoires inconnus aux rivages dangereux et effroyables ? Personne n'a l'esprit assez ouvert, assez inventif pour imaginer ce qui se passe quand on atteint le but ultime… La question est : vous sentez-vous prêt, Maître Van Helmont ?

Le savant belge prit quelques interminables secondes avant de répondre simplement.

— Je le crois, oui…

— Alors, il est temps de nous mettre au travail.

Pendant des heures, dans la chaleur grandissante de la crypte aménagée sous les ancestrales voûtes de pierre, les deux hommes préparèrent leur dessein secret de concert. Jan Baptist Van Helmont s'exécutant sous les conseils avisés de l'étranger. Ce dernier parut satisfait de constater le degré avancé des connaissances du médecin flamand, il atteignait un niveau suffisant pour comprendre, pour sentir que l'art transmutatoire ne pouvait se contenter de la seule physique, de l'unique transformation de différents éléments et substances. Il fallait autre chose, une force mystique, une perception des anciennes incantations oubliées depuis la nuit des temps, gardées secrètes par quelques initiés trop terrifiés pour ouvrir des portes sur un monde redoutable et incontrôlable, mais indispensable dans l'ordonnancement fantastique du mystère qu'ils souhaitaient mettre à jour.

Aux premières lueurs d'une aube brumeuse, le liquide rougeâtre cessa de couler, son lent et complexe cheminement vers la sublimation, enfin achevé. Les cinq symboles dessinés à la craie aux extrémités du pentacle principal, représentant le Feu, l'Air, la Terre, l'Eau et l'Archée semblaient posséder une vie propre, un magnétisme étrange qui confortait Jan Baptist Van Helmont dans ses certitudes de réussite, mais l'effrayait tout autant, de se trouver si proche de l'inconnu. D'inaccessible chimère, de rêve utopique, le but de son existence deviendrait bientôt une réalité tangible. Il aurait souhaité avoir à ses côtés d'autres membres de la confrérie des *Gardiens de la Transmutation*, mais l'énigmatique visiteur l'en avait dissuadé, il serait temps plus tard de leur faire partager le secret.

Le long processus alchimique terminé, les pentacles aux symboles exacts à leur juste place, la *substance* mystérieuse de l'étranger en sa possession, il ne lui restait qu'à utiliser les formules consacrées et sa tâche, son rêve serait atteint… Il hasarda une question.

– Quand commençons-nous ?

– Pas aujourd'hui… Nous sommes tous deux trop épuisés, nous avons besoin d'un esprit clair et lucide pour ne pas commettre une erreur qui se révèlerait dramatique… Et puis la conjonction n'est pas bonne à l'heure actuelle. Ce soir, pendant les douze coups de minuit… À l'heure où le bien et le mal s'affrontent et se neutralisent, nous tenterons d'infléchir en notre faveur le cours du combat qui se déroule depuis la nuit des temps. Par cette action vous serez en mesure de réaliser le Grand Œuvre. Jusque-là, soyez patient et prudent Maître Van Helmont, vous ne le regretterez pas, je vous le promets.

44

Le vieux professeur se saisit délicatement d'un ouvrage à la couverture de cuir rongée par l'âge. Il le feuilleta lentement cherchant le passage l'intéressant. Un pâle sourire illumina son visage quand son index s'immobilisa enfin.

— Voilà mademoiselle Walsh, l'objet de votre convoitise…

Il tourna le livre face à la jeune fille. Sur la page jaunie par la poussière des siècles, au milieu d'un texte illisible pour elle, s'étalait devant ses yeux ébahis un symbole identique à celui découvert par Charles sur le torse ensanglanté de Johan. Lansky reprit son discours d'une voix qu'il souhaitait posée, mais que Kelly ressentit en proie à la nervosité.

— Il s'agit bien du même symbole, n'est-ce pas ? Elle acquiesça d'un hochement de tête. Et bien, mademoiselle Walsh, la personne ayant dessiné ce symbole est assurément au fait de certaines connaissances alchimiques… Car voyez-vous, ceci n'est rien d'autre que l'exact symbole de l'Archée… La fameuse force spirituelle ou magique sans laquelle toute transmutation est rigoureusement vaine !

Kelly n'avait toujours pas prononcé le moindre mot. Ils restèrent silencieux, les yeux rivés sur la figure ésotérique pendant une demi-minute. Retrouvant l'usage de la parole, la jolie blonde posa une question du bout des lèvres.

— D'après vous professeur, qui pourrait avoir un dessin pareil tatoué sur le corps ?

Le vieil homme soupira longuement avant de répondre.

– Si l'on en croit les écrits de Van Helmont, il réussit en 1618 à réaliser la transmutation et à fabriquer de l'or, grâce à l'aide d'un inconnu sans qui il ne serait jamais parvenu au Magistère. Selon ses mêmes écrits, Van Helmont n'a plus jamais retenté l'expérience.

– Pourquoi ?

– Plusieurs hypothèses s'offrent à nous. Premièrement, car l'inconnu l'a assisté, mais ne lui a pas livré tous les secrets et sans son aide, Van Helmont n'en était pas capable. Ensuite, le temps lui a cruellement manqué. Très rapidement, la légende du faiseur d'or se répandit dans tout Bruxelles et vint aux oreilles de l'Église. Van Helmont a trop parlé, erreur que Flamel n'avait pas commise. L'inquisition s'empara de l'affaire et le décréta fou, hérétique, commerçant avec le Diable. Il fut jugé coupable de crime de sorcellerie et emprisonné pendant de longues années puis assigné à résidence jusqu'en 1644, date de sa mort.

Kelly insista.

– Et le tatouage ?

– J'y viens. Ce n'est qu'une théorie échafaudée par un vieux professeur à la retraite, mademoiselle Walsh, mais mes années d'investigations me poussent à croire que je suis dans le vrai. Si le succès de Van Helmont est arrivé aux oreilles indiscrètes de l'autorité, la faute en est à ses *associés*. Les membres d'une société secrète recherchant avec lui la pierre philosophale. Leur Grand Maître en prison, aux prises avec la Sainte Inquisition, ses compagnons n'ont eu d'autre choix que la fuite. Une fuite définitive, sans espoir de retour. On retrouve leur trace un court moment à Leyde toujours aux Pays-Bas, mais il fut trop dangereux de rester dans un pays sous la coupe espagnole. Aucun état d'Europe ne fut certainement assez éloigné pour échapper aux griffes de l'Inquisition. Le seul salut pour les conspirateurs qui réussirent à éviter les terribles tracas de l'Église se trouvait aux Amériques. Ils parvinrent donc à organiser leur fuite en profitant d'une incroyable opportunité. Ainsi en septembre 1620, ils embarquèrent à Plymouth en Grande-Bretagne... Voyez-vous où je veux en venir, mademoiselle Walsh ?

Kelly resta muette, la bouche ouverte, incapable de répondre au professeur Lansky qui la fixait toujours en souriant, son visage plus énigmatique que jamais. Oui, elle savait parfaitement où le vieil homme voulait en venir. La jeune femme n'avait jamais séché ses cours d'histoire et en native de Boston, elle ne pouvait pas ignorer les évènements de septembre 1620. Elle parvint à articuler lentement.

– Un bateau partit de Plymouth en septembre 1620... Le Mayflower !

– Exactement, mademoiselle Walsh, ravi de voir que l'histoire du Massachusetts n'a pas de secret pour vous. À partir de là, mes déductions sont logiques : certains membres de la société de Jan Baptist Van Helmont ont importé avec eux une partie de leur savoir alchimique et ainsi continué à rechercher la pierre philosophale à l'autre bout du monde. La Nouvelle-Angleterre a toujours été une terre de légendes et de mystères, le berceau de la sorcellerie... Ces quelques rescapés de l'Inquisition ont fait voyager avec eux la science maudite vers le Nouveau Monde.

Kelly l'interrompit, le puzzle se mettait en place.

– Vous insinuez donc que de nos jours cette société secrète existerait encore ? Que ces hommes portent le fameux tatouage comme signe de reconnaissance et qu'ils recherchent sans relâche la pierre philosophale, à n'importe quel prix... Au besoin celui du sang !

– Je pense que depuis près de quatre cents ans, ces hommes se meuvent dans l'ombre, l'esprit des sorciers de l'Ancien Monde vit toujours en eux.

Kelly hasarda une question, l'intérêt éprouvé depuis le début de la soirée par le récit de son hôte ne lui avait pas fait oublier sa mission.

– Pourriez-vous savoir qui ils sont, et où les trouver ?

L'universitaire sembla soudain devenir plus nerveux.

– Ils sont assurément dangereux, Miss Walsh, je n'ai jamais été en contact avec ce groupuscule, même si je soupçonne leur existence depuis fort longtemps, même si cela fait des années que je les piste, ils m'ont toujours fait peur. Je ne peux pas vous en dire plus, laissez-moi maintenant s'il vous plait, je suis fatigué.

La jeune femme n'insista pas, elle observait le visage du vieux professeur et eut la certitude qu'il lui en avait révélé beaucoup plus que ce qu'il avait pu imaginer au début de leur entretien. Cet homme venait de se remémorer des souvenirs anciens et cela le terrorisait.

45

Kelly n'avait pas eu le courage, après son entretien avec le professeur Lansky, de repartir pour Plymouth. Pourquoi l'aurait-elle fait d'ailleurs ? À Providence ou à Plymouth, elle se trouvait autant en sécurité, à compter qu'il y ait réellement danger. Charles lui avait signifié de quitter Boston, mais n'avait rien spécifié d'autre. Elle décida de passer la nuit dans le premier motel décent croisant son chemin. Le « King's Inn » fut donc une bénédiction pour la jeune fille, plus fatiguée par sa journée et les émotions générées qu'elle ne l'aurait cru.

Trop énervée par les nouvelles révélations de cette affaire qui loin de s'éclaircir, semblait s'enfoncer de plus en plus dans les abysses du mystère, elle eut toutes les peines du monde à sombrer dans un sommeil agité. Son cerveau lui lança un violent signal d'alarme au-delà de la semi-inconscience dans laquelle elle se trouvait, la réveillant en sursaut. Charles ne l'avait pas rappelée ! Elle s'assit dans son lit sans allumer. Se calant le dos contre le mur à l'aide de son oreiller, elle croisa les bras et réfléchit en se mordant la lèvre supérieure, manie chez elle reflétant une grande anxiété. Pourquoi gardait-il le silence ? Son dernier coup de fil remontait à ce matin… Certes, Charles pouvait d'ordinaire rester plusieurs jours sans donner signe de vie, mais là les circonstances se révélaient un peu particulières et puis, curieux comme il était, il aurait absolument voulu savoir si ses investigations se montraient fructueuses. Elle ne s'inquiéta pas vraiment pour lui, si quelqu'un en ce bas monde se trouvait à même de se sortir des situations les plus délicates, il s'agissait bien de Charles Adrian Thurnburgh.

Mais quand même, elle aurait aimé entendre sa voix… Elle se saisit de son portable et hésita… Il était trois heures du matin, peu de chances qu'il fût en train de dormir, de toute façon le réveiller aurait plutôt amusé la jeune fille, mais Charles avait dit : *Je te rappellerai*. Elle pesa le pour et le contre encore quelques minutes, puis d'un haussement d'épaules renonça et reposa son mobile sur la table de chevet, mais sans l'éteindre. Elle se lova sous la couette, tenta de se calmer et entreprit de se rendormir.

Elle continua à tourner dans son lit, dominée par sa nervosité et, même si elle avait du mal à se l'avouer, par son inquiétude. Les brumes du sommeil l'enveloppèrent doucement malgré la tension. Elle somnolait vaguement quand une image lointaine traversa ses pensées sortant du fond de sa mémoire. Dix ans déjà... Un glacial soir d'hiver où là aussi, elle aurait eu besoin du réconfort de son ami de toujours.

Son estomac se contracta instinctivement quand cette angoissante nuit refit surface dans son esprit, le moment où sa vie bascula…

La veille au soir, la jeune fille de seize ans était rentrée tard à la maison après son travail au « Milk and Coffee ». De toute façon, son père se trouvait de plus en plus souvent absent depuis quelques mois et c'était bien mieux ainsi. Au moins, il ne la terrorisait pas quand il n'était pas là. Kelly se débrouillait seule, elle en avait l'habitude depuis toute gosse, cela ne la formalisait plus depuis longtemps. Charles la voyait fréquemment et l'aidait autant qu'il pouvait, mais ses nouvelles activités professionnelles l'occupaient beaucoup et lui prenaient presque tout son temps. De fait, elle n'avait pas de nouvelles depuis plusieurs jours et le regrettait amèrement. Elle aimait sentir sa présence rassurante, il la calmait, lui rendait une part d'optimisme dans sa vie perturbée d'adolescente. Que serait-elle devenue sans lui ? Elle n'osait pas l'imaginer, rejetant inconsciemment l'idée. Il faisait office de confident, de grand frère, de sage... L'expression le faisait sourire et lever les yeux au ciel. Il se montrait toujours là pour elle, sa confiance en lui était inébranlable.

En marchant d'un pas rapide le long du trottoir enneigé, elle ne cessait de penser à lui, impossible de le joindre. Depuis la veille au soir, l'adolescente lui avait laissé une dizaine de messages sur son répondeur, chez lui et au bureau, il n'avait pas donné signe de vie. Ses affaires avaient dû le conduire en dehors de Boston. Elle grimaça, elle avait besoin de lui pour lui confier son angoisse sur sa situation actuelle, très problématique. Tout allait mal, encore plus mal que d'habitude, si cela était possible. Des larmes lui montèrent aux yeux, le froid vif n'en fut pas la cause, mais bien le chagrin et la tension nerveuse. Elle sentit à cet instant au fond d'elle-même que sa vie ne pouvait plus continuer ainsi. Sa volonté venait d'atteindre l'extrême limite de sa résistance... Tout cela était trop pour une jeune fille de seize ans, aussi solide psychologiquement que Kelly le fût, elle n'en pouvait plus, il fallait changer de vie au plus vite ou elle finirait par craquer définitivement. Elle voulait de tout son cœur se livrer à Charles, lui expliquer sa décision pour trouver ensemble une solution. Il s'agissait pour elle d'une question de survie.

Les images de la veille au soir revinrent à son esprit sans qu'elle parvienne à les chasser, cette fois une larme coula effectivement le long de son joli visage.

Pensant comme à l'accoutumée trouver la maison vide en rentrant, elle avait accepté avec plaisir la proposition de Donovan Collins, un copain de classe, de la raccompagner, la nuit étant tombée. Ils avaient discuté quelques minutes sur le pas de sa porte et au moment de se quitter, le jeune garçon avec un sourire gêné lui avait posé un baiser, moitié sur la joue, moitié sur les lèvres. Il lui avait soufflé à voix basse, un peu gauche.

– On se voit demain à l'école Kelly, passe une bonne soirée…

Tu parles, seule dans un taudis, terrifiée à l'idée du retour de mon père, saoul et violent. La soirée idéale… Elle aurait voulu lui crier : *ne t'en vas pas, reste encore un peu, tu représentes le monde civilisé qui disparaît dès que je passe le seuil de cette porte !* Au lieu de ça, elle répondit avec un triste sourire,

– Bonsoir Donovan, merci de m'avoir raccompagnée…

Elle était rentrée… Pour constater la présence de son père, ivre mort. Il avait apparemment tout vu de la scène et se mit à hurler de sa voix avinée et effrayante.

– Petite garce, c'est à ça que tu passes ton temps… ? Courir après les garçons ! Je vais t'en ôter l'envie moi, tu vas voir !

Il s'était levé de son fauteuil, son ceinturon de cuir à la main, avançant vers elle d'un pas titubant, mais décidé. La jeune fille se trouvait paralysée, il était capable de la rouer de coups et de la laisser pour morte. Dans un réflexe de survie, elle avait eu la lucidité de choisir la fuite se ruant dans le couloir tandis que la boucle du ceinturon sifflait à ses oreilles. Une fois dehors, elle ne s'était pas retournée, son sac toujours en bandoulière battant contre son flanc. Pendant un temps qui lui avait paru interminable, elle avait couru dans le froid de la nuit. Ses poumons la brûlaient et son souffle de plus en plus court charriait à chaque expiration une buée blanchâtre, enfin n'en pouvant plus elle s'était arrêtée et adossée contre un mur pour tenter de récupérer. Son père avait été incapable de la poursuivre dans son lamentable état, elle se trouvait momentanément en sécurité. Reprenant ses esprits après cette terrible épreuve, elle devait chercher un endroit où passer la nuit. Elle avait fini par échouer chez Dana Steed, une copine de classe, pouvant l'héberger jusqu'au lendemain matin, ses parents étant absents.

Dans la froideur de l'hiver, elle revint au moment présent, ce soir il lui fallait trouver une solution. Il lui fallait l'aide de Charles, il représentait son ultime espoir.

Elle ralentit instinctivement son allure comme elle se rapprochait de ce qui lui servait de *domicile*, selon sa propre expression, à la fois désabusée et sarcastique. Au coin de la rue, elle s'immobilisa complètement, laissant passer deux feux rouges sans parvenir à se décider à traverser. La jeune fille se l'avoua sans détour : elle avait peur, elle n'osait pas parcourir les derniers mètres, la terreur de la veille ne se dissipait pas, ancrée dans son esprit. Il lui fallait pourtant y aller, même si elle arrivait à trouver un endroit où dormir cette nuit, elle avait besoin d'affaires propres ainsi que de quelques bouquins pour l'école… Et de l'argent ! Elle ne possédait plus un cent en poche. Ses maigres économies, une centaine de dollars tout au plus, se cachaient sous son lit. Elle eut envie de téléphoner à Charles, faisant demi-tour, elle se dirigea vers les *phones box* devant le marchand de hot dog, mais s'arrêta au bout de quelques mètres. Elle avait eu beau fouiller tous ses vêtements, ils ne contenaient même plus une pièce de vingt-cinq cents. Elle grimaça en réalisant que sa démarche ne visait inconsciemment qu'à retarder l'échéance.

Kelly Walsh souffla un grand coup et prit son courage à deux mains, elle allait pénétrer chez elle. À cette heure, son monstre de père ne serait peut-être pas là.

L'adolescente avait toujours été lucide même dans ces moments-là, où la peur et la détresse altèrent le jugement, elle se trouvait parfaitement consciente du risque encouru…

Mais elle n'avait plus le choix. Plus le temps d'attendre que Charles veuille bien se manifester. Elle traversa la rue et se retrouva sur le bon côté du trottoir, à quelques mètres de sa propre porte d'entrée, objet de sa terreur. Tout à son stress, elle ne remarqua pas l'ombre silencieuse qui lui emboîta immédiatement le pas en restant à distance raisonnable. L'homme contourna la maison, sans que l'adolescente s'en rende compte, poussa la porte en bois délabrée donnant accès au minuscule et sordide jardin, puis disparut dans la sinistre noirceur des lieux.

La main de Kelly tremblait, elle n'arrivait pas à introduire sa clef dans la serrure. Se reprenant, elle se résonna : *Allons ma fille, du courage. Tu n'as pas le choix de toute façon.* Sur la défensive, elle entra. L'obscurité l'accueillit, elle fut quelque peu rassurée de n'entendre aucun bruit, apparemment il n'y avait personne. Prudemment, elle monta l'escalier en bois vermoulu branlant sous ses pas et se dirigea vers sa chambre. Il ne lui faudrait que quelques minutes pour attraper des vêtements, ses bouquins et son argent. Alors seulement, la sourde anxiété qui l'habitait se dissiperait.

Doucement, le cœur battant à tout rompre, elle ouvrit la porte accompagnée comme de coutume de son lugubre grincement. Un courant d'air frais l'accueillit, la fenêtre se trouvant ouverte comme à son habitude, cassée depuis des années. Elle ne se donnerait pas la peine d'essayer de la refermer, dans son esprit tout fut clair en une seconde, elle ne repasserait pas une nuit ici de toute façon. Plus jamais ! Elle chercha de la main le commutateur pour allumer, mais se ravisa. Pas de lumière, discrétion et rapidité seraient ses alliées les plus sûres. Elle se glissa sous son lit et entreprit de récupérer la centaine de dollars en petites coupures cachée sous une latte du parquet pourri. L'obscurité ne fut pas un problème, elle fourra les billets dans sa poche et ressortit de dessous le lit.

La décharge d'adrénaline lui sauta à la gorge quand elle se remit debout. Un homme se tenait là, au milieu de sa chambre. Elle faillit hurler, tétanisée par la peur, mais l'autre sentant la tension prête à exploser prit les devants de sa voix douce et grave.

— Hé ! C'est moi petite fille, pas de panique…

Kelly le reconnut immédiatement et fondit en sanglots, ses nerfs la lâchèrent d'un coup maintenant qu'elle se sentait enfin en sécurité. Elle se jeta à son cou et le serra de toutes ses forces.

— Charles, merde t'étais où ? Et pourquoi tu te caches dans le noir… ? Tu m'as fichu une de ces trouilles…

Elle pleurait de plus belle. Le détective la consola doucement.

— Du calme, du calme… C'est fini. Excuse-moi, je n'étais pas à Boston ces derniers jours. Une affaire plus longue que prévu… Et pour répondre à ta deuxième question, je suis entré par la fenêtre, comme d'habitude… Je ne me souviens d'ailleurs pas avoir pénétré dans cette maison, ne serait-ce qu'une seule fois, par la porte… Je me demande où elle peut bien se trouver en fait… ?

L'adolescente sourit tristement à la boutade tout en sanglotant. Il était incroyable de sérénité, rien ne l'affolait jamais. Tout allait rentrer dans l'ordre maintenant, elle était sauvée, Charles veillait sur elle.

Il l'écarta doucement pour la regarder dans les yeux et devint interrogatif,

— J'ai écouté tes messages, ça avait l'air grave… ? Que se passe-t-il, petite fille ? Je m'en veux de ne pas avoir pu venir plus tôt. Il fronça les sourcils, hésita une seconde et posa une dernière question, comme si soudain il réalisait. Et puis, que fais-tu dans le noir, on dirait que tu te caches ?

Elle le coupa.

– Toi aussi tu te cachais dans le noir… !

– Mais tu sais bien que c'est une seconde nature chez moi… Et je ne suis pas censé être là, donc je reste discret et invisible… Le mode furtif, la ninja attitude… Il avait pris une voix comique à l'intonation mystérieuse pour prononcer sa dernière phrase.

Kelly renifla bruyamment et se força à lui raconter sa terrible expérience de la veille.

– C'est mon père, commença-t-elle.

La mâchoire de Charles se crispa et un frisson lui parcourut le dos. Elle continua tandis que de nouveaux sanglots faisaient trembler sa voix.

– Il a voulu me frapper avec son ceinturon hier soir, j'étais terrifiée… Elle était implorante. J'ai réussi à me sauver, mais un jour… Ça devient insupportable, j'en peux plus, il va finir par me tuer…

Il la reprit dans ses bras laissant les grosses larmes couler le long des joues de la jeune fille.

– Bon, ne t'en fais pas, calme-toi. On va arranger tout ça. Tu ne peux plus rester ici maintenant. C'est ma faute, il y a longtemps que j'aurais dû faire quelque chose. Tu vas venir chez moi, on va s'organiser, j'ai déjà réfléchi à la question. On va faire ça dans les règles, demain j'irai voir quelqu'un de ma connaissance aux services sociaux et il n'y aura plus de problème. Prends vite tes affaires et on y va.

Elle dénicha un vieux sac de sport dans le fond de la penderie et fourra tout ce qu'elle put dedans en un temps minimum. Elle jeta un coup d'œil circulaire sur ce qui avait été son *chez elle* depuis sa naissance, et annonça sans le moindre regret à un Charles immobile au centre de la pièce.

– C'est bon, on peut y aller. Partons vite, cette pièce me donne la nausée, je me sentirai mieux qu'une fois loin d'ici…

– OK, je te retrouve au coin de la rue. Il s'engagea par-dessus le rebord de la fenêtre, prêt à sortir.

Kelly hocha la tête en signe de désapprobation.

– Tu ne crois pas que pour une fois tu pourrais passer par la porte, non ?

Elle le vit sourire dans l'obscurité,

– J'ai une réputation à défendre mademoiselle... Il redevint sérieux, il vaut mieux qu'on ne me remarque pas sortir avec toi de toute façon, je te récupère dans une minute au coin de la rue, à tout de suite !

Il sauta prestement dans le minuscule jardin encombré de broussailles. La jeune fille quitta une ultime fois ce qui avait été sa chambre pendant seize ans, descendit lourdement l'escalier branlant, son gros sac dans les bras, traversa le couloir et atteignit la porte d'entrée.

Elle tendit la main pour trouver la poignée et en terminer définitivement avec cette partie de sa vie. Sans regret, même avec un soulagement certain. Elle n'eut pas le loisir de le faire, la porte se déroba une demi-seconde avant qu'elle ne parvienne à la toucher. On venait de l'ouvrir brutalement en la tirant de l'extérieur. Complètement surprise, Kelly n'eut pas le temps de crier... Son père se tenait dans l'encadrement, massif, imposant, terrifiant... Muette de frayeur, la jeune fille recula dans le couloir, se coupant ainsi de toute éventualité de fuite. À bout de nerfs, son corps tout entier se mit à trembler convulsivement, aucun son ne parvint à sortir du fond de sa gorge. Elle reculait lentement comme un automate docile à la merci de son créateur.

Un mauvais sourire se dessina au coin des lèvres de Matthias Walsh. Il puait l'alcool et la sueur comme toujours, mais ne devait pas être totalement ivre, une lueur méchante éclaira son œil. Cette petite garce lui avait échappé la veille au soir, cette fois il tenait sa revanche.

Tétanisée par la peur, Kelly recula jusqu'au mur puis resta là immobile, incapable de réagir. Elle vit son père déboucler lentement son ceinturon, toujours sourire aux lèvres. De sa voix pâteuse, il lui parla doucement, profitant de la cruauté de la situation.

– Espèce de traînée, tu pensais éviter la raclée, hein… ? Mais tu vas regretter d'être revenue. Je vais te faire passer l'envie de courir après les garçons moi… Tu vas vite comprendre qui commande dans cette maison…

La jeune fille réagit dans un sursaut de lucidité. Elle se rua en avant, tentant désespérément d'échapper à son tortionnaire en essayant d'atteindre la porte, symbole de fuite et de liberté. Elle ne fut pas assez rapide, malgré sa soûlographie avancée, Matthias Walsh possédait encore suffisamment de réflexes pour l'en empêcher. Quand sa fille fut à sa portée, il la stoppa d'une magistrale claque en pleine figure qui renversa l'adolescente par terre sous la violence du choc. Ce fut terrible, des milliers de points lumineux traversèrent le crâne de Kelly. Elle tomba en arrière, s'empêtrant dans un vieux tabouret qui traînait là. Sa tête se mit à bourdonner, les points lumineux dansant devant ses yeux en un rythme lancinant, les sons furent plus sourds, plus atténués, comme distordus. Semi-inconsciente, gisant sur le sol froid sans avoir la force de se relever, tous ses espoirs de fuite se trouvaient anéantis. Le peu d'énergie restant à son corps, lui servait uniquement à lutter pour ne pas sombrer définitivement dans l'inconscience. Elle n'était déjà plus maîtresse de ses pensées.

Lentement, jubilant, son père leva le bras en l'air, armé de l'effrayant ceinturon. Sa proie clouée par terre, incapable de bouger ou de se protéger lui donnait encore plus de plaisir sadique.

Kelly ne sut jamais vraiment ce qui se passa dans les secondes qui suivirent. Elle crut vaguement percevoir dans la lointaine conscience de son esprit, le fracas d'un carreau brisé sous un choc d'une extrême violence... Mais surtout, la douleur qu'elle s'attendait à endurer ne vint jamais. Le reste demeurerait pour toujours un mystère, dans sa désagréable torpeur, elle distingua un bruit de lutte, des cris étouffés, puis ce fut le trou noir...

Matthias Walsh n'eut pas le loisir d'abattre sa ceinture sur sa fille, la fenêtre du couloir explosa... Charles venait de bondir à travers ! Dans le même mouvement, il se jeta sur le bras prêt à frapper. Il l'entailla profondément jusqu'au sang, le déchiquetant à l'aide d'une arme que l'agresseur de Kelly n'eut jamais l'occasion de voir, toute l'action étant trop rapide pour lui. Le détective renversa son adversaire en roulant sur lui et arracha d'un geste le redoutable ceinturon de sa main, sectionnant en deux l'épais morceau de cuir. Il frappa le tortionnaire sauvagement, laissant éclater sa fureur. Matthias Walsh était incapable de se défendre, le sauveur de Kelly se révélait trop fort, trop agile, trop violent, un démon sorti des enfers... Il plaqua son opposant au sol, le frappant encore puis lui hurla au visage, le terrifiant par sa bestialité. Le père de Kelly ne comprenait toujours pas ce qui se passait tant l'agression avait été fulgurante. Vaincu par un ennemi dont il ne distinguait pas les traits dans l'obscurité relative du couloir éteint.

– Je devrais te tuer, espèce de salopard... Et crois-moi, ce serait sans aucun remords. Écoute-moi si tu veux vivre ! N'essaie jamais de revoir ta fille, sa vie change à partir d'aujourd'hui... Si tu essaies, je serai là pour t'en empêcher et je n'aurai pas toujours la même pitié... Il approcha son arme tranchante comme un rasoir sur la gorge de sa victime et hurla de plus belle. As-tu compris ce que je dis !!?

Matthias Walsh, terrassé et impuissant, fit oui de la tête. Charles relâcha sa prise, se releva en gardant un œil sur l'homme à terre et se pencha sur Kelly qui recouvrait lentement ses esprits. Il la réconforta doucement,

– Ça va aller petite fille, tout est fini… Appuie-toi sur moi, je t'emmène.

Son père, toujours au sol, n'osa pas bouger quand ils passèrent devant lui pour atteindre la porte.

Pour la première fois de sa vie, Charles se résolut à la franchir…

46

La grisaille d'octobre avait envahi la ville, froide, humide, triste… De là où il se trouvait, à une vingtaine de mètres au-dessus du flot des voitures roulant dans Newbury Street, Charles Adrian Thurnburgh observait le monde d'en haut, comme il en avait l'habitude. Lui aussi se sentait d'humeur *grise*, mais loin de se laisser abattre ou dominer par les évènements et ses adversaires, il bouillait d'une rage intérieure, animale, plus très loin de l'explosion. Son grand ami Hamilton venait assurément de gagner une bataille. Avec Kelly en otage, le détective ne pouvait pas se permettre de prendre le moindre risque, il ne l'aurait accepté pour rien au monde. Il n'avait plus le choix, il lui fallait donc récupérer la bourse-totem et la remettre sans attendre à qui de droit. Mais Charles savait que tôt ou tard l'heure de la revanche sonnerait, car il y aurait une revanche et là, il n'aurait plus ni remords ni pitié, malheur aux vaincus…

Il regarda sa montre en commençant à s'impatienter, bientôt dix heures. Le préposé au service postal ne devrait plus tarder à présent. Il se concentra sur la rue en contrebas, observa les différents véhicules en stationnement et fut rapidement fixé. Une Ford Falcon noire garée à vingt mètres du 208 Newbury Street attira son attention. Un léger sourire se dessina sur ses lèvres, les deux sbires à l'intérieur ne se trouvaient là que pour lui, il eut immédiatement la certitude d'être en présence des volontaires désignés à la surveillance de son agence. Il imagina sans peine pouvoir repérer leurs frères jumeaux postés devant son appartement. La seule question en suspens demeurait leur nombre, n'étaient-ils que deux, ou deux autres l'attendaient-il également à l'intérieur même de son bureau ? Ce genre de types marchait toujours par paire en règle générale. Peu lui importait après tout, se trouvant déjà sur le toit de l'immeuble, ces imbéciles ne le verraient ni s'introduire ni ressortir de ses locaux. Un frisson lui parcouru l'échine une fraction de seconde, l'envie folle et violente de leur faire regretter d'être venu lui traversa l'esprit, à la fois pour qu'ils comprennent à qui ils avaient affaire et pour se défouler de la frustration engendrée par la menace pesant sur Kelly. Il chassa l'idée de ses pensées, trop risqué pour la jeune fille, il lui fallait calmer son tempérament fougueux et jouer profil bas pour le moment. Plus tard, il serait temps…

Il aperçut l'homme apportant le courrier. Il pénétrait au numéro 206. Dans quelques minutes le détective serait en possession de l'objet de toutes les convoitises. Jones le gardien en faction dans le hall du building était prévenu, il savait comment procéder. Se faire remettre par le postier le paquet au nom de Charles Adrian Thurnburgh et le déposer dans le petit réduit au bas de l'escalier de service. Ainsi, deux minutes plus tard, Charles aurait le loisir de le récupérer et de disparaître, ni vu ni connu…

47

Kelly émergea en sursaut d'un sommeil agité et troublé par les rêves, loin d'être tous agréables. Elle chercha sa montre à tâtons : neuf heures et quart. La fatigue, essentiellement nerveuse, avait fini par avoir raison de son énergie. En s'étirant, elle se leva et se dirigea en traînant les pieds vers la douche.

Après un quart d'heure passé sous l'eau chaude et fumante, réveillée, habillée, prête à partir, la jeune femme opta pour un bon breakfast avant de se remettre en action. Une idée saugrenue venait doucement de germer dans son cerveau. Elle la jugea bizarre au premier abord, peu fiable, mais poussée par son intuition, décida néanmoins de tenter le coup. Son caractère têtu et quelque peu retors sans doute, la persuada d'essayer de l'exploiter. De nouveau motivée, elle s'empressa de rejoindre sa voiture, plus elle y réfléchissait, plus elle y croyait. En étant méthodique, ça pouvait marcher, après tout, certaines fois les plans les plus basiques se révélaient les meilleurs. Charles serait satisfait… Son estomac se contracta soudain à la pensée de son associé. Il n'avait toujours pas donné signe de vie. L'inquiétude gagna du terrain dans un recoin sombre de son esprit. Où pouvait-il bien traîner et que manigançait-il ?

Kelly monta dans l'antique Camaro garée sur le parking du motel et fit ronronner les six cylindres du moteur d'un tour de clef. Toute à ses pensées, elle démarra lentement et prit la direction du centre-ville afin de trouver un endroit où déguster son breakfast. Elle ne remarqua pas la Jeep

Cherokee noire, sortie également du fond du parking qui lui emboîta le pas à distance respectable.

La jeune secrétaire-associée de l'agence d'enquêtes privées « Carabas », avait trouvé refuge dans un basic Mc Donald's, à l'ambiance aussi accueillante qu'un hall de gare, le long d'une des artères principales de Providence. Elle dégustait ses muffins en les trempant dans sa tasse de thé, tout en surfant sur le Web. La mastication rapide de la viennoiserie resta en suspens. Elle avait trouvé… ! La liste complète des passagers du Mayflower, qui en novembre 1620, avant d'aborder sur la côte de Cape Cod et d'en terminer de leur éprouvant périple à travers l'Atlantique, s'étaient réunis, concertés et avaient couché sur papier ce qui serait connu plus tard comme le « Mayflower Compact ». Véritable ébauche d'une constitution avec ses lois et sa politique de ce qui serait bientôt pour eux, la colonie du Nouveau Monde.

Kelly parcourut le texte rapidement et son visage s'illumina en entier, elle ne mâchait plus un muffin ce qui lui facilita considérablement la tâche. La jeune femme venait de lire la première ligne : *Nous, dont les noms sont ci-dessous écrits, les loyaux sujets de Sa Majesté le Roi James, par la grâce de Dieu…* La suite ne l'intéressait plus, cliquant sur la souris, elle fit descendre la page et trouva ce qu'elle cherchait : les noms des quarante-et-un chefs de famille, cosignataires du *Mayflower Compact* et la liste entière des cent deux passagers du navire historique. Kelly les tenait tous… ! Elle se félicita intérieurement d'avoir fait confiance à son intuition, son plan avait donc bien une chance d'aboutir. Elle s'étira longuement, toujours souriante, et jeta machinalement un œil par la fenêtre. Un homme claqua la portière d'une Jeep Cherokee noire et s'éloigna d'un pas lent sur le trottoir en allumant une cigarette. La montre de la jeune fille indiquait dix heures du matin…

Kelly commença à examiner un par un tous les noms des quarante-et-un signataires de la première constitution du Nouveau Monde. Elle décida de se focaliser sur ceux à consonances flamandes ou néerlandaises et de passer outre ceux à consonances trop britanniques. Il lui fallait faire un choix, pour mener à bien son plan, elle n'aurait pas le temps matériel de rechercher les quarante-et-un patronymes, surtout ceux très communs de nos jours.

La tâche s'avéra plus compliquée que la jeune femme ne l'avait imaginée de prime abord. Comment procéder ? Comment reconnaître au milieu des pères pèlerins, les quelques disciples de Jan Van Helmont, membres de la confrérie secrète ? Le premier nom de la liste, par exemple, William Brewster. Il avait très bien pu être transformé au cours des siècles et des différentes transcriptions. William ou Wilhelm pouvait très bien avoir une origine néerlandophone, Brewster également. Un rapide résumé le désignait comme ayant vécu aux Pays-Bas, bingo et d'un ! Kelly ne savait pas au juste combien de disciples de Jan Van Helmont avaient réussi à s'embarquer pour fuir l'inquisition. Pas plus d'une dizaine probablement, pourrait-elle tous les repérer ?

Elle passa au second nom de la liste, John Carver le premier gouverneur du Nouveau Monde, on retrouvait sa trace de riche commerçant londonien avant de tenter l'aventure aux Amériques. Elle l'élimina, celui-là était typiquement Britannique. En revanche, son successeur attira son attention : William Bradford, patronyme anglais sans le moindre doute, mais il parlait couramment néerlandais, latin et hébreu… Trop de coïncidences, une moue au coin de la bouche, Kelly le garda dans son inventaire, cela faisait déjà deux noms sur trois étudiés. Non seulement ces types s'étaient invités au voyage, mais il semblerait qu'ils fussent devenus rapidement les meneurs de la communauté. Cela n'étonna pas la jeune femme, comment en aurait-il pu être autrement ? Ils étaient déterminés, intelligents, et formaient un groupe dans le groupe, soudés entre eux.

Elle poursuivit sa quête : Edward Winslow, il retourna en Grande-Bretagne en 1623, pas de doute sur celui-là, aucun rapport avec Jan Van Helmont, elle l'élimina définitivement. Elle procéda de même pour Samuel Fuller médecin anglais, Miles Standish le soldat engagé par les pères pèlerins pour les entraîner à se défendre et John Smith qui se révélait être en fait le capitaine du bateau. La jeune femme fut soulagée de constater que ce dernier n'avait pas la moindre relation avec le sujet qui la préoccupait, car il lui aurait été impossible de vérifier tous les Smith de Plymouth et des environs.

Le pointage complet des quarante-et-un signataires lui prit pratiquement une heure. Elle avait éliminé les dix-huit femmes et les trente enfants, portant le même nom que les chefs de famille, ainsi que ceux malheureusement morts pendant le voyage, qui ne foulèrent jamais la terre américaine. En revanche, Kelly avait étudié avec une concentration particulière l'énumération des différents valets et servants au service de leur maître. Il s'agissait d'un moyen pratique et discret de s'embarquer pour le Nouveau Monde sans attirer l'attention. Son travail achevé, elle s'étira, commanda un autre thé comme pour célébrer sa victoire et regarda la liste ainsi établie. Il y avait onze hommes en tout.

Son idée de départ se révélait en fait très simple, voire simpliste, elle en était consciente, mais le jeu en valait la chandelle. Elle reprendrait les onze noms un par un et essaierait de retrouver la trace de leurs descendants, s'il y en avait. Si les disciples de Jan Van Helmont avaient fait perdurer leur secte par-delà l'océan et les siècles, comme le supposait le professeur Lansky, elle se trouvait persuadée qu'au moins un des descendants en faisait toujours partie quatre cents ans plus tard, les probabilités plaidaient en sa faveur. Une fois sûre de son fait et l'homme identifié, ce serait à Charles de jouer, les compétences de Kelly s'arrêtaient à l'administratif, l'action, musclée le plus souvent, était du ressort de son associé… Aux abonnés absents à l'heure actuelle.

Elle revint s'asseoir avec son thé fumant et relut en détail les onze lignes dont dépendait peut-être la solution de l'énigme, les pièces du puzzle ne demandaient qu'à s'emboîter, ces onze morceaux-là allaient lui parler, elle en était certaine. Elle récapitula :

William Brewster
William Bradford
Jan de Bondt
Peter Finch
John Dyck
Merkurius Helm
Adrian Poel
Jonathan Groenboom
Franck Leyde
Charles Wegelum
Jan Van Der Linden

À partir de là, la deuxième partie de son plan pouvait se mettre en place. Pour cela, la jeune fille allait avoir besoin de sa *débrouillardise*, comme se plaisait à l'appeler Charles, dans le domaine particulier de l'informatique. Elle devrait pirater gentiment quelques fichiers tenus en temps normal au secret le plus strict. La tâche ne la rebutait pas et elle n'éprouvait pas le moindre remords à le faire, partant du principe que si la protection se révélait suffisante, ledit fichier se trouvait proprement inviolable. Seuls ceux avec mauvaise protection étaient ainsi, à ses yeux, ouverts aux quatre vents… Du piratage. Elle éteignit son ordinateur portable, ramassa ses affaires et se débarrassa de son plateau dans la poubelle prévue à cet effet, elle n'était pas chez Mc Donald's pour rien, puis s'apprêta à quitter les lieux. Pour faire ce genre de *travail*, il lui fallait un endroit discret et solitaire, pas la salle d'un Mac Do. Elle soupira de dépit, une fois de plus elle devrait trouver refuge dans le premier motel anonyme qui se trouverait sur sa route. Elle se prit à rêver de retrouver son confortable bureau de Newbury Street… L'image de Charles lui revint instantanément à l'esprit à cette pensée, l'inquiétude la rongeait dorénavant. Elle décida de lui laisser encore une heure et d'essayer de l'appeler. Tant pis si cela le mettait de mauvaise humeur, elle n'aurait qu'à râler la première, histoire de lui faire comprendre sa désapprobation sur son silence prolongé.

Elle sortit dans la rue et marcha jusqu'à sa voiture, instinctivement elle se retourna, un peu nerveuse quand même à l'idée de ses futurs actes hautement répréhensibles. Un homme la croisa sans la regarder, se dirigeant lentement vers une Jeep Cherokee noire…

48

Les grands arbres du Boston Common semblaient se tordre en hurlant de douleur, malmenés par les glaciales rafales venant du large les écorchant vifs en arrachant leur feuillage doré. Charles marchait d'un pas rapide en se dirigeant vers le centre du parc, où aurait lieu la rencontre… Il tira son gant sur son poignet et regarda sa montre, presque onze heures. Il était dans les temps. Machinalement, il tâta la poche intérieure de son épais blouson de cuir comme pour se rassurer. La bourse-totem, objet de tant de convoitises, reposait bien là, au chaud. Il ralentit son allure en arrivant en vue du monument marquant le départ de la fameuse ligne rouge et jeta discrètement un coup d'œil circulaire. Pas grand monde aux alentours, le temps froid et humide n'incitait pas à une promenade bucolique dans le parc. Le détective ne douta pourtant pas une seconde de se trouver guetté par quelques sbires d'Hamilton, même si ces derniers se révélaient invisibles à l'heure actuelle. Seul un homme de forte corpulence semblait perdu dans le décor automnal, assis sur un banc, il lisait un livre, insensible aux morsures du vent. Charles l'observa quelques secondes puis détourna son attention vers son point de rendez-vous. Il était de toute évidence le premier. Il s'immobilisa à l'endroit convenu, prenant soin de rester bien visible et attendit.

Trois quidams apparurent au loin, marchant dans sa direction, il reconnut son *contact* au milieu du groupe. Cette fois on y était, plus question de faire machine arrière. Il allait devoir jouer serrer, non pas pour sauver la bourse-totem, mais bien pour faire en sorte que rien de fâcheux n'arrive à Kelly. Ces types se montraient prêts à tout, ils ne reculeraient devant rien et les menaces proférées à l'encontre de la jeune femme par leur chef, étaient tout sauf des paroles en l'air.

Les deux *porte-flingues* restèrent à distance, observant les lieux, seul Hamilton s'approcha face au détective. Froid et tranchant comme l'acier, dans son manteau noir visiblement coupé sur mesure, les mains dans les poches qu'il ne daigna pas sortir, peut-être dissimulant une arme. Il engagea la conversation sans préambule.

– Finissons-en vite Thurnburgh, ce sera mieux pour tout le monde… Et attention : pas de coup fourré ou les conséquences pourraient être dramatiques pour votre amie…

Charles ne prit pas la peine de répondre, il ouvrit lentement son blouson de cuir, en exhiba un paquet bien emballé et le tendit à son adversaire. Hamilton accepta d'enlever les mains de ses poches et s'empara de l'objet. Il acquiesça un brin ironique.

– Bien monsieur Thurnburgh, je vois que vous êtes raisonnable, nous allons finir par nous entendre.

– Faites vite Hamilton, ma patience n'est pas sans limites.

L'autre, sans le quitter du regard, visiblement gêné de ne pas voir ses yeux dissimulés derrière ses lunettes de soleil, entreprit d'ouvrir le paquet en arrachant méthodiquement le papier d'emballage. Le détective nota son sang-froid, il ne se précipitait pas, gardant son regard inquisiteur posé sur lui, paré à toute éventualité. Un léger sourire aussi glacial que le personnage fit frémir ses lèvres quand il tint la bourse-totem entre ses mains. Il reprit la parole,

– Parfait Monsieur Thurnburgh, vous avez respecté votre part du marché, même s'il a fallu pour ça que je vous tire un peu les oreilles… À mon tour d'honorer mes engagements.

Il sortit son portable de sa poche. Charles serra les poings à s'en briser les jointures, il aurait pu facilement lui sauter dessus, malgré les deux cerbères qui ne quittaient pas la scène des yeux. En moins d'une seconde, il l'aurait maîtrisé, anéanti ainsi que les deux chiens de garde et repris la bourse… Mais il y avait toujours Kelly…

Hamilton téléphonait.

– Tout est en ordre, j'ai l'objet voulu. Vous restez encore une heure avec la secrétaire et quand je vous rappelle vous pouvez rentrer. Il s'adressa de nouveau à Charles. Voilà, l'affaire est close, nous allons nous quitter. Comme vous l'avez entendu, d'ici une heure, si rien ne m'arrive, plus aucune menace ne pèsera sur votre amie. Vous pouvez la contacter à présent, ce fut un plaisir de traiter avec vous Monsieur Thurnburgh. À une prochaine fois peut-être…

Il tourna les talons et rejoignit ses deux acolytes qui eux n'abandonnèrent pas le détective des yeux avant de se trouver à bonne distance. Charles resta là, immobile, les regardant disparaître. Il nota que le lecteur du parc avait dû terminer son livre, car depuis quelques minutes déjà, il avait quitté sa place laissant le banc de pierre subir seul les assauts de la bise.

Charles attendit encore un peu, apparemment calme et stoïque, mais en réalité tous les sens aux aguets. Il se décida d'appeler Kelly malgré le risque que cela représentait, il fallait d'une part donner de ses nouvelles à la jeune femme et d'autre part, donner le change à ses adversaires, ils auraient trouvé étrange que le détective ne le fasse pas. Il devait agir en les laissant penser que seule la sécurité de Kelly le préoccupait dorénavant. La connaissant, il se persuada que l'accueil téléphonique de son associée se révèlerait haut en couleur. Elle devait trépigner d'impatience face à son silence. Il réfléchit quelques instants avant de composer le numéro, leur portable respectif étant toujours sur écoute, ils seraient donc dans l'impossibilité de discuter librement, il lui fallait imaginer un stratagème pour déjouer le piège. La jeune femme avait l'esprit vif, *c'est le moins que l'on puisse dire*, pensa-t-il en haussant les sourcils. Elle devrait comprendre assez rapidement, mais il lui faudrait se montrer suffisamment discret pour empêcher les inopportuns à l'autre bout du fil de réaliser où il voulait en venir. Il appuya sur la touche de son mobile et le mit à l'oreille, dans quelques secondes il serait fixé.

Kelly ouvrait la chambre qu'elle venait de louer — et de payer d'avance en liquide — au « Travellers Motel » à la sortie de Providence en direction de Boston, quand son portable s'impatienta. Elle se précipita à l'intérieur de la pièce, claquant la porte derrière elle et fouilla dans sa poche. Charles se décidait à donner de ses nouvelles, pas trop tôt, elle allait pouvoir lui dire sa façon de penser. Son cœur fit un bond et elle se sentit instantanément soulagée en voyant son nom s'afficher sur l'écran digital. Elle répondit.

– Allô, Charles ? Tout va bien… ?

Elle décela dans le timbre de sa voix, toujours aussi chaude, un léger accent d'inquiétude qui la mit immédiatement sur la défensive.

– Bonjour Kelly… Oui, évidemment tout va bien ! Pourquoi cette question ? C'est plutôt à toi de me dire si tout va bien… Pas de problème de ton côté ?

– Non aucun, sauf que j'en ai marre d'être en vadrouille et qu'il me serait agréable, ne t'en déplaise, de rentrer à Boston et de retrouver mon confortable et si plaisant bureau de secrétaire…

Il la coupa, sans relever pour autant le sarcasme, ce qui persuada la jeune fille que quelque chose n'allait pas, elle connaissait trop bien le personnage.

– Écoute, pas tout de suite. Pour le moment j'aimerais que tu restes dans un endroit public et que tu m'attendes là. Je viens te chercher moi-même…

Elle l'interrogea, inquiète.

– Que se passe-t-il ? Il y a un problème ?

– Je t'expliquerai, bientôt tout va rentrer dans l'ordre, mais pour l'instant, rejoins un lieu public avec du monde et je viens te chercher… Tu sais où aller ?

– Oh oui… Le Mc Do où j'ai passé la matinée… Elle soupira. Je suis à Providence en fait… Elle s'interrompit, dans l'attente de la question de Charles s'enquérant de sa présence dans cette ville. Rien ne vint. Elle reprit dans la seconde.

– Il se trouve sur Benevolent Street, près de l'université, tu ne peux pas le rater…

– Bien, tu restes là et tu m'attends, je fais le plus vite possible, d'accord… ?

Elle soupira de nouveau.

– Bien enregistré patron ! J'y suis dans vingt minutes, je vais me gaver de cheeseburgers en t'attendant, à plus tard.

Elle avait raccroché.

Charles sourit en remettant son mobile en poche. Kelly avait compris. Sa dernière phrase était très claire… La jeune femme avait toujours eu horreur des cheeseburgers… Il allait lui laisser une vingtaine de minutes et la contacter là-bas depuis une cabine téléphonique, sans oreilles indiscrètes. Ils pourraient ainsi faire le point ensemble.

Le luxueux hall du Parker House Hôtel grouillait de monde comme Charles l'avait espéré. Malgré ses lunettes de soleil rivées sur son visage, il observait, ses sens aiguisés aux aguets. Il passa une première fois devant le réduit réservé aux cabines téléphoniques, refit le tour du *lounge* sans se presser en jetant un œil *touristique* aux splendides lustres de cristal. Il vérifia avoir suffisamment de monnaie en poche et s'étant assuré d'une manière certaine ne pas, ou ne plus, être suivi, se décida à décrocher un des combinés.

Le premier de ses deux appels ne lui prit que quelques secondes. Le temps d'obtenir d'une standardiste aimable comme une gardienne de prison travaillant le jour de Noël, le numéro du fast-food Mc Donalds se trouvant sur Benevolent Street à Providence dans l'état du Rhode Island, il crut bon d'ajouter : *S'il vous plait madame...*

Il vérifia l'heure en composant son second appel. Vingt-cinq minutes qu'il avait quitté Kelly, le temps de se dépêtrer du marquage des sbires d'Hamilton, à compter qu'il y en ait eu à ses basques, de disparaître dans la nature et de réapparaître incognito au beau milieu du hall du Parker House.

Une voix juvénile lui répondit.

— Mc Donalds, je vous écoute, bonjour !

— Bonjour, auriez-vous l'amabilité de me rendre un petit service ? Il ne laissa pas le loisir au jeune responsable du fast-food de l'interrompre, enchaînant immédiatement. Il doit y avoir dans votre restaurant — employer ce vocabulaire concernant un Mc Do lui sembla quelque peu étrange d'ailleurs — une jeune femme blonde, très jolie, vingt-six ans, répondant au charmant prénom de Kelly... Pourriez-vous me la passer s'il vous plait ?

L'autre fut surpris de la requête et hésita un instant.

— C'est qu'il y a du monde monsieur, je ne la connais pas...

De sa voix persuasive, le détective insista,

– Blonde, jolie fille… Vous ne voudriez pas manquer ça tout de même ?

Il se décida.

– Un moment, je vais voir.

Il se dirigea vers la salle en maugréant, ce n'était pas un standard téléphonique ici après tout… ! Soudain, il ne vit plus qu'elle, l'amie de Charles lui souriait d'un air candide. Kelly avait suivi le manège depuis une demi-minute et avait compris, l'appel lui était destiné. Elle se leva et de son plus beau sourire s'adressa au jeune type incrédule.

– Je pense que l'appel est pour moi, je suis Kelly, merci…

Elle le planta là et se saisit du combiné.

– Allô, Charles ?

– Salut petite fille… Tout va bien ?

– Oui, aucun problème, mais tu m'effraies. Pourquoi tout ce stratagème ?

– Trop long à t'expliquer ! Maintenant écoute, il doit y avoir un gars qui te suit depuis quelque temps… Si tu pouvais le repérer…

Elle lui coupa la parole.

– Un type à l'air inquiétant conduisant une Jeep Cherokee, oui je sais. Qu'est-ce que tu veux que j'en fasse ?

Charles ne put s'empêcher de sourire, elle était exceptionnelle, il l'adorait…

– Bon, je vois que tu n'as pas perdu la main. Écoute, je pense qu'il est vraiment dangereux, reste bien dans un lieu public tant qu'il sera là. Ça ne devrait plus être très long maintenant.

– Qui c'est ce type ?

– Un des porte-flingues d'Hamilton, avec toi en ligne de mire.

Kelly sentit à l'inflexion de sa voix qu'il ne plaisantait pas le moins du monde, elle frissonna.

Le détective poursuivit.

– Il m'a piégé, j'ai dû lui remettre tu sais quoi…

Elle grimaça.

– Pas bon tout ça… J'imagine que tu n'as pas pu les suivre du coup ?

– Moi non, impossible… Mais Wolkowski s'en charge, il devrait s'en sortir, du moins je l'espère, car les gars d'en face sont tout, sauf des amateurs. De toute façon, je me doute à peu près où ils se rendent… Bon, on n'a pas beaucoup de temps, alors écoute-moi bien. Toi, tu ne bouges pas tant que ton garde-chiourme te colle à la peau. Pas de risque, hein ?

Elle acquiesça.

– OK, j'ai pigé.

– Moi, je vais retourner voir mes amis mohawks, je viens de recevoir un message, apparemment ils ont du nouveau pour moi. S'ils ont réussi à savoir à quoi cette maudite bourse-totem peut bien servir, on devrait comprendre ce qu'Hamilton et sa bande veulent en faire. De là, on peut essayer de les retrouver, les en empêcher, les neutraliser et la leur reprendre…

À l'autre bout du fil, Kelly fit la moue. Charles n'avait jamais douté de rien, elle en était consciente, mais sur ce coup-là, la jolie blonde eut du mal à le suivre dans son optimisme débordant. Le plan du détective, à considérer qu'il se fut réellement agi d'un plan, se montrait on ne peut plus aléatoire… La jeune fille ne faisant aucun commentaire, son associé poursuivit.

– Quant à toi, où en es-tu de tes recherches sur l'autre bande ?

– Ah, enfin tu t'intéresses un peu à mon boulot… Merci patron ! Il sourit, elle n'avait pas encore râlé jusqu'ici… Bon, tiens-toi bien. Je te résume, car c'est plutôt compliqué. Le symbole dessiné sur la poitrine du type est un symbole utilisé en alchimie. Il sert à la découverte de la pierre philosophale. Je recherche donc les éventuels membres d'une société secrète, férus d'alchimie, venus d'Europe en 1620 avec le Mayflower. Cette société existerait toujours de nos jours et ton mort tatoué se trouvait, à coup sûr, être un des membres de ladite confrérie secrète.

Charles resta pensif une seconde ou deux, avant de demander.

– Quel rapport avec notre bourse-totem ?

Kelly ricana, narquoise.

– Si je le savais, ce serait moi le détective et toi tu serais secrétaire…

– À question idiote… Bon, si tu es sûre de toi avec cette histoire, tu poursuis dans cette direction. Dès que tu as du nouveau, tu me contactes.

– D'accord. Et la clinique vétérinaire, ça a donné quoi ?

– Pas mal de choses, mais ce serait trop long d'entrer dans les détails. Dès que j'ai le temps, je t'envoie un résumé. Juste une dernière question, tu connais « Le Critias » ?

– Le bouquin de Platon ? Non, je ne l'ai jamais lu, quelle relation avec une clinique pour animaux ?

– Si je le savais… C'est pour ça que tu n'es que secrétaire ! Il reprit son sérieux. Si tu peux faire une ou deux recherches là-dessus. Ça a un rapport avec la bourse-totem indienne, ça j'en suis sûr, il faut qu'on trouve le lien rapidement, le temps joue contre nous dorénavant. Bon, je te laisse, pendant au moins une heure tu ne m'appelles pas sur mon portable, moi je file retrouver les Mohawks. Sois prudente, hein… A plus tard petite fille.

Il avait raccroché et déjà disparu telle une ombre silencieuse dans la foule bruyante se mouvant dans le hall de l'hôtel.

Le détective sortit du Parker House, marcha cinq minutes sur le trottoir venteux de Tremont pour rejoindre sa voiture, une Dodge familiale, lourde et lente louée par Piotr Wolkowski. Il relut le court message, un brin énigmatique, envoyé par Nantan une heure plus tôt sur son portable : *12 h, Boston University, bâtiment 10, bureau 314, Division Héritage Culturel. Nantan.* Il avait juste le temps de foncer à son rendez-vous, en faisant le tour du Boston Common par Beacon et en remontant Strorrow Drive jusqu'au campus, il ne lui faudrait pas plus de quinze minutes pour arriver à l'Université, même avec la Dodge. Il se mit au volant, se demandant ce qui avait pu passer par la tête de Wolkowski quand il lui avait pris la lubie de louer ce genre de véhicule… Il soupira avec nostalgie en pensant à sa Toyota MR2, se promettant de la récupérer à la première occasion.

49

Tout en conduisant, le détective essaya de résumer mentalement la situation afin de voir plus clair dans cet imbroglio où chaque réponse amenait invariablement une nouvelle question, comme si toute cette histoire s'avérait être depuis le commencement un vaste complot aux ramifications multiples et aux desseins forts dangereux. Charles avait une confiance absolue dans le jugement de Kelly, si sa jeune associée pensait qu'une confrérie secrète s'adonnant à l'alchimie se trouvait mêlée à l'affaire, il ne lui venait pas à l'esprit de douter de sa découverte. Même si ce nouveau fait lui semblait pour le moins déroutant. Il avait bien évidemment imaginé lui-même que Johan, l'homme tatoué, suicidé, puisse être membre d'une telle société… Après tout si la magie de la bourse-totem se révélait bien réelle (il était toujours dubitatif sur le sujet à l'heure actuelle, ne devant se fier jusqu'ici qu'à la parole de Nantan et à celle du professeur Reeves, aucune preuve n'étant venue étayer leur théorie), une confrérie alchimique pouvait en effet être intéressée par l'objet sacré indien.

Son esprit en pleine analyse, dériva sur la clinique Rushmore. Il eut beau réfléchir, Charles dut s'avouer à lui-même que le rapport entre un centre de recherche gouvernemental faisant des expériences animales et la bourse-totem ne lui paraissait pas évident au premier coup d'œil… Et Platon dans tout ça ? L'idée même le fit sourire, quel rôle pouvait jouer dans cette histoire les écrits, plus précisément « Le Critias », du philosophe antique ? Pourtant, il en restait persuadé, si le livre se trouvait caché en compagnie de notes sur les tribus indiennes de Nouvelle-Angleterre, il devait y avoir une relation flagrante avec toute l'affaire. Que comptait donc faire Van Dooren avec la bourse-totem ?

Tout à sa réflexion, il arriva sur le campus, remonta au ralenti Bay State Road et ses magnifiques bâtiments au style victorien, repéra le numéro 10 et gara sa voiture. Il vérifia rapidement sa tenue, bonnet sur la tête, lunette de soleil devant les yeux et blouson de cuir bien coupé sur son pull à col roulé… Tout était en ordre. Peut-être la clef de l'énigme jaillirait-elle ici, dans ces murs dédiés à la connaissance, *bel écrin pour une révélation*, pensa-t-il.

Il se demanda quand même si Nantan et ses amis seraient vraiment en mesure de découvrir le secret de la bourse-totem, enfoui dans les méandres de l'oubli depuis presque trois cents ans. À cette évocation le détective se montra circonspect, comment les Indiens allaient-ils réagir en apprenant que leur objet rituel était maintenant devenu la propriété d'Hamilton et de Van Dooren ? Charles inspira longuement en pénétrant dans le hall du bâtiment réservé à la division de l'héritage culturel, il allait devoir une fois encore jouer serrer.

Il se repéra au grand tableau, le bureau 314 se trouvait au troisième étage, il choisit de prendre l'escalier. Arrivé devant la porte, il attendit quelques secondes, son ouïe aiguisée lui signifia que plusieurs personnes patientaient de l'autre côté. Il frappa et entra, l'air plus décidé que jamais. La pièce, simple et fonctionnelle, se révéla plutôt petite, encombrée d'un bureau *scolaire* où trônait du matériel informatique basique et surtout des dizaines de livres, revues, classeurs, dossiers semblant avoir pris possession des lieux d'une manière irréversible comme une plante parasite l'aurait fait d'une vieille bâtisse.

Trois personnes apparurent face au détective quand il fit irruption dans la salle, décontracté et souriant. Il fut particulièrement ravi en reconnaissant la femme assise de l'autre côté de l'ordinateur, le fixant, un énigmatique sourire aux lèvres embellissant les traits fins et harmonieux de son joli visage. Ce fut elle qui l'accueillit en prenant la parole.

– Bonjour monsieur Smith… Heureuse de vous revoir… Ou pourrais-je aujourd'hui vous appeler par votre véritable nom ? Monsieur Thurnburgh, Charles Adrian de votre prénom, détective privé tenant office sur Newburry Street... Et un peu voleur sur les bords ?

Comment n'y avait-il pas pensé ? Rendez-vous à l'Université de Boston… Le bureau 314 était donc celui du professeur Reeves, spécialiste définitivement incontesté, si même Nantan, respecté chaman mohawk devait avoir recours à ses connaissances. Souriant davantage, il lui répondit de sa voix chaude et agréable.

– Bonjour professeur Reeves… Ravi de vous revoir également, mais s'il vous plait, appelez-moi Charles, monsieur Thurnburgh me parait toujours trop sophistiqué.

Elle lui sourit de plus belle, il s'en félicita et dut s'avouer être heureux de la retrouver ici, même dans des circonstances qui pourraient avoir tendance à devenir dramatiques. Il se tourna vers les deux hommes accompagnant le professeur Reeves et s'adressa à celui assis sur une chaise.

– Content de vous revoir également Nantan, est-ce que tout va bien ?

– Pour le moment Charles, mais le temps presse, nous devons agir vite.

La jeune femme dirigea les débats, invitant tout le monde à trouver une place où l'on pouvait vu l'exiguïté de la pièce due à l'encombrement. Charles reconnut l'autre homme accompagnant le chaman mohawk, un indien de vingt-cinq ans déjà aperçu lors de son périple au bord du lac Winnipesaukee.

Le professeur Reeves prit la parole, s'adressant au détective.

– Allons droit au but si vous le voulez bien Charles, le temps nous est effectivement compté et les conséquences pourraient devenir dramatiques si nous échouons. Nous pensons avoir découvert le secret de la bourse-totem, ou du moins pourquoi, un chaman algonquin aux alentours de 1700 a cru devoir la confectionner. La magie renfermée en elle depuis trois cents ans représente une force redoutable, nous devons empêcher quiconque de se l'approprier à des fins chaotiques. J'imagine que vous êtes à même de le comprendre et surtout de le ressentir Charles, comment pourrait-il en être autrement, n'est-ce pas ?

Le détective, plus troublé qu'il l'aurait souhaité par les derniers mots du professeur Reeves ne dit rien, il se contenta d'observer la magnifique jeune femme. Elle ne souriait plus, semblait à la fois tendue et déterminée comme si une peur profonde tapie au fond de son être ressurgissait inexorablement, peur que sa volonté parvenait pour l'instant à dominer.

Elle se tourna vers Nantan et poursuivit.

– Grand-père, je pense que tu seras plus à même d'expliquer à Charles nos découvertes…

Le détective fut surpris de la révélation, ainsi le Chaman mohawk qui le pistait pratiquement depuis le début de cette étrange aventure, se trouvait être le grand-père du charmant professeur Reeves… Passé le premier moment de stupeur, la logique de la situation lui parut tout à fait évident. En allant, grâce à Wolkowski, consulter la jeune femme, il s'était sans le savoir, lui-même jeté dans les filets tendus par les

Mohawks. Il n'en fut pas vraiment contrarié, même en réalisant avoir été, une fois de plus, manipulé. Depuis le début de cette sordide affaire, il était conscient de n'avoir été le plus souvent qu'un pion à la solde des uns ou des autres. Mais au plus profond de lui, son instinct pressentait que cette énigme, aussi bizarre et dangereuse fût-elle, ne pouvait en aucun cas se jouer sans lui, comme si son rôle dans le drame qui se nouait se trouvait indispensable et déjà écrit à l'avance.

Il écouta attentivement la voix grave et lente du vieil aveugle commençant son récit.

– Charles, nous avons effectué des recherches avec les représentants des six nations iroquoises et avec Winona, ma petite fille, d'après les indications que vous m'avez communiquées concernant les six différentes composantes de la bourse-totem. Je ne vous cache pas que ce fut difficile et que nous ne sommes sûrs de rien.

Charles trépignait d'impatience, un coin du voile saupoudrant cette ténébreuse affaire de mystère allait peut-être se déchirer. Il demanda,

– Très bien Nantan, apprenez-moi l'utilité de cette fameuse relique et la teneur de la magie censée être renfermée en elle. Dites-moi pourquoi des hommes sont prêts à faire couler le sang pour elle.

– Tout d'abord, Winona l'a datée plus précisément, aux alentours de 1665, plus ancienne que nous ne le pensions.

La jeune professeur impatiente, elle aussi, reprit la parole.

– Son concepteur, si l'on peut dire, aurait été un chaman de la tribu des Massachusetts nommé Wampatuck. Si l'on en croit les différentes bribes de légendes éparpillées au cours des siècles, il fut effectivement très puissant, à la fois respecté, adulé et craint par son peuple et ses ennemis. Comme vous devez déjà le savoir, les Massachusetts appartenaient à la culture algonquine, continuellement en guerre avec les Iroquois, elle sourit tristement, plus précisément avec nous, les Mohawks. De violentes et mortelles guerres tribales qui durèrent plus d'un siècle. Ces guerres, ainsi que de terribles épidémies, décimèrent le peuple Massachusetts, si bien qu'à l'aube du XIXe, ils avaient définitivement disparu, et avec eux leur savoir chamanique. Cela, vous vous en doutez, ne facilite pas nos recherches.

Le détective hasarda une question.

– Excusez-moi professeur…

Elle lui sourit en le regardant droit dans les yeux, ou plutôt droit dans ses Ray-Ban.

– Vous pouvez m'appeler Winona… Professeur, me parait toujours un peu trop sophistiqué…

Il lui rendit son sourire et poursuivit,

– Excusez-moi Winona, si les Massachusetts ont disparu définitivement vers 1800, qu'est devenue la bourse-totem depuis tout ce temps ? Je veux dire jusqu'à ce qu'elle échoue au musée…

– Il semblerait qu'un Sachem Mohawk s'en soit emparé lors de l'une des nombreuses guerres entre clans. Ils l'auront gardée comme relique sacrée, se la repassant de génération en génération, mais perdant avec le temps le pouvoir de s'en servir, d'utiliser sa puissante magie. Votre question se montre pertinente, Charles, car il semblerait que plusieurs sanglantes batailles entre ces deux peuples n'aient eu comme enjeu que la possession de cette bourse. Une fois Wampatuck mort, aux alentours de 1700, il est devenu plus difficile pour les Algonquins de résister aux violentes attaques iroquoises et de défendre leur objet mythique. Je dirai même que l'extermination des Massachusetts résulte en grande partie de la conquête et de la possession de cette bourse-totem.

La légendaire impatience de Charles se fit de nouveau sentir, il ne put s'empêcher de demander sans attendre.

– La question reste entière, à quoi sert-elle ?

Nantan reprit la parole.

– Nous avons extrapolé d'après ce que vous m'avez décrit l'autre nuit. Tout d'abord la griffe d'ours. Ceci est une composante très classique, l'ours représente un animal totémique très puissant, presque l'égal de l'homme dans nos croyances. Pour créer une magie de cette importance, la griffe permet de *lier* les différentes composantes. Rien de plus, mais rien de moins. Sans cette griffe, la puissance magique de la bourse serait incontrôlable et dangereuse, même pour un chaman comme Wampatuck. Je suppose qu'il s'agissait d'un mâle de très grande taille, assurément un animal hors du commun. La griffe a dû être conquise dans des conditions très précises, certainement par un guerrier d'exceptionnelle valeur.

Le détective se contenta de hocher la tête, sans autre question, le grand-père de Winona de sa voix calme reprit son récit.

– La pointe de flèche est plus énigmatique, je ne crois pas que Wampatuck recherchait des pouvoirs guerriers. Il fut un grand sorcier, son domaine fut toujours la magie, le monde des esprits, pas la guerre. J'avoue hésiter sur le rôle de cette composante, je suis désolé. En revanche, la pierre des sept rites est un véritable élément magique. Puissant et rare, dangereux à utiliser et à contrôler. Les esprits n'aiment pas que l'on joue avec de telles forces. Il fallait vraiment que Wampatuck soit capable de maitriser ses pouvoirs chamaniques. Imaginez Charles… Sept rites !

Le détective n'imaginait pas vraiment en effet, mais le ton dramatique du vieil aveugle le convainquit suffisamment de la gravité de la situation. Comme s'il se parlait à lui-même, ce dernier continua.

– Je n'ai personnellement jamais eu en ma possession une pierre de cette puissance, quatre cercles pour quatre rites m'ont toujours suffi. Cette composante est certainement la plus importante et la plus dangereuse à maitriser.

– Et en quoi consiste-t-elle ?

Charles sentait la tension monter inéluctablement dans les propos du vieil homme, celui-ci répondit à sa question.

– Grâce à cette pierre, on peut réussir à garder l'âme d'un mort puis la contrôler pour la faire revenir dans le monde des esprits. On peut également, si son pouvoir est assez fort, partir en quête d'une vision sacrée. Et je pense que cette pierre est suffisamment puissante pour aller très loin dans le monde des esprits.

Charles dut s'avouer qu'il n'avait pas très bien suivi l'explication de Nantan, après tout sa culture chamanique se trouvait somme toute limitée. Il se résolut à poser la question.

– Excusez mon ignorance Nantan, mais en gros cela signifie quoi exactement ?

– Cela signifie que la bourse-totem permet de voyager dans le monde des esprits et d'entrer en contact avec des entités très puissantes… Voir avec des héros ou des demi-dieux. Le pouvoir ainsi obtenu peut se révéler terrifiant… Surtout si l'on décide de faire le mal. Certains esprits mauvais ne doivent jamais être réveillés, ils doivent rester aux enfers pour l'éternité.

Le vieil indien tremblait maintenant, angoissé par ses propres paroles. Charles n'en était pas encore là, il lui en fallait beaucoup plus. À ses yeux, la magie de l'objet rituel n'avait toujours pas été démontrée. Il choisit de calmer le jeu.

– Ne vous inquiétez pas Nantan, nous sommes réunis ici pour éviter le pire. Continuez s'il vous plait, à quoi servent les autres composantes de la bourse ?

– Vous rappelez-vous? Il y avait un objet étrange, compliqué à décrire, confectionné en os... Il s'agit d'un capteur d'âmes... Ce qui confirme la pierre des sept rites. On peut l'utiliser au cours d'un rituel pour soigner une personne malade par exemple, en capturant son âme et ainsi en la purifiant. Mais on peut également faire l'inverse. La magie chamanique indienne est comme la sorcellerie européenne du moyen âge, magie blanche ou magie noire, les deux existent et cohabitent. Il n'y a qu'une marge infime entre le bien et le mal. Ce capteur d'âme peut aussi permettre d'envoûter quelqu'un, ou pire... À rechercher l'âme d'un mort ! L'âme d'un être se trouvant enfermé aux enfers...

Charles commençait à y voir plus clair, la bourse-totem servirait donc à pénétrer le monde des esprits afin d'y ramener quelque monstruosité sortie des enfers. Il avait du mal à réellement y croire, mais le ton dramatique du chaman le convainquit que pour lui, ceci ne relevait plus du folklore ou du mythe. Ses idées se mettant en place, il s'enhardit à poser une autre question, au risque de paraitre ridicule, après tout peu importait.

– Sauriez-vous dire quelle *âme* le Chaman Algonquin a tenté de ramener des enfers ?

– Non, malheureusement pas pour le moment. La pointe de flèche, le canoë et le morceau de tissu doivent pouvoir nous éclairer là-dessus, mais j'avoue mon ignorance. Il s'adressa à sa petite-fille, il semblait soudain très las, à bout de force, des gouttes de sueur perlant de son front livide. Winona, je ne me sens pas très bien, veux-tu continuer s'il te plait ?

La séduisante universitaire poursuivit,

– Il faut que vous nous aidiez, Charles. Dites-nous ce que vous avez découvert d'autre au cours de votre enquête, peut-être cela nous éclairera-t-il.

Elle hésita une seconde, pendant que le jeune indien donnait à boire à Nantan, plus affecté par l'épreuve que le détective l'aurait cru.

– Et puis il y a autre chose…

Charles la fixa.

– Quoi donc ?

– Ceci… Elle sortit une lettre et la lui présenta.

Il s'en saisit et parcourut rapidement le bref texte, évidemment anonyme, rédigé à l'aide d'un ordinateur. *Votre ami est gravement blessé, mais ses jours ne sont pas en danger pour le moment. Il ne nous intéresse pas ! En revanche, le vieil homme aveugle nous serait de la plus grande utilité… Ce soir à minuit au pier 24 pour un échange. Une fois le travail effectué, il sera libéré sans dommage. Il n'y aura pas de seconde lettre. Votre absence au rendez-vous sera considérée comme un refus de votre part et nous contraindrait à user de méthodes plus radicales. Il va sans dire que le vieil homme ne sera accompagné que d'une seule personne et que toute activité policière dans les parages entraînerait des conséquences fâcheuses pour le jeune indien blessé aux jambes.*

Charles, plus dubitatif que jamais, rendit la lettre à Winona Reeves.

– Ils vous tiennent… Nous avons moins de douze heures pour agir, c'est très court… Trop court !

– Que nous conseillez-vous ?

– Prévenir la police, au point où nous en sommes, il n'y a plus grand-chose à faire.

Le vieil aveugle lui coupa la parole.

– Non Charles, pas la police ! Tout est ma faute, je me dois de sauver ce jeune guerrier. Je vais y aller, une fois entre leurs mains j'aviserai ce qu'il y aura lieu de faire. Ils ne pourront jamais me forcer à effectuer ce que je ne veux pas ! Le sang des guerriers mohawks coule dans mes veines, le mien rougira la terre s'il le faut, mais jamais je ne leur céderai !

Charles fut impressionné par la détermination de Nantan, il l'avait vu quelques minutes auparavant abattu et affaibli, il le retrouvait fort et digne Chaman mohawk, prêt à combattre et à mourir pour la cause de son peuple. Il lui sourit et parla calmement.

– Bien… Dans ce cas si la police ne peut pas être mise dans le coup, il va falloir nous débrouiller seuls. Notez bien, j'ai l'habitude ainsi qu'une confiance très limitée dans l'efficacité de nos représentants de la loi. Je les ai mentionnés à titre indicatif, je me doutais que vous refuseriez. Mais il faut être lucide, je connais l'endroit, le *pier* 24 est très grand avec une entrée de chaque côté et bordé sur les deux autres flancs par la mer, empêchant toute sorte de fuite. Cela en fait le lieu idéal pour ce genre de transaction, impossible de se cacher, impossible de les prendre par surprise, ils nous verront arriver de trop loin, même en pleine nuit. Nous avons moins de douze heures pour éventuellement trouver où ils se terrent et délivrer votre ami, blessé aux jambes de surcroît, qui ne pourra donc pas se déplacer tout seul… Un intéressant challenge…

La jeune femme reprit la parole.

– Vous pensez qu'on peut les trouver avant minuit ?

– Honnêtement, ça me parait difficile… Mon associée y travaille, elle me rappelle dès qu'elle a du nouveau. Nous, si vous le voulez bien, nous allons nous focaliser sur la bourse-totem et les différents indices que je suis parvenu à glaner ici et là. Ensuite, nous préparerons la rencontre avec les ravisseurs, j'accompagnerai Nantan… Si vous le souhaitez… Je pense être le plus à même de rétablir la situation si d'aventure cette dernière se trouvait compromise pour l'un ou l'autre de vos compagnons.

Elle lui sourit à son tour.

– Vous avez toute notre confiance Charles, faite pour le mieux.

Il se gratta la gorge et prit un petit air contrit.

– Hum… À propos de confiance… Il faut quand même que je vous avoue quelque chose… Il fit une pause de quelques secondes et devant l'étonnement de la jeune femme, enchaîna. Je n'ai plus la bourse-totem… Le visage du professeur Reeves se ferma d'un coup, mais elle ne dit rien, Charles continua. J'ai été obligé de la leur remettre… Kelly mon associée se trouvait en danger, prise en otage elle aussi en quelque sorte. Je n'ai pas vraiment eu le choix. Je suis navré Winona, mais aucun objet au monde, fut-il sacré ou magique ne me fera hésiter contre la vie d'une jeune femme de vingt-six ans…

Elle le fixa en crispant la mâchoire, les traits de son magnifique visage, tendus à l'extrême.

– Vous avez eu raison, aucune vie ne peut valoir ce prix. Mais cela nous complique considérablement la tâche dorénavant.

– En effet, je suis désolé…

Il lui sourit tristement, de son air calme et si sûr de lui, capable de redonner courage dans les pires situations.

– Nous allons tout faire pour la retrouver avant qu'il ne soit trop tard. Faites-moi confiance Winona, la partie n'est pas encore terminée.

Nantan, Winona et le jeune guerrier mohawk avaient quitté le bureau, laissant Charles ruminer seul ses tristes pensées. Des membres de la confédération iroquoise représentant les six différentes tribus venaient d'arriver et la présence du chaman avait été requise. Le détective espérait suffisante la connaissance des *Anciens* formant le conseil pour faire la lumière sur la mystérieuse bourse-totem. Il restait persuadé que la finalité de toute cette machination ne s'arrêtait pas à la relique sacrée des Massachusetts, son flair de chasseur l'avertissait d'un autre danger, plus sournois, plus abominable, tapi dans l'ombre des ancestrales légendes indiennes et dans les sombres recoins de la clinique Rushmore. Là, Platon et son « Critias » se cachaient au commun des mortels et seul Van Dooren tirait les ficelles de l'incroyable histoire dans laquelle Charles et Kelly se trouvaient plongés. Kelly, qui s'accrochait désespérément à la découverte de cette obscure confrérie secrète d'alchimistes vieille de quatre cents ans…

Et puis, il y avait cet *être* terrifiant dont le détective ne savait rien, mais dont son instinct lui disait qu'un jour ou l'autre, il lui ferait face… Comme une fatalité inéluctable.

Ressassant tous les éléments, debout face à la fenêtre, il regardait sans la voir la Charles River qui coulait paresseusement en contrebas du bâtiment universitaire, creusant un sillon sombre au cœur de la brume automnale. Loin dans son monde intérieur, il ne remarqua pas immédiatement la présence du professeur Reeves, revenue. La jeune Mohawk l'observa en silence quelques secondes, il avait vraiment quelque chose de particulier, d'unique…

Elle eut à cet instant la conviction que lui seul et personne d'autre ne serait en mesure d'empêcher l'inévitable chaos qui s'annonçait…

Charles Adrian Thurnburgh et les autres protagonistes de *Manitou, le secret de la Bourse-Totem* reviendront pour dénouer les inextricables fils de cette intrigue dans un deuxième et ultime livre : *Manitou, le métal des Dieux.*